Denton Welch

Freuden der Jugend

Quart*buch*

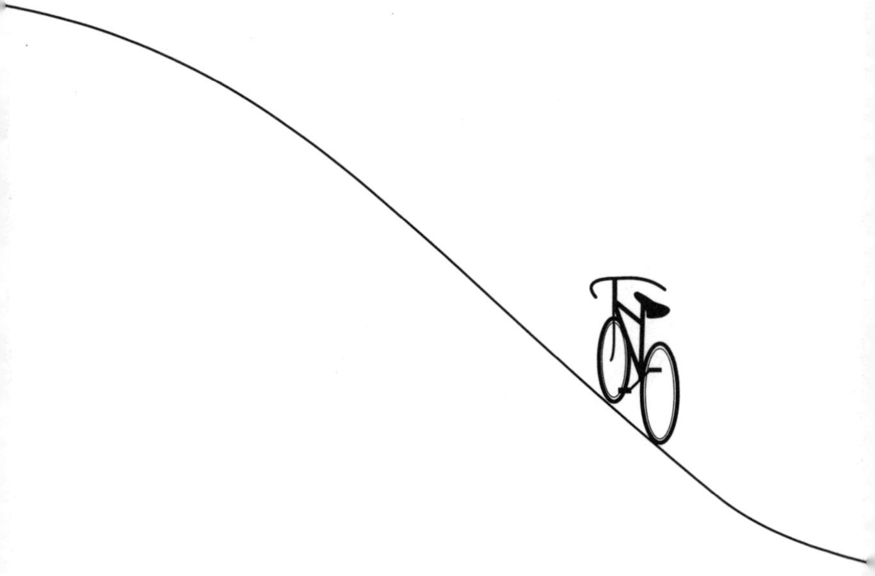

Denton Welch

Freuden der Jugend

Roman

Aus dem Englischen von Carl Weissner
Mit einem Vorwort von William S. Burroughs
und einer Empfehlung von Edith Sitwell

Verlag Klaus Wagenbach Berlin

VORWORT

Wenn ich gefragt werde, welcher Schriftsteller mich am nachhaltigsten beeinflußt hat, antworte ich ohne Zögern: Denton Welch.

Es muß ungefähr 1946 gewesen sein, als ich zum ersten Mal etwas von Denton las. Damals war ich nicht übermäßig beeindruckt. Ich wußte noch nicht, daß ich selbst einmal schreiben würde. Erst als ich Denton 1976 wiederlas, wurde mir das ganze Ausmaß seines Einflusses bewußt. Mein Audrey Carson *ist* Denton Welch. Seine Art, sich auszudrücken, seine ganze Denkweise – purer Denton Welch.

Ich verbrachte den Winter des Jahres 1976 in Boulder, Colorado, und Cabell Hardy, mit dem ich mir ein Apartment teilte, konnte die Bücher von Denton irgendwo für mich ausleihen: *Maiden Voyage, In Youth is Pleasure, A Voice Through a Cloud, The Journals, Brave and Cruel* (Erzählungen) und einen Band mit dem Titel *A Last Sheaf.* Dies ist annähernd das Gesamtwerk, das er in einem Zeitraum von zehn Jahren geschrieben hat. Mit achtzehn wurde er bei einem Verkehrsunfall schwer verletzt und blieb für den Rest seines Lebens ein Krüppel. Komplikationen führten dreizehn Jahre später, 1948, zu seinem Tod. Er war einunddreißig Jahre alt.

Beim Wiederlesen wurde mir nicht nur das Ausmaß seines Einflusses bewußt, sondern auch die Tatsache, daß ich mir ganze Passagen eingeprägt hatte, denen ich nun erwartungsvoll entgegensah wie vertrauten Markierungen in der Landschaft …

»Ich hatte mich nicht mehr auf ein Pferd gesetzt seit meinem zehnten Lebensjahr, als man mein gräßliches schwarzes Pony endlich weggegeben hatte. Wie hatte ich es gehaßt! Einmal war es aus dem Stall ausgebrochen. Es war durch die Rosen und über die Wiesen galoppiert und hatte seine schauderhaften gelben Zähne gebleckt.«

Wer außer Denton hätte diese Sätze schreiben können? Nicht umsonst nannte ihn sein Vater nur noch ›Punky‹.

So habe ich also nun den jungen Denton dienstverpflichtet als Helden meines neuen Romans *The Place of Dead Roads*. Gewissermaßen ein Fall von literarischer Entführung. Mit einem ebenso ungewissen Ausgang, wie wenn die CIA einen bekannten Russen kidnappt, in der Hoffnung, ihn umdrehen zu können. Ich meine, hätte sich Denton so ohne weiteres umgestellt auf eine Rolle als Westernheld? Als *Revolverheld?* Ich denke, er hätte wohl mitgemacht:

»Kim ist ein morbider, schmieriger Junge mit unappetitlichen Neigungen und einem unersättlichen Hunger nach Extremen und Sensationen. Er ist geradezu vernarrt in diese dunkle Seite seines Charakters. Seine Mutter hatte Séancen veranstaltet, und Kim begeistert sich für Ektoplasma, Kristallkugeln, Geisterführer, Vorahnungen und Auras. Er suhlt sich in der Vorstellung von Abscheulichkeiten, unaussprechlichen Riten, dämonischen Beischläfern mit schauerlichen Krankheiten, widerwärtigen Geheimnissen, die mitgeteilt werden in einem dicken schleimigen Flüstern, süßlich und wissend und böse; von alten zerfallenen Städten unter einem dräuend purpurroten Himmel, dem Pesthauch rätselhafter Exkremente, dem modrigen süßlichen Verwesungsgestank des gräßlichen Roten Fiebers; von erogenen Geschwüren, die sich eiternd durch das verblödete kichernde Fleisch fressen.«

Es ist offensichtlich, Punky: Die Rolle sitzt dir so hauteng wie ein Präser.

»Ich übe mich im Schießen und bin entschlossen, ein unfehlbarer Schütze zu werden. Bald werde ich es austragen müssen mit dem bigotten griesgrämigen Sheriff, der an Verdauungsstörungen leidet und jedesmal leicht mißbilligend rülpst, wenn er einem ein Loch in den Bauch schießt. Sie nennen ihn deshalb einfach den ›Rülpser‹. Ich werde ihm einen Bauchschuß verpassen. Er wird nach vorn knicken mit einem gewaltigen Rülpser, und sein künstliches Gebiß wird ihm laut schnappend aus dem Mund fliegen.«

Ich kann mir durchaus vorstellen, daß Denton ein abenteuerlicheres Leben vorgezogen hätte. Wir wissen aus seinen Tagebüchern, wie sehr er unter seinem invaliden Zustand litt. Mit dem Schreiben begann er überhaupt erst nach seinem Unfall.

Bis dahin hatte er nur gemalt. Man fragt sich, ob er ohne die verheerende Erfahrung jenes Unfalls sich je zum Schreiben entschlossen hätte. (Er war mit dem Fahrrad auf einer völlig freien Straße unterwegs, als er von einer Frau am Steuer eines Wagens von hinten überfahren wurde.)

Seine Bilder, soweit ich sie kenne, sind wie das, was er schrieb: Ausdruck derselben Persönlichkeit, desselben Stils. Doch als Maler eignete er sich weniger. Er war talentiert, gewiß, aber die Bilder sind keineswegs herausragend oder außergewöhnlich. Malen war nicht sein Medium.

Kunst und kreatives Denken, meine ich, haben die Funktion, den Menschen etwas zu zeigen, was sie innerlich bereits wissen, aber bisher noch nicht als Faktum annehmen wollten. Wer im Mittelalter an einer Meeresküste wohnte, der wußte, daß die Erde rund ist. Sie glaubten aber, die Erde sei eine Scheibe, weil sie es von der Kirche so eingetrichtert bekamen. Als Cézanne seine erste Ausstellung machte, gerieten die Besucher so in Rage, daß sie mit ihren Regenschirmen auf die Bilder losgingen. Sie konnten einfach nicht sehen, daß dies ein Fisch und jenes ein Apfel war, gesehen aus einem bestimmten Blickwinkel und in einem bestimmten Licht. Heute kann jedes Kind den Fisch und den Apfel sehen. Als James Joyce den Leuten plastisch vorführte, wie ihr Bewußtsein funktioniert, warfen sie ihm vor, völlig unverständlich zu sein. Heute würde keiner mehr auf den Gedanken kommen, den *Ulysses* unverständlich zu finden. Wenn der Durchbruch erst einmal geschafft ist, wird er Teil des allgemeinen Bewußtseins.

Denton Welch macht dem Leser die Magie von Dingen bewußt, die er direkt vor Augen hat, denn die meisten Erfahrungen, die er schildert, sind alltäglicher Art: ein Spaziergang, ein Nachmittagstee, ein Pfirsich-Melba, Regen auf einem Fluß, ein Besuch in einem Antiquitätenladen, ein Bild auf einer Keksdose, eine Fahrt mit dem Fahrrad, die Tränen eines verwirrten Jungen …

»Die Pêche Melba wurde serviert, mit ihrer dicken roten zähflüssig herablaufenden Escoffier-Sauce. ›Wie der Hintern einer Schlafpuppe aus Zelluloid‹, sagte sich Orvil. ›Nur bei dieser Puppe ist er aufgeplatzt, und es kommen Schneeflocken und große Blutklumpen heraus …‹«

»Im Staub des Feldwegs bildeten seine Tränen feuchte Klümpchen wie Tropfen heißer Schokolade.«

»Aus einem der Turmfenster erhaschte er einen flüchtigen Blick auf die weißen Grabsteine des Friedhofs, die platt auf der Erde zu liegen schienen. Sie kamen ihm vor wie ausgeschlagene Zähne.«

»Die ganze Oberfläche des Flusses brodelte und zischte unter den Regentropfen, die wie Geschoßgarben einschlugen.«

Reproduktion eines alten Stichs auf einer Keksdose: »Die winzigen Gestalten der Fußgänger, deren Kleidung so penibel und detailgenau ausgeführt war, verloren sich in der dräuenden, gespenstischen Perspektive, die der Künstler der Straße gegeben hatte.«

»Das Laub der Bäume unten am Fluß verfärbte sich bereits. Dann und wann segelte ein Schwarm von länglichen vergilbten Blättern herunter. Auf dem Wasser wirkten die Blätter wie die bleichen Bäuche von kleinen toten Fischen.«

»Die Brotscheiben kamen mit breiten verkohlten Striemen aus dem Toaster, als habe sie ein Schornsteinfeger in der Hand gehabt.«

»Der Mann hatte ein säuerliches, scharf geschnittenes Gesicht, dessen Farbe und Haut an gekochtes Kalbsbries erinnerten.«

»Er stellte sich vor, er sei davongelaufen, um nicht zurück ins Internat zu müssen. Er war allein in einem kleinen Zimmer in London … Draußen hörte er seine Angehörigen und die Lehrer aus der Schule wie Raubtiere knurren. Sie hatten Reißzähne und lange Krallen wie der wahnsinnige Nebukadnezar, doch sie konnten ihm nichts anhaben, denn die Tür war durch zwei Vorhängeschlösser und vier starke Riegel gesichert, und die Fensterscheiben waren aus kugelsicherem Glas …«

Sooft mir einer meiner Studenten sagt, er wisse nicht, worüber er schreiben solle, gebe ich ihm den dringenden Rat, einmal Denton Welch zu lesen. Es ist an der Zeit, daß Denton endlich die verdiente Anerkennung findet.

Man hat Denton Welch mit Ronald Firbanks verglichen, doch in diesem Vergleich kann ich kein Kompliment sehen, sondern allenfalls eine Beleidigung. Von Firbanks' *Prancing Nigger* ist mir kein einziger Satz in Erinnerung geblieben, nur ein leicht ekliger Hauch von Gefühligkeit. Ich denke, als Schriftsteller hat Denton am meisten Ähnlichkeit mit Jane Bowles. Beide sind Meister im Erfinden von Sätzen, die sich einem unauslöschlich einprägen und die kein anderer hätte schreiben können. Die Prosa beider Autoren ist Ausdruck einer ganz einzigartigen Persönlichkeit, einer ganz besonderen Sehweise. Und sie leisten sich nie so etwas wie Gefühlsduselei.

Von Dentons Werken sind nur noch *A Voice Through a Cloud* und ein Band eher unbedeutender Gedichte im Druck. Wenn je ein Autor unverdient übergangen wurde, dann Denton Welch.

Was immer er am Ende von *A Voice Through a Cloud* gehofft haben mag – der Tod ließ es ihn nicht mehr aussprechen. Der letzte Satz blieb unvollendet: »Jetzt, da ich dies schreibe, wünschte ich, ich könnte ...«

William S. Burroughs
23. September 1981

FREUDEN DER JUGEND

I

Einige Jahre vor dem Krieg, als der Junge fünfzehn war, verbrachte er die Sommerferien mit seinem Vater und seinen beiden älteren Brüdern in einem Hotel nahe der Themse in Surrey. Das Hotel war früher ein Landsitz gewesen und davor ein königliches Jagdschloß. Doch inzwischen hatte der Innenhof ein Glasdach und diente als Teesalon, im Erdgeschoß gab es eine Reihe von Toiletten und Waschräumen mit blankgeschrubbten Kacheln und glitzernden Armaturen, und seitwärts hatte man einen neuen Flügel angebaut, der unten einen Ballsaal enthielt, und im Obergeschoß lagen kleine Zimmer, die schmal wie Klosterzellen waren.

Unverändert war indessen die reizvolle Parklandschaft ringsum, mit terrassenförmigen Gärten und Rasenflächen bis hinunter zu einem kleinen künstlichen Teich, der fast vollständig von dichten Brombeerhecken eingeschlossen wurde. Nur der Teich und seine Ufer wirkten vernachlässigt; das übrige Gelände – mit dem Springbrunnen, der Grotte, der Gartenlaube und dem liebevoll angelegten Tierfriedhof – machte einen sehr gepflegten Eindruck.

Der Junge (er hieß Orvil Pym) war am späten Nachmittag mit seinem Vater angekommen. Sie waren vorgefahren in einem jener großen schwarzen, auf Hochglanz polierten Daimler, von denen die Argwöhnischen immer vermuten, sie seien nur gemietet.

Mr. Pym, für sechs Monate aus Fernost zu Besuch in der alten Heimat, hatte Orvil vom Internat in den Midlands abgeholt. Orvil war in den letzten Tagen vor Beginn der Ferien noch krank geworden. Es schien sich um eine Fleischvergiftung zu handeln, und da er von Natur aus etwas anfällig war und sich vor dem Leben ängstigte, hatte er zu den ersten Opfern gehört. Bald jedoch waren zwei Krankensäle im Sanatorium mit Jungs aus seinem Gebäude belegt, bei denen dieselben Symptome aufgetreten waren. Die Sache war nicht weiter schlimm – ein bißchen Fieber, Übelkeit, leichter Durchfall – und die Boys waren munter und guter Dinge, kegelten mit den weißen Nachttöpfen auf dem Dielenboden, erzählten Schauergeschichten, führten zotige Reden und spielten einander üble Streiche nach dem Schlafengehen.

Die Fleischvergiftung setzte der Frau des Heimleiters mehr zu als den eigentlich Betroffenen. Sie kochte gutes Essen in ihrem Haus. Die Jungs wußten das. Jeder wußte es. Sie sparte an nichts und gehörte nicht zu denen, die auf Kosten anderer versuchten, Geld abzuzweigen und für ihren Lebensabend auf die hohe Kante zu legen. Im Gegenteil, erst am letzten Sonntag hatte es Lachs und Gurkengemüse gegeben, und als Nachtisch hatte sie einen Biskuit-Auflauf mit echter Schlagsahne serviert!

Mit gesenkten Augen lief sie nun herum, und immer wieder trieb es ihr ohne erkennbaren Anlaß die Schamröte ins Gesicht. Schrecklich, auch nur daran zu denken, was die Frauen der anderen Heimleiter alles über sie sagen mochten. Die Mißgünstigen unter ihnen würden sich hämisch darüber freuen, daß ausgerechnet sie, die sich auf ihr gutes Essen und ihre Großzügigkeit mit Recht einiges zugute hielt, die Hälfte ihrer Boys vergiftet hatte. Und die anderen würden sie bemitleiden. Beides war ihr gleichermaßen verhaßt.

›Was kann es nur gewesen sein?‹, dachte sie verzweifelt. ›War es womöglich die Dosenwurst, die ich zum Tee serviert habe?‹

Für Orvil war es eine Freude und Erleichterung, endlich einmal richtig krank zu sein. Vieles in seinem ersten Jahr im Internat war so erschreckend und entnervend gewesen, daß er sich die ganze Zeit nach einem eigenen Zimmer gesehnt hatte, in dem er in Ruhe schlafen konnte.

Diese Ruhe hatte er im Sanatorium zunächst auch gefunden, doch dann wurden nach und nach die anderen Boys eingeliefert, und bald ging es zu wie in einem Biergarten.

Eines Abends konnte es Orvil nicht mehr ertragen. Sein Gesicht und die Arme hatten sich bläulich verfärbt, und häßliche rote Flecken breiteten sich darauf aus. Drei Ursachen wirkten da zusammen: die Vergiftung, seine Ängstlichkeit und die vielen Tabletten, die er einnehmen mußte. Offenbar handelte es sich um ein sehr starkes Medikament. Wie in Trance wälzte er sich aus seinem Bett, hüpfte auf allen vieren herum und quakte. »Ich bin ein Frosch, ich bin ein Frosch, ein großer weißer Frosch.«

Den Boys im Saal verschlug es die Sprache. Dann rief ein großer Bursche, dem bereits die ersten schwarzen Haare aus den Nasenlöchern sprossen, mit angstvoller Stimme nach draußen: »Schwester, Schwester, kommen Sie schnell! Pym ist verrückt geworden! Er hüpft hier herum und sagt, er ist ein Frosch!«

Die Schwester kam hereingerannt und hob Orvil vom Boden auf. Sie war eine kleine Person, aber recht kräftig und energisch, und Orvils Gewicht bereitete ihr keine Mühe. Während sie ihn zurück zu seinem Bett führte, lachte sie still in sich hinein.

»Na sowas«, sagte sie. »Bildet sich ein, er ist ein Frosch!« Sie strich ihm über sein dichtes widerspenstiges Lockenhaar, und als er wieder im Bett lag, knöpfte sie ihm den obersten Knopf seiner Schlafanzugjacke zu, den er immer offenließ. Dann eilte sie hinaus, um Handtücher und eine Schüssel Wasser zu holen.

Orvil tat weiterhin, als sei er nicht ganz bei Sinnen. Als sie wieder hereinkam, hörte sie die Boys untereinander tuscheln: »Pym phantasiert. Er sieht komische Sachen …«

Die Schwester zog ihm die Jacke aus, tauchte ein Handtuch in das lauwarme Wasser und rieb ihm Brust und Arme ab. Er hielt die Augen geschlossen, denn er wollte nicht sehen, wie sie auf seine nackte Brust herunterschaute. Sie hielt ihm den einen Arm hoch und ließ das Wasser daran herablaufen, bis es ihn in der Achselhöhle kitzelte. Er erschauerte leicht, und sie lachte.

»Das verschafft dir ein bißchen Kühlung«, sagte sie. »Danach fühlst du dich besser.«

Als sie ihm den Oberkörper abgetrocknet hatte, zog sie ihm die Jacke wieder an. Dann zog sie ihm, fast in einer einzigen Bewegung, die Hose herunter. Geschickt warf sie ihm ein Handtuch über den Unterleib und begann, ihn darunter zwischen den Beinen zu waschen. Die kühle Nässe des Handtuchs auf seiner verschwitzten Haut ließ Orvil frösteln, doch er hatte nichts gegen die raschen deftigen Bewegungen ihrer Hand. Schließlich geschah es unter einer schicklichen Abdekkung. Außerdem hatte er ja noch seine Jacke an, und damit fühlte er sich sicher genug.

›Wie eigenartig‹, dachte er. ›Hat sie bei Florence Nightingale gelernt, daß man das so macht?‹

Abwechselnd preßte er nun die Schenkel zusammen und öffnete sie wieder, und sein ganzer Unterleib ging in zuckenden Stößen auf und nieder. »Nun wackel doch nicht so!«, sagte sie und gab ihm einen leichten Klaps auf den Schenkel.

Orvil versuchte vergeblich, seine Zuckungen unter Kontrolle zu bekommen, und dann begannen auch noch seine Zähne zu klappern. Es hörte sich an, als habe er ein schlecht sitzendes Gebiß im Mund, und einmal biß er sich dabei auf die Zunge und gab ein gequältes Grunzen von sich.

»Na, was sind wir denn jetzt? Ein kleines Schweinchen?«, meinte die Schwester ungehalten. Sie hatte nicht gemerkt, was mit ihm geschehen war. Sie trocknete ihm die Beine ab, zog ihm die Hose hoch und knotete ihm den dünnen Stoffgürtel etwas zu fest. Dann deckte sie ihn zu und stopfte die Bettdecke an beiden Seiten fest unter die Matratze.

»So, jetzt fühlst du dich gleich wieder gut«, sagte sie und gab ihm zwei von den Tabletten, die ihn bereits so fleckig gemacht hatten. Noch einmal versuchte sie, ihm durch sein dichtes Haar zu streichen, und wieder gab sie es lachend auf. »Struppig wie ein Foxterrier«, sagte sie. »Oder ein Strohdach, das in hundert Jahren keinen Tropfen Regen durchläßt.« Dann fügte sie etwas weicher hinzu: »Gute Nacht, mein Schatz« und ließ ihn allein.

›*Schatz* klingt eigentlich sehr nach Sex‹, fand Orvil. Er dachte an allerlei Wörter und die unterschiedlichen Empfindungen, die sie in ihm auslösten. Endlich schlief er ein.

Orvil war freudig erregt, als er vor dem Haupteingang des Sanatoriums die große schwarze Limousine sah, in der sein Vater auf ihn wartete. Der Anblick war so unerwartet, daß es ihm schien, als habe eine gute Fee seine sehnsüchtigen Wünsche erhört.

›So groß hätte der Wagen gar nicht sein müssen für meine Flucht‹, dachte er. ›Aber die gute Fee läßt sich nicht lumpen. Sie würde mir nie einen Baby Austin schicken.‹

Er rannte hinaus, und in der grellen Sonne wurde ihm schwindelig, und er spürte ein lästiges Ohrensausen.

»Hallo, Daddy!«, rief er und hielt seinem Vater den Schlag auf. Orvil bekam seinen Vater nur alle drei Jahre einmal zu sehen, und er verband mit ihm kaum mehr als schwarze Limousinen und aufregende Mahlzeiten in Restaurants. Sie hatten sich sehr wenig zu sagen, und das einzige, was ihnen ein tiefes Bedürfnis gewesen wäre, durfte nicht angesprochen werden: Orvils Mutter war vor drei Jahren gestorben, und er wußte, das Gesicht seines Vaters würde schon bei der bloßen Erwähnung ihres Namens starr und abweisend werden und seine Stimme schroff und kalt und ärgerlich. Sie war so sehr geliebt und verehrt worden, daß man nie von ihr reden durfte. Es war geradezu widerwärtig, wenn man offen davon sprach, daß eine solche Frau einmal gelebt hatte. Es war so undenkbar, sie zu erwähnen, daß man zu kunstvollen Umschreibungen greifen mußte, wenn man von der Vergangenheit sprach.

»Hallo, Mikrobe«, sagte Mr. Pym. So nannte er seinen Jüngsten schon seit jeher. Manchmal sagte er auch ›Made‹, doch gewöhnlich war es ›Mikrobe‹.

»Geht es dir wieder besser?«, fragte er jetzt. »Du siehst immer noch ein bißchen fleckig aus.«

»Ach, ich bin wieder ganz in Ordnung. Wollen wir jetzt gleich losfahren?«, drängte Orvil. Er beeilte sich, seine Reisetasche im Wagen zu verstauen, und er fühlte sich erst sicher, als sie das Dorf und die Gebäude des Internats weit hinter sich gelassen hatten.

Der Chauffeur steuerte die große Limousine mit sicherer Hand die gewundene Landstraße entlang. Einige Augenblikke genoß Orvil seine Freiheit in vollen Zügen, doch dann machte er sich schon die ersten Sorgen, denn die Ferien hatten ja schon vor einigen Tagen begonnen, und jede Sekunde brachte ihn dem Anfang des nächsten Schuljahrs näher.

Mr. Pym schlug vor, in Oxford zu übernachten und bei dieser Gelegenheit nachzusehen, ob Charles (sein ältester Sohn) noch da sei. Charles führte ein so unabhängiges Leben, daß er seinem Vater nie einen Brief schrieb und ihm mitteilte, wo er sich gerade aufhielt. Mr. Pym mußte es jedesmal selbst herausfinden.

Charles war nicht da. Seine Wirtin sagte, er sei gegen Ende des Semesters mit zwei anderen jungen Herren zu einer Reise aufgebrochen. »Sie sind in seinem blauen Wagen weggefahren, der immer so fürchterlich knattert«, sagte sie und schnaubte verächtlich durch die Nase. Orvil haßte den blauen Bugatti seines Bruders fast so sehr, wie es die Wirtin zu tun schien. Besonders widerlich fand er die strammen Lederriemen über der gewölbten Motorhaube und das obszöne Auspuffrohr, das ihn immer an den gierigen Schlund eines Staubsaugers erinnerte.

Orvil und sein Vater gingen zurück zum ›Mitre‹ und setzten sich unter dem Glasdach der Terrasse in Korbsessel. Mr. Pym bestellte Gin und französischen Vermouth für sich und einen Orangensaft für Orvil. Dann griff er wortlos zu einigen Zeitschriften, die auf dem Tisch lagen, und begann darin zu blättern. Orvil starrte traurig und enttäuscht vor sich hin. Sein Vater schaute hoch, nahm die aufgespießte Kirsche aus seinem Cocktail und hielt sie ihm hin, wie er es früher immer zu tun pflegte, als Orvil noch sehr klein war. Orvil nahm die grellrosa Frucht zwischen die Zähne und zog sie von dem dünnen Zahnstocher herunter, den sein Vater am anderen Ende festhielt. Er spürte den eigenartigen Geschmack von Alkohol und Sirup im Mund, und für einen Augenblick war er wieder acht Jahre alt, saß im Schlafanzug am offenen Kamin und trank seine heiße Milch, während sein Vater an dem Cocktail nippte und ihm vorlas, bis die Standuhr mit zwei Schlägen anzeigte, daß es halb acht war.

›Wie viele gin-getränkte Cocktailkirschen mag ich wohl gegessen haben, bis ich zehn war?‹, dachte er.

»Gehn wir hinein zum Essen«, sagte Mr. Pym nach seinem dritten ›Gin-and-French‹ und erhob sich. Er ließ seinem Sohn den Vortritt in den Speisesaal. Orvil gefiel das.

Einigermaßen verwirrt blieb er mitten im Raum stehen und sah sich die bunten Wappenschilde an den Wänden an, während er darauf wartete, daß sein Vater einen Tisch auswählte. Als er das Wappen vom College seines Bruders entdeckte, steuerte Mr. Pym gerade auf den Tisch neben einer alten Dame zu, die offenbar nichts als gekochte Eier aß. Die Schalen von zwei Eiern lagen bereits vor ihr auf dem weißen Tischtuch. Sie schnappte mit ihren Nußknacker-Lippen und machte gerade eine barsche Bemerkung zu dem jungen Kellner, der sich über sie beugte. Einmal zuckte ihre Hand zu ihrem Mund hoch, und Orvil sah, daß sich die Haut wie durchsichtige Gelatine über ihren Handrücken spannte. An einem Finger trug sie einen Ring mit einem sichelförmigen Aufsatz, der mit großen Diamanten besetzt war. Einen Ring, zu dem er sich weißlackierte Schlafzimmermöbel vorstellte, kunstvolle Arrangements von Rosen aus Seidenpapier, Rohrstühle, Paneele mit Einlegearbeiten, silberne Schuhlöffel und Spangen und Engelsgesichter von Reynolds auf den oxydierten Deckeln von Puderdosen.

Orvil beobachtete sie verstohlen, während er seine Tomatensuppe löffelte, zu der er eine Menge Melba-Toast aß. Danach gab es gebratene Ente mit Orangensalat, Kartoffelbrei und Sahnespinat. Sahnespinat erinnerte ihn immer an etwas. Er versuchte sich dagegen zu wehren, doch jedesmal, wenn er Spinat auf einem Teller sah, mußte er wieder daran denken: Auf einer Wiese voll Butterblumen war er einmal in einen Kuhfladen getreten. Er hatte heruntergeschaut auf seinen Fuß, der durch die Kruste gebrochen war und in einer saftigen dunkelgrünen Masse steckte. ›Was für eine wundervolle Farbe‹, hatte er gedacht. ›Wie grüner Samt oder Jade. Oder Sahnespinat.‹

Jetzt, als ihm der Kellner den Spinat auf den Teller schöpfte, sah er das Bild wieder vor sich. ›Ich esse Kuhfladen, ich esse einen Kuhfladen!‹, sagte er sich immer wieder.

»Was möchtest du zum Nachtisch?«, fragte sein Vater. Er war ein Mensch, der am liebsten anderen beim Essen zusah. Er selbst hatte sich diesmal nur saftige schwarze Pilze auf

Toast bringen lassen. Die Pilze mit ihren eingedrückten Lamellen wirkten wie geschrumpfte Skalps von Orientalen.

Orvil studierte die Speisekarte.

»Ich möchte Pêche Melba«, sagte er.

»Aber es wird kein frischer Pfirsich sein«, gab ihm sein Vater zu bedenken.

»Ich glaube, ich habe noch nie eine Pêche Melba mit frischen Pfirsichen gegessen«, sagte Orvil nachdenklich. »Es sind immer große gelbe Pfirsichhälften aus der Dose.«

»Ich weiß. Das ist es ja. Sie machen es nie richtig. Sie sollten es lieber sein lassen, wenn sie keine frischen Pfirsiche dazu nehmen wollen.« Mr. Pym schien sehr verärgert zu sein. Dabei wußte Orvil, daß nichts auf der Welt seinen Vater dazu bringen konnte, selbst einmal Pêche Melba zu essen.

»Aber frische Pfirsiche kosten in England manchmal eine halbe Krone das Stück, oder mehr«, sagte Orvil zur Verteidigung der guten britischen Pêche Melba aus der Dose.

Sein Vater schwieg dazu und widmete sich jetzt einem Whisky Soda.

Die Pêche Melba wurde serviert, mit ihrer dicken roten zähflüssig herablaufenden Escoffier-Sauce. Die beiden Hälften waren wieder zusammengefügt worden, so daß sie wie ein Paar schweißglänzende Hinterbacken aussahen. ›Wie der Hintern einer Schlafpuppe aus Zelluloid‹, sagte sich Orvil. ›Nur bei dieser Puppe ist er aufgeplatzt, und es kommen Schneeflocken und große Blutklumpen heraus …‹

Er leckte ein wenig rote Soße vom Löffel und verteilte sie mit der Zunge im Mund. Sie hatte einen leicht metallischen Geschmack. Sein Vater sah ihm geduldig und zufrieden zu, bis das letzte Stück Pfirsich verschwunden war. Dann standen sie beide auf und gingen wieder hinaus zu den Korbsesseln auf der Terrasse.

»Du gießt ein«, sagte Mr. Pym, als der Kaffee gebracht wurde. Und erneut, wie schon beim Eintritt in den Speisesaal, war Orvil erfreut, daß ihm sein Vater das Gefühl gab, wichtig zu sein.

Mr. Pym trank seinen Kaffee schwarz, mit drei Stückchen Würfelzucker in der winzigen Tasse. Dann lehnte er sich zurück und nickte ein. Orvil studierte die feinen geplatzten Äderchen auf der Nase und den Wangen seines Vaters. Er fragte sich, ob sein Vater wieder Opium geraucht hatte. Er vermutete das jedesmal, wenn sein Vater plötzlich einschlief. Zwar hatte er über Opium nichts Näheres in Erfahrung bringen können, doch er wußte, daß sein Vater es manchmal rauchte, denn dieser hatte einmal mit deutlich gekünstelter Beiläufigkeit gesagt: »Ein Bursche in Java schlug eines Abends vor, wir sollten jeder eine Pfeife rauchen; aber von dem Zeug wurde mir nur übel, deshalb habe ich es nie mehr angerührt.«

Sooft er mit seinem Vater zusammen war, hatte Orvil seither darauf geachtet, ob er einen Hauch von Opium erhaschen würde. Er kannte den Geruch, denn als er neun Jahre alt war, hatte ihm seine Tante, die seine Vorliebe für ausgefallene Geschenkartikel kannte, ein altes chinesisches Opiumkästchen geschenkt. Die Droge hatte das Elfenbein des Kästchens kastanienbraun verfärbt. Als Orvil den Deckel aufklappte, drang ein ganz ungewohnter Duft heraus, der so unverkennbar war, daß er ihm unvergeßlich blieb. Klebrige braune Reste von Opium bedeckten noch die Seiten und den Boden des Kästchens. In den Ferien, wenn er zu dem Wandbord mit seinen kleinen Schätzen zurückkehrte, klappte er jedesmal als erstes das Kästchen auf und sog den eigenartigen Opiumgeruch ein.

Noch einmal sah er jetzt seinen Vater an. Er wollte gern zu Bett gehen und fragte sich, ob er seinen Vater aufwecken sollte. Eigentlich hätte er ihn lieber schlafen lassen, doch er fürchtete, Mr. Pym könne im Schlaf etwas tun, was ihn vor den anderen Hotelgästen blamieren würde – rülpsen oder schnarchen oder fluchen. Oder vielleicht würde er schreckliche Familiengeheimnisse preisgeben in jener außerordentlich beunruhigenden Stimme, wie sie Leute haben, die im Schlaf reden.

Er faßte ihn leicht an der Schulter und sagte: »Ich geh jetzt schlafen, Daddy.«

Mr. Pym öffnete die Augen. Für einige Sekunden waren sie glasig wie die Augen eines toten Dorschs. Dann nahmen sie ihn wahr, und Mr. Pym sagte: »Gute Nacht, Mikrobe. Schlaf gut. Laß dich nicht von den Flöhen piesacken.«

Orvil verbrachte eine unruhige und sehr merkwürdige Nacht. Mehrmals verspürte er das starke Verlangen, etwas Verbotenes an sich zu tun, doch jedesmal widerstand er und kam sich sehr willensstark und gut vor, als habe Gott ihm übermenschliche Kräfte verliehen. Seine Träume waren wundersamer und erschreckender als gewöhnlich. In einem dieser Träume lag er in einer riesigen offenen Wunde. Es war sehr behaglich in dem daunenweichen Fleisch, aus dem sachte das Blut gluckste. Doch er wußte, schon das leiseste Wimperzucken würde dem Riesen, in dessen klaffender roter Brustwunde er lag, entsetzliche Schmerzen bereiten. In einem anderen Traum schwebten Diamanten von grotesken Ausmaßen an langen goldenen Fäden. Sie hatten das Aussehen von Sonnenblumen, und Orvil war ein kleines Kind, das man unter den künstlichen Blütenblättern dieser Blumen ausgesetzt hatte. Ein heftiger Wind erfaßte die Diamanten, so daß ihm die Zacken ins Gesicht schlugen. Wie glitzernde schauerliche Fußbälle aus Eis flogen die Riesendiamanten gegen seinen Kopf und rissen ihm das Fleisch ab, bis seine Augen voll Blut waren und seine Schädelknochen vibrierten und dröhnten.

Beim Erwachen hörte er sich das Liebeslied von Thais singen. So nannte er es jedenfalls, seit er es bei einem seiner Lehrer auf dem Grammophon gehört hatte. Er hatte damals zunächst nicht weiter auf die Platte geachtet, doch sein exzentrischer Lehrer, dem seine getönten Brillengläser ein fast dämonisches Aussehen verliehen, war im Zimmer auf und ab gegangen, hatte ihm mit eindringlichen Worten einiges über die Aufnahme erzählt und sie ihm anschließend noch einmal vorgespielt.

Der Anlaß hatte sich ergeben während einer eigenartigen Teeparty, die der Lehrer für seine Französisch-Klasse gab. Orvil erinnerte sich noch gut an das einsam gelegene Haus, das fast unbewohnt wirkte, das Eßzimmer mit der niedrigen Decke, den Hausboy in Pfadfinder-Uniform, die großen fettdurchweichten Doughnuts mit angekrustetem Zucker, die klobigen Tassen (groß wie Baby-Pötte) und die papierdünnen alten Teelöffel, die neben den massiven Untertassen recht verloren aussahen.

Diese Löffel waren ihm besonders in Erinnerung geblieben, denn es waren wunderschöne Exemplare aus der frühen viktorianischen Zeit, vorne wie Muscheln geformt, und die Stiele mit Wappen verziert. Wie sehr hatte er sich gewünscht, so einen Löffel zu besitzen. Doch er hatte nicht den Mut gehabt, einen verschwinden zu lassen...

Orvil sprang aus dem Bett und stellte sich vor den Spiegel. Er fürchtete, daß er jetzt, mit fünfzehn, im Begriff sei, sein gutes Aussehen zu verlieren. »O Gott, laß mich keinen Stimmbruch kriegen und laß mir keine Bartstoppeln wachsen«, hatte er in letzter Zeit öfter gebetet. Doch Gott hatte ihn nicht erhört. Beim Singen war ihm die Stimme in den hohen Lagen umgekippt, und als er jetzt sein Gesicht im Spiegel sah, mußte er feststellen, daß ihm schon wieder goldene Härchen entlang der Oberlippe sprossen. Erst vor einem Monat hatte er sie mit einem Rasiermesser, das er auf dem Dachboden seiner Tante gefunden hatte, heimlich abrasiert. Sein Onkel war Pfarrer, und die Leute aus der Gemeinde brachten der Tante immer ihren alten Kram für den nächsten Trödelmarkt. Sooft Orvil im Pfarrhaus zu Gast war, stieg er auf den Dachboden, wo das Zeug aufbewahrt wurde, und bediente sich. Seine Tante wußte nichts davon. Er sah sich mit den entwendeten Sachen immer vor und versteckte sie gut.

Bei seinem letzten Besuch hatte er das altmodische Rasiermesser entdeckt und einen jener Apparate, die Cricketspieler unter der Hose tragen, um ihre Weichteile zu schützen. Er hatte sich gewundert, daß jemand auf die Idee gekommen war, so etwas bei seiner Tante abzugeben. Es mußte wohl eine Frau gewesen sein, die nicht wußte, wozu der Gegenstand diente. Er selbst hatte es auch nicht gewußt und erst einen seiner Lehrer danach fragen müssen.

Er war mit den beiden Dingen nach unten in sein Zimmer gerannt und hatte den ausgebeulten Lederschutz angelegt. Er war ihm viel zu groß und fühlte sich an wie eine harte Hand zwischen seinen Schenkeln. Das Ziegenleder war blankgescheuert und schwarz von Schweiß. Er hatte sich damit vor den Spiegel gestellt und mit dem alten Rasiermesser den Flaum von der Oberlippe geschabt.

Dann, ohne den Lederschutz abzunehmen, hatte er sich angezogen und war nach unten gegangen. Im Gespräch mit seiner Tante und seinen Vettern hatte er ein heimliches Gefühl der Erregung und Befriedigung gespürt und sich sehr sicher und überlegen gefühlt.

Das Rasiermesser hatte er mit ins Internat genommen und während des letzten Schuljahrs zweimal benutzt – in der Toilette im Obergeschoß, die als einzige eine abschließbare Tür hatte. Er hatte sich auf den Toilettensitz gestellt und das Rasiermesser in den Wasserkasten getaucht, und dann hatte er sich rasiert, wobei er mit einem nassen Finger erst sorgfältig an der Oberlippe entlangstrich, ehe er das Rasiermesser ansetzte.

Jetzt, als er sein Gesicht im Spiegel betrachtete, überlegte er, ob er sich schon wieder rasieren sollte. Er hatte Angst, daß die Härchen durch ständiges Rasieren stärker und dicker würden. Andererseits bereitete es ihm jedesmal Vergnügen, wenn er sie abrasierte. Er beschloß, es an diesem Morgen sein zu lassen. Er sagte sich, daß das bißchen Flaum keinem auffallen würde.

Er versuchte sich auch einzureden, daß niemand die schwarzen Ringe unter seinen Augen bemerken würde. Im Spiegel waren sie allerdings so überdeutlich, daß er kaum sein übriges Gesicht sah. Die Boys im Internat hatten ihn gelegentlich damit aufgezogen und ihn mit einem beziehungsvollen Unterton gefragt: »Du siehst heute morgen wieder so mitgenommen aus, Pym – was hast du denn wieder getrieben?«

Er wußte, worauf sie anspielten, und er zitterte jedesmal vor rechtschaffener Empörung. Er konnte gegen die Ringe unter seinen Augen einfach nichts tun. Seine Ängstlichkeit und Aufgeregtheit hielt ihn nachts oft wach. Hinzu kam, daß er empfindliche Augen hatte, die sehr rasch ermüdeten.

Er hoffte, daß andere dies erkennen würden, wenn ihnen die Ringe auffielen. Nicht auszudenken, wenn auch sie so argwöhnisch und verdorben wären wie die Boys im Internat ...

Orvil nahm sein Handtuch und machte sich auf den Weg zum Badezimmer am hinteren Ende des Flurs. Neben der Tür hing ein Münzautomat, aus dem man verschiedene

Sorten Pillen und Tabletten ziehen konnte: Aspirin, Chinin, Cascara Sagrada. Er hatte jetzt Geld, denn am Tag zuvor hatte sein Vater all sein Kleingeld hervorgeholt und ihm in die Hosentasche gesteckt, als sie dicht nebeneinander im Fond des Wagens saßen. Orvil, schläfrig von der monotonen Fahrt, war nervös zusammengezuckt, als fürchte er eine unsittliche Berührung. Doch dann hatte er die harten Münzen gespürt, die gegen seinen Schenkel drückten.

Er ging zurück in sein Zimmer und holte sich drei Sixpence-Stücke. Er steckte sie nacheinander in die drei Schlitze und nahm unten die kleinen Schachteln heraus. Während er das Wasser einließ und der Raum sich mit Dampf füllte, las er sich die Instruktionen durch. Dann nahm er aus jedem Röhrchen eine Tablette ein und räkelte sich in seinem Badewasser. Bald danach fühlte er sich besser – sehr friedlich und wohlig.

Nach dem Frühstück verirrte er sich auf dem Rückweg zum Zimmer. Im Gewirr der Korridore stieß er schließlich auf ein Zimmermädchen. Die kleine adrette Person machte einen netten Eindruck und wirkte intelligent und sehr fraulich. »Haben Sie sich verlaufen, Sir?«, fragte sie mitfühlend. Es war ein angenehmes Gefühl, mit ›Sir‹ angeredet zu werden. Doch zugleich fühlte er sich ertappt und beschämt. »Ja«, sagte er, »ich muß irgendwo falsch abgebogen sein.«

»Dieses alte Haus ist ein richtiges chinesisches Puzzle, nicht?«, sagte sie und lachte. Orvil fand das eine sehr einfallsreiche und gescheite Bemerkung. Er hatte den Ausdruck ›chinesisches Puzzle‹ noch nie gehört. Plötzlich sah er das Hotel als ein schreckliches Labyrinth, in dem irgendwo im Dunkeln der Minotaurus auf ihn wartete.

An diesem Tag fuhren sie nach Salisbury. Ben, Mr. Pyms zweitältester Sohn, war außerhalb der Stadt in einem Ausbildungslager des Officers' Training Corps seiner Schule.

Sie hielten vor einem Hotel und ließen ihr Gepäck hineinbringen. Dann fuhren sie aus der Stadt. Mr. Pym sagte dem Chauffeur, er solle fahren, bis er weiße Zelte sehe. Orvil entdeckte sie als erster. Der Chauffeur fuhr darauf zu, mußte aber feststellen, daß er die Landstraße nicht verlassen konnte:

Der Feldweg, der zum Camp führte, war völlig aufgeweicht und bestand nur noch aus Schlamm.

Mr. Pym und Orvil stiegen aus und begannen schweigend durch den Schlamm zu stapfen. Sie fühlten sich etwas schuldbewußt, doch zugleich waren sie auch froh, daß sie dieses Lagerleben nicht ertragen mußten. Obwohl etwas in ihnen sich doch heimlich danach sehnte.

Plötzlich kam ihnen Ben entgegen. Er war sehr verschwitzt und schlecht gelaunt, bot aber dennoch eine stattliche Erscheinung. Er war offensichtlich im Dienst, denn er trug verdreckte Arbeitshosen und schleppte zwei randvolle Bottiche aus der Latrine, die er bei jedem Schritt wütend überschwappen ließ. Als er seinen Vater und Orvil erblickte, setzte er die Bottiche mit einem Ruck ab und stand einen Augenblick entgeistert da. Dann lachte er laut heraus, und die Situation war gerettet. Die anderen beiden liefen auf ihn zu, um ihn zu begrüßen, doch er hob abwehrend die Hände und rief: »Kommt mir nicht zu nahe, sonst fallt ihr in Ohnmacht.«

Der Gestank aus den Bottichen war in der Tat überwältigend. Orvil fühlte sich merkwürdig hin- und hergerissen zwischen Ekel und Faszination. Er hätte am liebsten mit einem Stecken in der Brühe herumgerührt, die Kotklumpen aufgespießt und hoch in die Luft geworfen. Doch sein zweites Ich – ein sehr feminines, auf Reinlichkeit bedachtes Ich – wehrte sich heftig gegen eine solche Vorstellung und gab ihm sogar ein, daß sein frischer, sauberer, gutaussehender Bruder nun für immer mit einem Makel behaftet sein würde, nie mehr zu trennen von dem ekelhaften Zeug, mit dem er hier umging.

Mr. Pym vereinbarte mit Ben, daß dieser nach Salisbury kommen solle, wenn sein Dienst vorüber war. Nach einem gemeinsamen Abendessen würden sie dann alle zum ›Searchlight Tattoo‹ gehen.

Orvil sah sich noch einmal um nach seinem geliebten Bruder, der unter seiner schmutzigen Hülle immer noch so charmant und weiß und sauber wirkte. Mit zorniger Beharrlichkeit versteifte er sich darauf, wie gut sein Bruder aussah, um das Bild von ihm auszulöschen, wie er diese beiden Bottiche schleppte.

Im Hotelzimmer legte sich Orvil auf das Bett und versuchte, ein wenig zu schlafen. Die Cascara-Sagrada-Pille hatte zu wirken begonnen, und überdies fühlte er sich niedergeschlagen und elend. ›Wenn ich doch nur sterben könnte!‹, dachte er. Oder wenn er nur frei und unbeschwert sein könnte, aber zugleich mit allen Rechten eines Erwachsenen. Mit ein bißchen Geld, einem kleinen Zimmer und mit einer Arbeit, die ihm Freude machte. Wenn doch nur seine faszinierende Mutter mit dem sonnengebräunten Teint aus ihrem Grab auferstehen und zu ihm zurückkommen könnte, in ihrem merkwürdig unansehnlichen rotgrün gemusterten Tartankleid mit dem glänzenden Gürtel, den sie im Modegeschäft einer Bekannten gekauft hatte. Wenn er ihr die Ringe wieder über die Finger streifen könnte und ihre Augenbrauen nachziehen mit der winzigen schwarzen Bürste, wie er es immer so geschickt getan hatte.

Im Halbschlaf sah er es jetzt vor sich. Seine Mutter schwebte aus dem Grab herauf. Doch sie trug nicht das rotgrün gemusterte Kleid, sondern ein zerdrücktes pfirsichfarbenes Nachthemd, ihre Augen waren geschlossen, ihr goldglänzendes toastfarbenes Haar filzig und plattgedrückt von Erdklumpen. Erde krümelte aus ihren leeren Augenhöhlen, und dann sah Orvil mit Entsetzen, wie ein Stück von ihrem Gesicht abfiel und in der Spalte zwischen ihren Brüsten verschwand – es war ihre Nase, die ihr abgefault war!

»O Darling! O Darling!«, rief er. Er wußte nicht, wie er das Grauen dieses immer wiederkehrenden Angsttraums ertragen sollte. Immer sah er, wie sie krampfhaft versuchte, sich aus dem Grab zu befreien. Bis ihm wieder einfiel, daß sie ja eingeäschert worden war. Und dann sah er ihren halb verkohlten Leib in den Flammen und hörte sie gellend schreien.

Er erinnerte sich an den Nachmittag, als sie ihn mit ihrer Haarbürste geschlagen hatte. Sie hatte ihn durchs ganze Badezimmer gejagt und schließlich unter dem hellblauen Waschbecken zu fassen bekommen, und dann hatte sie begonnen, heftig auf ihn einzuschlagen. In ihrem Zorn vergaß sie, die Bürste umzudrehen. Sie schlug blindlings auf ihn ein, und er spürte, wie ihm die Borsten in die Haut stachen. Als sie erneut zuschlug, versuchte er, sich zu wehren. Plötzlich stolperten sie mitten im Badezimmer im Kreis, rissen einander an den Kleidern und fuchtelten wütend mit den Fäusten. Fast war ihnen jetzt nach Lachen zumute, doch der Zorn war stärker.

Am Abend, als sie einander verziehen hatten und sie zu ihm ins Bad kam, um ihm den Rücken zu schrubben, machte er sich steif und wollte sich nicht umdrehen. Sie sollte nicht die purpurnen Male der harten Borsten auf seinem Hintern sehen.

Die Tür wurde leise geöffnet, und Ben kam herein. In seinem Halbschlaf dachte Orvil für einen Augenblick, ein gutaussehender Fremder habe aus Versehen die falsche Tür geöffnet, denn Ben trug seine Uniform mit den blanken Messingknöpfen, und sein weißblondes Haar schimmerte wie Fischleim.

Ben legte sich neben ihn auf das Bett und begann zu erzählen. Orvil hörte, wie draußen Wassertropfen in großen Abständen aus der verstopften Dachrinne nach unten auf die Steinplatten fielen. Er lauschte und wartete, bis es wieder *plop* machte, und er hörte nur mit halbem Ohr auf die Geschichten, die sein Bruder vom Leben im Camp erzählte.

Ben berichtete von den Ölsardinen, die ranzig und schlecht geworden waren, weil man die Dosen schon Stunden vor dem Abendessen aufgemacht hatte; von dem Jungen, den man bewußtlos unter seinem zusammengefallenen Zelt hervorzog; von den Burschen, die Schweißfüße hatten und die ganze Nacht schnarchten; von den aufregenden Nachtübungen, wo man stundenlang dicht an dicht in dunklen Schützengräben lag. Die letzte Geschichte handelte von einem armen Kerl, den sie mit einem schweren Kochlöffel so lange auf den Kopf schlugen, bis ihm hellgrüner Schleim aus dem Mund lief.

Ben lachte glucksend in sich hinein und genoß seine Schauergeschichten in vollen Zügen. Er war ein gutherziger Mensch, doch er konnte sich nur so richtig freuen, wenn er von wüsten Dingen erzählte.

Jetzt hielt er die Hand hoch. An einem Fingernagel war die Nagelhaut aufgerissen.

»Was kann ich dagegen tun?«, fragte er. »Es zieht und schmerzt jedesmal, wenn ich etwas anfasse.«

Orvil sah es sich an. Es schien ihm eine recht geringfügige Verletzung zu sein.

»Am besten, wir fragen Daddy, was da zu tun ist«, sagte er gleichgültig.

Sie standen auf und gingen hinunter zum Tee. Anschließend ging Mr. Pym mit ihnen in eine Apotheke und ließ sich für Ben eine Nagelsalbe geben. Orvil fühlte sich noch leicht benommen von dem verschlafenen Nachmittag, und als ein Lippenstift vom Ladentisch rollte, bückte er sich und steckte ihn ein, noch ehe ihm recht bewußt wurde, was er tat.

Als sein Vater ihn fragte, was da heruntergefallen sei, gelang es ihm, leichthin zu sagen: »Ich bin mir nicht sicher. Ich glaube, es war ein Lippenstift. Er ist direkt unter den Ladentisch gerollt.« Im Hinausgehen sah er aus den Augenwinkeln, wie die Verkäuferin auf allen vieren um den Ladentisch kroch und darunter herumtastete.

Im Foyer des Hotels sah ein drahtiger Mann mit Hakennase von seiner Zeitung hoch, stand auf und kam ihnen mit ausgestreckter Hand entgegen.

»Hallo, Pym!«, sagte er. »Was für eine nette Überraschung!«

Mr. Pym kannte den Mann aus Fernost. Es war eine flüchtige Bekanntschaft, und sie hatten einander seit Jahren nicht mehr gesehen, doch jetzt schüttelten sie einander sehr freundschaftlich die Hand.

Auch der Mann, wie sich herausstellte, war nach Salisbury gekommen, weil sein Sohn im O. T. C. Camp war. Sein Vaterstolz war so übertrieben, daß er lächerlich wirkte. Aufgeregt erzählte er eine kleine Anekdote nach der anderen. Er verdrehte die Augen und zeigte sein hübsches neues schneeweißes Gebiß. Er schilderte die wagemutigen Taten seines Sohnes und hob immer wieder dessen attraktive Erscheinung hervor. Abschließend sagte er in einem humorvollen Cockney-Akzent, der jedoch die Ernsthaftigkeit der Bemerkung nicht überdecken konnte: »Ich sollt' vielleicht nicht damit angeben, aber Jim ist einfach ein bemerkenswert prächtiger Bursche.«

Orvil fand das sehr erstaunlich. Er hatte nie gedacht, daß Väter imstande wären, über ihre Söhne anders als mit kühler Nachsicht oder einigem Unmut zu reden. Er war plötzlich neidisch auf diesen unbekannten Jim, und um das Gefühl loszuwerden, sagte er sich, daß das Getue des Mannes alle beide recht lächerlich aussehen ließ.

Sie verabschiedeten sich jetzt, um in den Speisesaal zu gehen, und als sie die Tür erreichten, geschah das, was Orvil die ganze Zeit erwartet hatte – der Mann wandte sich noch einmal an Mr. Pym und sagte hastig: »Ach übrigens, es hat mir schrecklich leid getan, als ich hörte, daß Ihre – «

Mr. Pym brachte ihn abrupt zum Schweigen, ehe er es aussprechen konnte.

»Es war am besten so«, sagte er mit Nachdruck. »Sie hätte sonst als hilfloser Krüppel weiterleben müssen, und Sie können sich wohl denken, was sie davon gehalten hätte.« Er sagte es in einem merkwürdig anzüglichen und gemeinen Tonfall. Der Mann verdrückte sich daraufhin mit hochrotem Gesicht und wünschte sich wohl, er hätte sich nicht zu dieser Bemerkung gezwungen, die ohnehin nicht aufrichtig gemeint war.

Ein sehr altmodischer Kellner mit Plattfüßen und schütterem Haar geleitete sie an einen Tisch. Er hatte eine fettige Serviette über dem Arm. Orvil betrachtete ihn wie ein Fossil im Museum. Er wollte nicht daran denken, daß es ein Mensch war, sonst hätte ihm das Essen nicht mehr geschmeckt. Etwas unendlich Unglückliches quoll aus dem Kellner in Wellen heraus, und Orvil stemmte sich dagegen und versuchte, sich auf die Speisekarte zu konzentrieren.

Ben ließ sich ein Bier bringen. Eigentlich hätte er lieber einen Whisky Soda getrunken, doch er sagte sich, daß das für einen Jungen von siebzehn Jahren dumm und anmaßend wäre. Er hatte einen ausgeprägten Sinn für das, was sich schickte, und daran hielt er sich eisern.

Nach dem Essen gingen sie hinaus zum Wagen. Orvil setzte sich nach vorn zum Chauffeur, der sehr mürrisch und verärgert war. »Aber wollen Sie denn nicht auch das ›Tattoo‹ sehen?«, fragte er, um ihn ein bißchen aufzutauen.

»Alles schön und gut, aber ich hatte etwas anderes vor«, sagte der Chauffeur mit wichtiger Miene. Er hatte bisher jeden Abend freigehabt, um in den Pubs zu trinken und Frauen aufzugabeln. Auf diese liebe Gewohnheit mußte er nun verzichten und trauerte seiner verlorenen Freiheit nach. Den Frauen von Salisbury würde es an diesem Abend versagt bleiben, seine Bekanntschaft zu machen, es sei denn, er konnte beim ›Tattoo‹ eine finden. Nun, vielleicht würde er Glück haben. Er stellte sich vor, mit ihr im Gras zu liegen und die nassen Halme unter den Händen zu spüren und sein verschwitztes Gesicht darin zu kühlen.

Orvil sah ihn von der Seite an und dachte an die Mädchen in Liebesromanen, die mit dem Chauffeur ihres Vaters durchbrannten. Er konnte verstehen, was daran so reizvoll war. Es hatte nicht soviel mit dem Chauffeur selbst zu tun (dieser hier zumindest war fleischig und rosig wie ein Schwein) – nein, es war der Rausch der Geschwindigkeit; die Uniform, die einem das Gefühl gab, von einem mysteriösen Offizier einer fremden Armee entführt zu werden; das Abenteuer, mit einem Mann allein zu sein wie auf einer einsamen Insel; und das berauschende Gefühl, einem langweiligen behüteten Leben zu entrinnen.

Der Wagen hielt, und sie mußten eine Weile im Dunkeln durch morastiges Gelände irren, bis sie die Zuschauertribüne erreichten und ihre Plätze einnehmen konnten.

Das Tattoo hatte noch nicht begonnen. Nur ein einziger Scheinwerfer war eingeschaltet, und in seinem Lichtkegel stand ein korpulenter Mann, der die Zuschauer zum Singen animierte. Er ruderte mit den Armen, und der Schweiß lief ihm über das Gesicht. Aus der großen Menschenmenge kam nur ein schwaches Echo. Der Mann verausgabte sich, als sei er von Sinnen, und wenn er den Oberkörper zurückbeugte, quoll sein Bauch so stark hervor, daß es aussah, als werde er gleich platzen. Orvil stellte sich vor, wie ihm die dampfenden Eingeweide heraushängen würden, und er erschauerte bei dem Gedanken an den scheußlichen roten Fleck, der sich auf Hemd und Hose des ganz in Weiß gekleideten Mannes ausbreiten würde. Der Bauch schwang wie eine riesige pralle

Schweinsblase bedenklich hin und her. Der Mann hatte sich das Hemd fast bis zum Nabel aufgeknöpft, und die schwabbeligen Fettwülste um die Brustwarzen hüpften auf und nieder wie die Brüste eines jungen Mädchens. Wenn der Mann eine ausholende Bewegung mit den Armen machte und das Hemd weit auseinanderklaffte, konnte Orvil sie deutlich sehen. Wie zwei Portionen Pudding oder Götterspeise, die plötzlich lebendig wurden. Orvil fand den Anblick so lustig und grotesk, daß er fast herausgelacht hätte.

Jetzt ertönten dumpfe Trommelschläge, und der Gesang brach ab. Scheinwerfer gingen an und leuchteten eine Ecke des großen Platzes aus.

Zuerst konnte Orvil nichts erkennen, doch dann sah er aus der Dunkelheit eine weiße Ziege auftauchen. Sie bekam in den Strahlen der Scheinwerfer eine gespenstisch grünliche Färbung, und hinter ihrer winzigen Gestalt wogte ein gewaltiger Aufmarsch von Musikzügen heran.

Orvil fand, daß er selten ein so überwältigendes Schauspiel gesehen hatte. Er konnte sich nicht sattsehen an den stattlichen Tambourmajoren, die ihre silberglänzenden Stäbe in die Luft warfen, und an den Gladiator-Gestalten in Leopardenfellen mit ihren umgehängten Baßtrommeln, die so groß wie Wagenräder waren. Der Marschtritt und die rhythmischen Klänge brandeten über den weiten Platz heran. Es war ein berauschendes Erlebnis. Vorneweg trippelte diese gespenstische kleine Ziege, deren weiße Mähne im Winde wehte, und Hunderte von Männern in protzigen scharlachroten Uniformen mit goldenen Tressen und Pelzmützen schritten folgsam hinter ihr her.

Beim Anblick dieses Schauspiels mußte Orvil unwillkürlich an die üblen Witze denken, die sich die Jungs im Internat so oft mit Ziegen leisteten. Immer wieder dachten sie sich groteske Vorfälle aus, in denen es um Ziegen ging. Und jetzt stellte er sich plötzlich vor, die Ziege auf dem großen Platz werde von dem ganzen Regiment schändlich mißbraucht – sie waren alle verrückt geworden, sie schändeten ihr Maskottchen und würden es zertrampeln, bis es tot am Boden lag.

»Nicht daran denken, nicht daran denken«, sagte er sich verzweifelt, doch es gelang ihm nur mit Mühe, sich wieder auf die wirkliche Szene vor seinen Augen zu konzentrieren.

Die Musikzüge marschierten jetzt aus dem Lichtkegel. Abrupt schwangen die Scheinwerfer herum und illuminierten die andere Seite des Platzes. Man sah eine schlammfarbene Stadtmauer mit Tor. Seltsame Gestalten in arabischen Gewändern ließen sich von der Mauer fallen, als seien sie von Kugeln getroffen worden. Andere versuchten einen Ausbruch, doch auch sie fielen bald um und wälzten sich schreiend am Boden. Die britischen Truppen mit ihren viktorianischen Helmen rückten unaufhaltsam vor. Weiße Rauchwölkchen aus ihren Flinten hingen wie kleine Wattebäusche in der Luft. Die Sieger stießen Schlachtrufe aus und johlten. Die Besiegten krochen im Staub und winselten um Gnade.

Als alles vorüber war und sie Ben in der Nähe seines Lagers abgesetzt hatten, wandte sich Orvil an den Chauffeur.

»Wie hat es Ihnen gefallen?«, fragte er.

»Danke, wirklich sehr gut«, kam die glatte höfliche Antwort.

Orvil betrachtete das grobe Profil des Chauffeurs. Dieser schien jetzt wieder ganz zufrieden zu sein, und nach einer Weile sagte er in scherzhaftem Ton: »Also diese kleine Ziege sah wirklich niedlich aus, Mister Orvil.« Das ›Mister‹ überraschte Orvil. Der Chauffeur hielt es mehr mit demokratischen Umgangsformen, und wenn er schlechtgelaunt war, unterließ er es sogar recht oft, Mr. Pym mit ›Sir‹ anzureden.

Schweigend saß Orvil neben ihm, schon ganz in Gedanken an den nächsten Tag und ihre Ankunft in dem Hotel, wo sie den Rest der Ferien verbringen sollten.

II

Der Wagen bog von der Straße ab und fuhr zwischen zwei hohen Steinsäulen hindurch. Orvil schaute an den Säulen hoch und sah, daß sie von römischen Helmen und allerhand Trophäen gekrönt wurden, die jeweils rings um ein reichverziertes Wappenschild angeordnet waren. Hier ragte ein abgebrochener Speer heraus; dort hing traurig ein welker Lorbeerkranz nieder.

Neben dem Tor stand ein kleines Pförtnerhaus. Es wurde fast erdrückt von einer gewaltigen Masse alter Rhododendren. Die ganze Einfahrt wurde überwuchert und verdunkelt von diesen dichten Büschen.

Das hübsche altmodische Häuschen trug in großen schwarzen Lettern die Jahreszahl ›1846‹. Darüber prangte ein Relief, das die Adelskrone eines Herzogs darstellte, zwei Siegel und ein Wappen. Offenbar hatte man damals ganz sichergehen wollen, daß jeder sofort sah, was für einen hohen Rang der Besitzer des Anwesens bekleidete.

Während der letzten neunzig Jahre war die Einfahrt immer enger geworden, je mehr die Rhododendren in die Breite wuchsen. Die großen Limousinen, die hier jetzt ein und aus fuhren, kamen nur noch mit Mühe durch. Der frische rote Schotterbelag gab der Einfahrt einen vulgären teuren Anstrich. Durch den Tunnel aus dunklen Blättern filterte ein grünes Dämmerlicht herein.

Als der Wagen aus dem Blättertunnel kam, breitete sich eine weite Rasenfläche aus, und Orvil war vom Anblick des herrschaftlichen Hauses angenehm überrascht. Es war ein imposantes hellrotes Backsteingebäude aus dem späten 18. Jahrhundert. Die Schiebefenster, mehrfach in kleine

Quadrate unterteilt, waren im Erdgeschoß mindestens vierzehn Fuß hoch. In den oberen Stockwerken wurden die Fenster zunehmend niedriger, und die Dachfenster waren nur noch längliche Schlitze.

Der Herzog, der in der frühen viktorianischen Zeit das Pförtnerhaus hatte bauen lassen, war offensichtlich auch verantwortlich für die massive *porte-cochère,* die nun den eleganten Eingang des Hauptgebäudes überdachte. Der neue Anbau mit dem Ballsaal ging im rechten Winkel von der einen Seite des alten Gebäudes ab. Er war aus sehr hellen rötlich-grauen Backsteinen gebaut, und seine kleinen bleigefaßten Flügelfenster ließen die hohen Fenster des alten Hauses noch schöner erscheinen. Prächtige alte Zedern standen vor dem Haus in einer unregelmäßigen Anordnung, die deutlich machte, daß einige im Laufe der langen Jahre abgestorben waren.

Als die Limousine vor dem Eingang hielt, kam der Hotelportier die Stufen herunter und hielt einen Zettel in der Hand.

»Verzeihung, Sir – sind Sie Mr. Pym?«, fragte er.

Mr. Pym nahm den Zettel und überflog ihn. Es war eine Mitteilung von Charles, der ihm ausrichtete, er sei am Tag zuvor angekommen, habe sie aber nicht angetroffen und sei deshalb mit einem Freund zum Flugplatz gefahren, um sich einige Flugstunden geben zu lassen. Sie würden zum Abendessen zurück sein.

Orvil spürte, wie sich alles in ihm zusammenzog. Seine Handflächen wurden feucht, und sein linkes Augenlid begann zu flattern. Er fürchtete sich vor der Begegnung mit seinem ältesten Bruder.

Charles brachte es immer fertig, ihm das Gefühl zu geben, er sei ein dummer kleiner Junge, verweichlicht, minderwertig, feige und ungeschickt. Charles überhäufte ihn gelegentlich mit liebevoller Aufmerksamkeit – wenn er früh am Morgen zu ihm ins Zimmer kam, oder wenn sie am Abend allein mit dem Auto unterwegs waren – doch am Tag, in Gegenwart von anderen, gab er sich immer hochmütig und verletzend. Und seine Wutausbrüche waren zum Fürchten. Ohne ersichtlichen Grund konnte er plötzlich einen Schwall von häßlichen Worten über ihn ergießen, so daß sich Orvil noch Tage danach ganz klein und geknickt vorkam. Dieses unberechenbare Temperament war das Schrecklichste an ihm. Orvil hatte sich noch nicht daran gewöhnt, daß man im Umgang mit anderen ein Gefühl von Unsicherheit ertragen mußte, auch wenn es schwerfiel. Wenn Charles loslegte, bekam er einfach weiche Knie. Es war ein schauderhaftes Gefühl, und so heftig er sich auch dagegen wehrte – er wurde es nicht los.

Er war nie für längere Zeit mit Charles zusammen gewesen. Wegen des Altersunterschieds von sechs Jahren hatten sie nie dieselbe Schule besucht. Orvil dankte Gott dafür, und er flehte inständig, daß Charles an diesem Abend nicht zum Essen erscheinen möge. Er dachte an einen Flugzeugabsturz, doch schon im nächsten Augenblick überkam ihn die Angst, daß sein Gebet womöglich erhört würde. ›Nein!‹, schickte er hastig ein erneutes Stoßgebet zum Himmel. ›Ich nehme es zurück, ich nehme es zurück!‹

Mr. Pym war im Gegensatz zur Orvil sehr erfreut, daß sein ältester Sohn bereits im Hotel abgestiegen war. Insgeheim hatte er Charles am liebsten, und dessen unbeherrschte Extratouren und Unzuverlässigkeit schienen ihm eher Vergnügen zu bereiten. Er war immer freudig erregt, wenn ihm von Geschäftsleuten aus Oxford und London Rechnungen zugeschickt wurden, die Charles nicht beglichen hatte.

Der Portier führte sie auf den glasüberdachten Innenhof, und dort wurden sie von einer jungen Frau in schwarzem Satinkleid und Ciro-Perlen empfangen, die voranging, um ihnen ihre Zimmer zu zeigen. Während Orvil ihr folgte, fiel ihm auf, daß die Perlen, wo sie im Nacken auf der weißen Haut scheuerten, einen trüben wächsernen Schmutzbelag hatten.

»Ich fürchte, das hier hat keinen besonderen Ausblick«, sagte sie, als sie die Tür zu einem geräumigen Zimmer in der zweiten Etage aufschloß. Zwei Betten standen darin, und Orvil war klar, daß das Zimmer für ihn und Ben gedacht war. Doch Ben würde erst in einigen Tagen vom Camp zurückkommen. Er ging ans Fenster und sah über einen kleinen Hof auf die Rückfront eines Seitenflügels. Unter sich sah er die Dächer einiger Vorbauten, von denen einer offenbar den Generator enthielt und ein anderer die Wäscherei.

Die junge Frau wandte sich jetzt an ihn und sagte in einem gekünstelt saloppen Tonfall: »Aber Jungs finden so etwas ja nicht so wichtig, oder?«

Mr. Pym mußte dies an seiner Stelle mit einem Lächeln und einem flüchtigen Kopfnicken quittieren, denn Orvil setzte eine mürrische Miene auf und wandte sich ab. Er haßte es, wenn Erwachsene dachten, sie wüßten seine Ansichten im voraus, nur weil er noch ein Junge war. Nach der Bemerkung der Frau haßte er nun geradezu den unschönen Ausblick aus dem Fenster. Er fand es beleidigend.

Sein Vater folgte der jungen Frau zu einem Zimmer im neuen Flügel, und Orvil blieb allein zurück. Er entschied sich für das Bett am Fenster, packte seinen Koffer aus und versteckte den gestohlenen Lippenstift unter dem Papier, mit dem das Nachtschränkchen ausgelegt war, in dem der unvermeidliche emaillierte *pot-de-chambre* stand. Er machte sich gelegentlich einen Spaß daraus, diesen pompösen Ausdruck zu verwenden, denn es erinnerte ihn an seine Kindheit, als er und ein Freund sich ein Spiel ausgedacht hatten, in dem sie so taten, als seien sie vornehme Damen auf einem Ball. Es begann immer damit, daß einer den anderen fragte: »Und was, wenn ich fragen darf, ist dieses exquisite Parfüm, das Sie heute abend benutzen, Herzogin?«

Der andere machte dann zunächst einige flatternde Bewegungen mit einem imaginären Fächer und zierte sich in gespielter Verlegenheit, ehe er antwortete: »Es ist Guerlains neues Pot-de-Chambre, meine liebe Gräfin. Darf man fragen, wie sich Ihr betörender Duft nennt?«

»Aber gewiß, Herzogin. Ich fühle mich geehrt, daß es Ihren Beifall findet. Es ist Chanels neuestes Vase-de-Nuit.«

Die Sprache war immer sehr formell, affektiert und gestelzt. Sie erfanden endlose Variationen und konnten sich ganze Nachmittage damit vergnügen.

Orvil liebte es, seine Mutter allerhand ausgefallene Dinge zu fragen, und dabei war ihm die Idee zu jenem Spiel gekommen. »Mami, was müßte ich sagen, wenn ich in Frankreich wäre und mitten in der Nacht aufwache und aufs Töpfchen muß?« hatte er gefragt. Als sie es ihm sagte, fiel ihm die Ähnlichkeit mit den Bezeichnungen der Parfüms auf, die seine Mutter benutzte. Um neue Namen für Parfüms zu bekommen, durchstöberte Orvil die Schränkchen im Badezimmer. ›Veet‹ und ›Odorono‹ waren für ihn seltene Kosmetika aus Fernost, und das erklärte, weshalb sie an besonders unzugänglichen Stellen aufbewahrt wurden. Und das Firmenetikett eines Badehandtuchs war für ihn gleichrangig mit denen der Couturiers Worth und Schiaparelli.

Natürlich konnte er von seiner Mutter nicht erwarten, daß sie ihm eine lange Liste von anzüglichen französischen Ausdrücken gab, die sich als imaginäre Bezeichnungen für Parfüms eigneten. Deshalb mußten er und sein Freund sich damit begnügen, ihre handgeschriebenen Menüs vergangener Dinner-Parties zu studieren. Dabei stießen sie auf so erregende Dinge wie ›Bisque d'écrevisses‹ und ›Baba à l'Impératrice‹. Das letztere schien Orvil besonders unanständig und kraß zu sein, denn er übersetzte es mit voller Überzeugung als ›Bobbles der Kaiserin‹ – und ›Bobbles‹ hatte sein erstes Kindermädchen als scherzhafte Bezeichnung für ›Brustwarzen‹ gebraucht ...

Orvil drückte die Tür des Nachtschränkchens zu und verließ das Zimmer. Er tastete sich den schmalen Gang entlang und stieg dann die breite Treppe zum Teesalon hinunter. Dort sah er Gruppen von Gästen in Lehnstühlen, und sie hatten die außerordentlich traurigen Mienen von Leuten, die nichts mit sich anzufangen wissen, bis sie sich wieder zur nächsten Mahlzeit umziehen können. Er sah beiseite, während er zwischen ihnen hindurchging. Schon beim ersten Anblick ihrer gelangweilten düsteren Gesichter hatte sich eine melancholische Stimmung wie zähe Gelatine über ihn gelegt.

Er entschied sich für einen hellroten Sandweg, der sich in Serpentinen durch den Garten schlängelte. Die Strahlen der tiefstehenden Sonne schienen ihm ins Gesicht, und obwohl es noch Hochsommer war, lag bereits eine wehmütige Abschiedsstimmung in der Abendluft.

Als er aus dem dichten Gebüsch herauskam, gelangte er auf eine Terrasse mit einem Springbrunnen, dessen Wasser in ein großes rundes Becken fiel. Wunderschöne gelbrote

Karpfen schwammen im Becken, und ihre Flossen und Schwänze blitzten da und dort im silbern sprudelnden Wasser. Er fragte sich, wie sie das ständige Plätschern des herabstürzenden Wassers aushielten. Ihn selbst machte es nach einer Weile schon ganz taub und benommen, so daß er an den Rand der Terrasse ging und sich an die Balustrade lehnte. Blumen rankten sich zwischen den gedrungenen Pfeilern der Balustrade hindurch, und ein Meer von Blüten ergoß sich über die grob behauenen Steine nach unten. Der Anblick erregte ihn und machte ihn nervös und ungeduldig. Er strengte seine Augen an und sah über das weite Tal, in dem sich der Fluß durch massige dichtbelaubte Bäume wand.

Orvil rannte die flachen Treppenstufen von der Terrasse herunter, bog um eine Ecke und fand sich in einer kleinen Schlucht, die man von oben nicht hatte einsehen können. An der einen Felswand klebte eine reizende Gartenlaube, und seitwärts gab es eine geheimnisvolle eisenbeschlagene Tür, durch die man offenbar in eine Höhle oder ein Gewölbe im Fels gelangte.

Die Gartenlaube stammte aus dem frühen 19. Jahrhundert. Die Scheiben der Spitzbogenfenster waren in Blutrot, Purpur und Orange mit Heiligen bemalt. Es gab eine kleine Veranda mit kunstvoll verzierten Säulen und einer gewölbten Stuckdecke, und das Dach war mit blaugrauen Schieferplatten gedeckt, die wie Schuppen von Fischen wirkten. Aus seiner Mitte ragte ein schiefer Schornstein wie aus Zuckerguß, und die Laube sah damit aus wie das reichverzierte Tintenfaß eines Riesen.

Orvil war ganz verzaubert von diesem Anblick. Dann gab es ihm einen Stich, als er daran dachte, daß ihm dies nie gehören würde. Hotelgäste würden auf ihren Spaziergängen die Laube immer begaffen, und die Besitzer des Hotels konnten sie jederzeit abreißen lassen, wenn ihnen danach war.

Er sah nach, ob er ins Innere gelangen könnte, doch die Tür war abgeschlossen, und die Fenster waren von innen verriegelt. Er versuchte, durch die Fenster hineinzusehen, aber das Glas war zu dick eingestaubt und außerdem zu stark bemalt. Er wußte, wenn er je hineinkommen wollte, würde er ein bißchen nachhelfen müssen. Die Fensterrahmen waren verzogen – man konnte also eine Messerklinge durch den Spalt schieben und die Verriegelung lösen. Ein kleines Federmesser würde allerdings nicht genügen. Er hatte es einmal damit versucht, und die Klinge war zugeschnappt und hatte ihn tief in die Finger geschnitten. Er beschloß, an einem der nächsten Abende wiederzukommen und ein Messer aus dem Hotel mitzunehmen.

Er ging jetzt zur Felswand hinüber, wo aus Ritzen und Vorsprüngen allerhand Gräser und Ranken herabhingen. Fast erwartete er, daß auch die schwere Tür verschlossen sein würde, doch als er den quietschenden Eisenring drehte, ging sie auf, und plötzlich roch es muffig nach feuchter Erde und Fledermauskot. Aus der Dunkelheit drang das unverkennbare Platschen von Wassertropfen. Es reizte ihn, daß er nichts sehen konnte, und fast gegen seinen Willen machte er einige Schritte hinein, bis seine ausgestreckten Hände einen schleimigen spitzen Gegenstand berührten. Nun bekam er es mit der Angst. Hastig rannte er hinaus und schlug die Tür hinter sich zu. Schaudernd dachte er an die Fledermäuse in diesem finsteren Gewölbe. Er stellte sich vor, wie sie über seinem Kopf da oben in der Dunkelheit gehangen hatten, wie ihr gräßlicher Kot ihm ins Haar gefallen wäre und als schmieriger Klecks an seiner Kopfhaut geklebt hätte. Er stellte sich ihren Pelz vor, in dem es von unaussprechlichen Insekten wimmelte.

Am anderen Ende der Schlucht führten flache Stufen weiter abwärts. Unter schattigen Eiben sah er winzige Grabsteine in gleichmäßigen Reihen hintereinander. Im ersten Augenblick dachte er an eine große Kinderschar – vielleicht waren sie alle im zarten Alter gestorben und lagen nun hier begraben? Er stellte sich vor, daß sie an einer unheilbaren Krankheit gelitten hatten. Er sah, wie sie die Augen verdrehten, wie ihre Köpfe schlaff zur Seite rollten, wie ihnen der Speichel aus dem Mund rann. Doch als er näher kam, wunderte er sich über die seltsamen Namen, die auf den Grabsteinen standen: ›Tansy‹, ›Pat-a-Cake‹, ›Ricochet‹, ›Snigger‹ – was für Kinder sollten das gewesen sein? Nein, jetzt wurde es ihm klar: Es waren die Namen von Schoßtieren.

Er sah sich die Inschriften an. ›Zum Gedenken an FIDDLE, einen herzensguten Mops. 19. März 1814.‹ ›Hier ruht PUCE, meine liebe Katze. Ermordet am 5. Juni 1831.‹

Plötzlich schaute er hoch und sah, daß die Sonne unterging. Er wußte, daß er zu spät zum Abendessen kommen und sich nicht mehr würde umziehen können. Seine Angst vor dem Zusammentreffen mit Charles und die interessanten Dinge, die ihm begegnet waren, hatten ihn länger als eine Stunde hier draußen festgehalten. Eilig verließ er den kleinen Tierfriedhof und rannte quer über den Rasen zurück zum Hotel.

In einem der Waschräume im Erdgeschoß stellte er sich vor den Spiegel, hielt die Hände unters Wasser und strich sich damit die Haare glatt, doch schon im nächsten Augenblick bereute er es: Seine ungebärdigen Locken ringelten sich jetzt wie häßliche nasse Rattenschwänze.

Er ging den breiten weißgetäfelten Flur entlang und kam zur Glastür des Speisesaals. Von drinnen hörte er gedämpftes Stimmengewirr und das Klappern von Tellern und Besteck. ›Werde ich sie in dieser großen Menge überhaupt finden?‹, dachte er. Er spähte durch das dicke facettierte Glas, bis er endlich den runden grauhaarigen Kopf seines Vaters entdeckte. Ein Kellner stieß dicht neben ihm die Schwingtür auf, und Orvil stolperte hinter ihm hinein. Schamröte schoß ihm ins Gesicht, und seine Handflächen wurden wieder klamm und feucht.

›Ich werde keinem die Hand geben, ich werde keine Hände schütteln‹, schwor er sich. Er setzte sich an den Tisch, ein verklemmtes Lächeln auf seinem hochroten Gesicht, und wagte nicht hochzuschauen. Umständlich faltete er seine Serviette auseinander, breitete sie über seine Schenkel, stopfte sie auf beiden Seiten darunter, strich mit den Fingern über das eingewebte Muster.

Endlich hob er die Augen, und sein Blick fiel auf den Freund seines Bruders, dessen Gesichtshaut von feinen Zickzacknarben durchzogen war. Es war ein angenehmes Gesicht, blaß wie Hafergrütze, mit schimmernden Augenbrauen. Umso irritierender war das seltsame Geflecht der knochenbleichen oder tintenstiftblauen Linien, die es durchzogen. Der

Bursche machte jedoch einen freundlichen Eindruck, sehr männlich und gleichzeitig jungenhaft plump.

Sie waren gerade mit dem Essen fertig. Mr. Pym sah zu ihm herüber und fragte: »Wo bist du gewesen, Mikrobe? Warum kommst du so spät?« Doch ehe Orvil antworten konnte, schaltete sich Charles schon ungeduldig ein und stellte ihm seinen Freund vor. »Ted Wilkie.«

Ted sagte in einem weichen amerikanischen Akzent: »Freut mich, dich kennenzulernen«, und Charles fuhr fort in seinem Bericht, in dem er durch Orvils Erscheinen unterbrochen worden war: wie Ted vor sechs Monaten eine Bruchlandung gebaut hatte und aus dem Cockpit geschleudert worden war und nach dem Aufprall noch ein ganzes Stück rutschte und sich dabei das Gesicht aufschürfte. Damit waren nun für Orvil die Narben erklärt. Im Geiste sah er, wie sich die Maschine am Boden bäumte und Ted in hohem Bogen herausflog und auf dem Bauch rutschte und winzige Steinchen ihm das Gesicht zerschnitten.

»Hatten Sie eine schlimme Zeit? Hat es sehr weh getan?«, fragte er unwillkürlich. Ted setzte ein Lächeln auf, das überlegen wirken sollte, aber nur gutmütig war.

»Ach, es ging. Ich war einen Augenblick bewußtlos. Als ich wieder zu mir kam, hatten sie mich schon prima zugepflastert. Die Knochen waren alle noch heil.«

Ein Kellner beugte sich neben Ted herunter und fragte: »Nehmen Sie die Nachspeise, Sir?«

»Nein, nur einen Kaffee«, sagte Ted.

Der Kellner gab sich betont überrascht. »Aber wollen Sie den nicht im Salon trinken, wie es Brauch ist, Sir?«

Es ärgerte Orvil, daß der Kellner sich anmaßte, Ted über die Tischsitten zu belehren und wie einen Tölpel aussehen zu lassen.

Die anderen standen jetzt auf, und Orvil blieb allein mit seinem Essen zurück. Als er anschließend zu ihnen hinausging, tranken sie alle Brandy aus großen Gläsern. Charles hatte die Nase in seinem Glas und schnaubte wie ein Pferd. »Ah, herrlich!«, sagte er. Wieder einmal bewunderte Orvil die seidig glänzenden Haarsträhnen, die schwungvoll hinter seine

Ohren zurückgestrichen waren, die gesunde rötlich-braune Farbe der Wangen, die kleinen hellen Augen und die elegante Nase. Aber er wußte, daß er Schweißfüße hatte. Daran versuchte er immer zu denken, wenn er sich in Gegenwart von Charles minderwertig fühlte.

Unter dem Vorwand, die lange Fahrt von Salisbury habe ihn ermüdet, zog er sich bei der nächsten Gelegenheit auf sein Zimmer zurück.

Am nächsten Morgen erwachte er mit leichten Kopfschmerzen. Er sah auf das Tablett, das man ihm hereingestellt hatte. Neben der bauchigen Teekanne stand ein winziges Töpfchen voll Milch. Er hatte schon oft gehört, daß Milch angeblich sehr gesund sein sollte. Also trank er sie auf einen Zug aus und schleckte dann mit der Zunge im Mund herum, um den leicht tierischen Nachgeschmack loszuwerden. Plötzlich rebellierte sein Magen, und die Milch kam ihm geronnen und schleimig wieder hoch. Das überraschte ihn, aber alles in allem war er von diesem Ergebnis seines Experiments mehr angetan als alarmiert. Immerhin war es interessant genug, um ihn von seinen Kopfschmerzen abzulenken.

Er stand auf, nahm ein Bad, zog sich rasch an und ging hinunter zum Frühstück. Sein Vater und Charles waren noch nicht da. Er aß sein Rührei und zwei Hörnchen, und unbewußt beeilte er sich damit, um wegzukommen, ehe die beiden anderen erschienen. Als er aufsprang und das Hotel verließ, waren sie immer noch nicht zu sehen. Er hatte es nicht so geplant, aber nun war er doch ganz zufrieden, daß er den Tag für sich allein hatte, um die Gegend zu erkunden.

Er ließ die Gartenterrassen hinter sich und ging durch die Felder hinunter zum Fluß. Dort gab es keinen Pfad mehr, und er mußte sich durch Hecken zwängen und über Gatter steigen, bis er endlich den Treidelpfad am Ufer erreichte. Die Äste der Bäume hingen tief auf das Wasser herunter und spendeten einen dämmrigen grünen Schatten. Das Wasser war khakifarben, und auf der Oberfläche huschten Wasserläufer und andere Insekten hin und her. Wo Sonnenstrahlen durch die Bäume drangen, bildeten sie runde glitzernde Reflexe wie zitternde Quallen. Orvil legte sich ins Gras und sah dem Spiel versonnen zu.

Nach einer Weile hörte er entfernten Gesang. Die Stimmen kamen langsam näher, und jetzt erkannte er die Melodie: Es war der Shanty ›Rio Grande‹. Erwartungsvoll stützte er sich auf, doch jederzeit darauf gefaßt, sich nach hinten ins Gebüsch zu verkriechen, falls die Sänger nicht geheuer aussahen.

Plötzlich kam ein scharlachrotes Kanu um die Flußbiegung. Es wurde gepaddelt von einem jungen Mann und zwei Boys, die etwa in Orvils Alter waren. Sie waren braungebrannt und trugen kurze Khaki-Hosen. Alle drei sangen aus voller Kehle, und zwischen den Strophen schrien sie einander scherzhafte Verwünschungen zu. Einer der beiden Boys bespritzte den Mann mit Wasser, und der Mann revanchierte sich, indem er ihm mit seinem nassen Paddel einen Schlag versetzte. Der Junge schrie empört und sprang auf, so daß das Kanu beinahe kenterte, und die anderen beiden schimpften wütend auf ihn ein.

Orvil sah, daß der Junge einen ledernen Pfadfindergürtel trug, an dem ein Fahrtenmesser mit Horngriff baumelte. Auch die dünnen Khaki-Shorts der beiden anderen wurden von solchen schweren Gürteln gehalten. In den Strahlen der Sonne schimmerten die nassen Schenkel des Mannes plötzlich wie Seide, und für einen Augenblick wirkten sie wie die sehnigen Hinterflanken eines sprungbereiten Raubtiers.

Das Trio bemerkte Orvil nicht.

Orvil duckte sich ins Gebüsch und sah ihnen gebannt nach, bis sie um die nächste Biegung verschwanden.

Unschlüssig saß er da und überlegte, was er als nächstes tun sollte. Er sehnte sich nach einem Leben, wie es der Mann und die beiden Boys im Kanu hatten – ein fast wunschlos glückliches Leben, wie er sich vorstellte. Ein heißes Gefühl von Bitterkeit quoll in ihm hoch, als ihm bewußt wurde, daß es ein solches Leben nie für ihn geben würde. Er würde immer in Hotels oder bei Verwandten leben müssen, oder in einer Schule, eingesperrt wie ein Verbrecher im Gefängnis. Es war ein entwürdigendes Leben, und es erfüllte ihn mit Grauen und Abscheu.

Seine unbändige Sehnsucht nach Freiheit brachte ihn auf die Beine. Er rannte den Pfad entlang, in der Hoffnung, flußabwärts eine Bootsvermietung zu finden und sich auch so ein Kanu zu besorgen. Er rannte eine ziemliche Strecke und war fast außer Atem, als er endlich eine Steinbrücke erreichte, neben der ein Kiosk und ein Bootshaus standen. Das Tor des Bootshauses war offen, und die Spitzen der Boote ragten heraus wie stumpfe Nasen von Haifischen.

Orvil ging zum Kiosk. Auf dem breiten Fensterbrett standen bunte Flaschen mit Kirsch- und Zitronenlimonade. Angelgerät und leuchtend rote Dreiecks-Badehosen hingen an Haken von der Decke. Der Besitzer bückte sich gerade und suchte etwas unter dem Tresen. Orvil hörte sein gepreßtes Atmen. Der Mann trug eine durchgeschwitzte Weste, die über seinem breiten Rücken spannte. Die Mittelnaht war gerade aufgeplatzt, und der Riß vergrößerte sich zusehends.

Als Orvil sich nach einem Boot erkundigte, richtete sich der Mann auf und grunzte: »Einen Shilling die Stunde.«

»Und wieviel kostet so eine?«, entfuhr es Orvil, und er zeigte auf die roten Badehosen. Sie erschienen ihm in diesem Augenblick wie ein unwiderstehliches Symbol für Freiheit und Abenteuer. Er mußte unbedingt eine haben.

»Achtzehn Pence«, sagte der Mann. Wortlos hielt ihm Orvil das Geld hin. Der Mann reichte ihm eines der roten Dreiecke heraus, und auf seinem Gesicht erschien ein Ausdruck verständnisloser Überraschung, als er sah, wie begierig Orvil danach griff. Orvil konnte es kaum erwarten, in seinem Boot zu sitzen und von allem, was an menschliche Zivilisation erinnerte, weit weg zu sein.

Der Mann ging mit Orvil zu einem Kanu und legte ihm ein lächerliches Kissen mit einem Muster aus Moosrosen auf den Sitz. Orvil schob es ungeduldig herunter und setzte sich auf das blanke Holz. Er begann, in Richtung Flußmitte zu paddeln.

»Sieh zu, daß das Paddel nicht entzweigeht«, rief ihm der Mann nach.

Bald erreichte er stromaufwärts die Stelle, wo er durch die Hecken auf den Treidelpfad herausgekommen war. Seine

Erregung stieg. Am liebsten hätte er sich nackt ausgezogen – er haßte das Gefühl der Kleider auf seiner Haut und sehnte sich nach den heißen Strahlen der Sonne auf seinem Rücken und den Beinen.

›Wenn ich doch nur ganz allein in einem Zelt am Fluß leben könnte!‹ dachte er. ›Ich könnte mich von der Jagd ernähren und würde harte Muskeln bekommen und eine braungebrannte Haut. Ich könnte Pilze suchen und Beeren und Wurzeln. Vielleicht könnte ich sogar versuchen, Gras zu essen.‹

In Gedanken an dieses herrliche Leben paddelte er weiter und kam schließlich an eine Biegung, wo das Ufer eine kleine flache Bucht bildete. Hier ging er an Land. Unter den Bäumen schlüpfte er aus seiner Jacke, hakte sich den Gürtel auf, zog das Hemd hoch und ließ sich die Hose auf die Knöchel rutschen. Er stellte sich vor, daß jemand vorbeikommen und ihn so sehen würde – Kopf und Arme im Hemd verheddert, die Hose unten um die Knöchel herum, der Rest des Körpers splitternackt. Hastig zog er sich das Hemd über den Kopf.

Als er die Badehose hochzog und der Stoff sich unten zwischen seinen Schenkeln straffte, schluckte er und zitterte und wurde steif. So stand er eine ganze Weile auf dem nassen Sand und klemmte fröstelnd und erregt die Hände unter die Achselhöhlen.

Dann ging er langsam in das dunkle Wasser und legte sich flach hinein. Im kalten Wasser klang seine Erregung rasch ab, doch es war nicht unangenehm. Ruhig und zufrieden trieb er im seichten Wasser. Er spürte die heiße Sonne auf seinem Gesicht und den Stellen von Brust und Oberarmen, die noch über Wasser waren. Sein übriger Körper prickelte vor Kälte.

›Ich bin wie eins von diesen Baked Alaskas‹, sagte er sich und dachte an die leckeren Eiskremkugeln mit heißer Schokolade darüber.

Erst als er tropfnaß wieder ans Ufer zu seinen Kleidern kam, wurde ihm bewußt, daß er kein Handtuch hatte. Er trocknete sich die glitzernden Wassertropfen mit den Hemdzipfeln und seinem Taschentuch ab, dann legte er sich in die Sonne und breitete das nasse Hemd neben sich aus. Bald begann er zu schwitzen. Er mochte den dampfenden Geruch, der von seinem Körper aufstieg. Er strich sich mit den Fingern durchs Schamhaar und lag eine Weile in wohliger Zufriedenheit da. Er sah, wie die Gräser und seine schweißglänzende Haut in den grellen Strahlen der Sonne weiß und silbrig schimmerten.

›Silberne Grashalme und silbern glänzende Haut‹, sang er leise vor sich hin. In solchen Augenblicken kam ihm immer etwas Poetisches in den Sinn. Meistens fürchtete er sich, es aufzuschreiben, denn was im ersten Augenblick eine geradezu magische Schönheit auszustrahlen schien, wirkte später nur noch langweilig und dumm.

›Grüne Adern und roter Saft...‹ Er dachte an das karmesinrote Blut in seinen Adern und das grüne Leben, das sich in den Zweigen und Blättern der Bäume ausbreitete.

Das Gedicht begann seinen Reiz zu verlieren. Nein, wirklich, es war kein gutes Gedicht. Es war blödsinniges Gestammel. Orvil sprang auf, zog das noch feuchte Hemd an, streifte sich die nasse Badehose herunter und warf sie ins Gras. Sie hatte jetzt eine dunkle blutrote Farbe, und die Falten klebten zusammen. Er stieg wieder in sein Kanu und legte die Badehose zum Trocknen auf den Boden.

Während er weiter stromaufwärts paddelte, wurden die Bäume zu beiden Seiten dichter, und ihre Äste hingen weit über das Wasser herein. Bald lag ein grünes Dämmerlicht über dem Fluß, und die Sonnenstrahlen kamen nur noch an wenigen Stellen durch.

Er fuhr unter einer alten Eisenbahnbrücke hindurch, deren Steinquader von einem braungrünen Schleim überzogen waren. Aus der Mitte des Brückenbogens fielen große Tropfen herunter, und ihr Aufprall kam als dumpfes hohles Echo von den Steinwänden zurück. Ein Stück weiter bemerkte er eine kleine Holzhütte, in einiger Entfernung vom Ufer und halb von Bäumen verdeckt. Durch das dichte Laub konnte er flüchtig zwei braungebrannte Gestalten erkennen, die geschäftig hin und her eilten. Er paddelte auf eine freie Stelle am Ufer zu und zog dort das Kanu auf den Sand. Dann arbeitete er sich kriechend durch das hohe Gras bis in die Nähe der Hütte vor.

Der Mann aus dem scharlachroten Kanu saß in majestätischer Haltung an einem kleinen Lagerfeuer und rührte in einer Aluminiumpfanne. Seitlich von ihm stand ein Klapptisch, und die beiden Boys waren damit beschäftigt, Teller und Gläser und Besteck aus der Hütte zu holen und den Tisch zu decken.

»Wo bleibt das Brot, ihr Lahmärsche?«, sagte der Mann mit gespielter Strenge. Orvil hätte in diesem Augenblick alles in der Welt darum gegeben, wenn er hätte aufspringen und das Brot holen können, um dann an diesem Picknick teilzunehmen.

Die beiden Boys kamen mit dem Brot und zwei Campingstühlen aus der Hütte und setzten sich an den Tisch. Der Mann stand mit der Aluminiumpfanne auf und goß dicken rötlichen Kakao in Henkeltassen. Dann holte er gebackene Kartoffeln und einen rotbraunen irdenen Topf aus der bläulichen Asche des Lagerfeuers. Im Topf waren Würste, Eier, Schinken, Sardinen, Tomaten und Pilze. Aus den erregten Worten der beiden Boys konnte Orvil entnehmen, daß sie die Pilze an diesem Morgen gefunden hatten. Jetzt suchten sie danach, während der Mann mit einem Löffel den Eintopf auf die Teller schöpfte. Aus dem köstlichen Allerlei war eine dicke Masse geworden, und die Pilze waren schwer darin zu entdecken.

Hungrig sah Orvil den dreien zu. Er fragte sich, wieviel Uhr es wohl sein mochte. Im Hotel war der Lunch sicherlich schon längst vorüber. Doch es hungerte ihn nicht so sehr nach Essen, sondern nach dem vergnügten Leben dieser drei, die sich jetzt in aufgeräumter Stimmung über ihre Mahlzeit hermachten. Ein brennendes Gefühl von Sehnsucht und Neid durchfuhr ihn, während er am Boden kauerte und durchs hohe Gras spähte.

Wenn die beiden Boys sich über ihre Teller beugten, drückten sich ihre Rückenwirbel durch die Haut; wenn sie den Oberkörper wieder aufrichteten, um zu lachen oder sich mit der Hand den Mund abzuwischen, verschwanden die Rükkenwirbel ebenso plötzlich, und eine Reihe von leichten seidigen Vertiefungen trat an ihre Stelle.

Gierig schaufelten sich die beiden Jungs das Essen hinein, und der Mann schalt sie bisweilen gutgelaunt und nannte sie schmutzige kleine Teufel und elende Ferkel. Einer der Jungs warf jetzt eine Wurst in die Höhe und versuchte, sie mit seiner Gabel aus der Luft zu spießen. Der Mann beugte sich nach vorn, schnappte ihm die Wurst vor der Nase weg und stopfte sie sich ungerührt in den Mund. »Futterneidische Wildsau!«, schrie der Junge. Er sprang auf und fiel über den Mann her. Es gab ein Handgemenge, doch der Mann machte sich nicht die Mühe, aufzustehen. Im Sitzen versetzte er dem Jungen einige kräftige Boxhiebe, dann lachte er, und auch der Junge mußte lachen. Doch als der Junge auf seinen Platz zurückging, konnte Orvil deutlich sehen, wie er das Gesicht verzog. Die Hiebe hatten ihm offensichtlich mehr zugesetzt, als er eingestehen wollte.

Nach dem Essen legte sich der Mann ins Gras, und die beiden Boys räumten den Tisch ab und spülten das Geschirr in einer alten Babybadewanne. Sie gingen sehr gründlich zu Werk, als habe man es ihnen so schon frühzeitig beigebracht.

»Stecht die Messer ein paarmal in die Erde, und dann spült sie ab«, sagte der Mann, ohne von seiner Pfeife hochzusehen, an die er gerade ein Streichholz hielt.

Die Boys trockneten die Teller mit ihren schmutzigen Badetüchern ab. Dann breiteten sie die Badetücher im Gras zum Trocknen aus und verzogen sich in die Büsche.

Als sie zurückkamen, ordneten sie ihre Kleider und strichen sich verstohlen die zerzausten Haare glatt. Sie näherten sich zögernd, und schließlich sagte der eine zu dem Mann: »Lesen Sie uns etwas vor, Sir?« Der andere schloß sich mit einschmeichelnder Stimme an: »Oh ja, Sir! Bitte!«

Der Mann sah die beiden amüsiert und herablassend an. Er saugte heftig an seiner Pfeife und spie fette Rauchwolken aus.

»Ihr habt es nicht verdient, ihr Bastarde«, sagte er mit gespielter Grobheit.

»Aber Sir! Wir sind doch keine unehelichen Kinder«, protestierte der eine Junge, als habe ihn der Ausdruck schockiert. Der andere kicherte.

»Wenn ich Bastard sage, dann meine ich es auch. Holt das Buch, aus dem ich vorlesen soll. Was soll es denn sein – *Jane Eyre* oder etwas von eurem eigenen pornographischen Zeug?« Der Mann sagte es gleichgültig und monoton, ohne zwischen den Sätzen eine Pause zu machen.

»*Jane Eyre!*« riefen sie begeistert. Der eine rannte los, um das Buch zu holen. Der andere setzte sich ans Lagerfeuer.

»Bitte, Sir – was ist ›pornographisch‹?«, fragte er nach einigen Augenblicken.

»Das werde ich dir nicht verraten. Ich habe es nur gesagt, um deine elende Neugier anzustacheln, aber ich werde sie nicht befriedigen.«

Der Junge sah den Mann bewundernd an. Es war deutlich zu erkennen, daß er diese Neckereien und beziehungsvollen Anspielungen genoß.

Als das Buch gebracht wurde, machte es sich der Mann im Gras bequem, und die beiden Boys legten sich links und rechts von ihm auf den Rücken und schoben sich langsam an ihn heran, bis sie auf Tuchfühlung waren. Dann und wann zog der Mann einen am Ohr, stupste ihn mit dem großen Zeh oder tat sonst etwas, um sie aus der Ruhe zu bringen. Doch die beiden Boys ließen sich nicht darauf ein. Das Vorlesen machte ihnen solchen Spaß, daß sie keine Lust auf Grobheiten und Gerangel hatten, zumal dies ohnehin immer schlecht für sie ausging.

Der Mann kam jetzt an die Stelle, wo es um die Beziehung zwischen Jane und Rochester geht. Einer der Boys klemmte die Hände zwischen die zusammengepreßten Schenkel und rieb sie erregt auf und nieder. Er tat es sicherlich unbewußt, doch es war ein sehr merkwürdiger Anblick.

Plötzlich hatte Orvil genug von ihrem Glück. Er kroch zurück zum Kanu, stieg hinein und paddelte rasch davon. Es war ihm gleichgültig, ob sie ihn bemerkten oder nicht. Heiße Tränen quollen ihm aus den Augen und blieben in den Wimpern hängen.

›Wenn ich blinzle, laufen sie mir herunter‹, dachte er. Er versuchte, sie mit dem Handrücken wegzuwischen, doch im nächsten Augenblick strömten ihm die Tränen übers Gesicht. Wütend stach er das Paddel ins Wasser und bespritzte sich von oben bis unten. Als das Bootshaus in Sicht kam, hatte er sich wieder gefangen.

Er schuldete dem Mann einen ansehnlichen Betrag, denn inzwischen war es später Nachmittag geworden. Wieder einmal war er seinem Vater dankbar für die Handvoll Silbermünzen, die er ihm auf der Fahrt nach Oxford in die Tasche gesteckt hatte.

Als er ging, untersuchte der Mann sorgfältig das Paddel und das Kanu, um sich zu vergewissern, daß nichts beschädigt war. Orvil folgte dem Treidelpfad und hoffte, daß er eine Landstraße erreichen würde, die zum Hotel führte. Er wollte nicht wieder über die Felder laufen und sich durch Hecken zwängen müssen.

Nach einer Weile erblickte er das baufällige stuckverzierte Tor eines Gartens. Es stammte aus der späten Regency-Periode, und die Stuckarbeit bestand aus einem Muster von Akanthus und Geißblatt. Die Gitterstäbe hatten die Form von gekreuzten Pfeilen, die in der Mitte von einer Kordel mit herabhängenden Quasten zusammengehalten wurden. An manchen Stellen waren die Stäbe herausgebrochen, und die Lücke war mit Stacheldraht geschlossen worden, doch dieser war zur Seite gedrückt, so daß ein Mensch bequem hindurchkriechen konnte.

Orvil konnte der Versuchung nicht widerstehen. Er sehnte sich nach einem einsamen Ort, und die widerstrebenden Gefühle in ihm – halb Erregung, halb nagende Enttäuschung – wurden immer unerträglicher. Er stieg einige geborstene Stufen hinauf und versteckte sich unter dichten Lorbeerbäumen.

Als er nach einigen Minuten wieder durch das Loch im Gatter auf dem Pfad hinauskroch, sprang plötzlich ein Mann hinter einem der Stuckpfeiler hervor. Er hatte ihn offenbar beobachtet und stellte ihn nun zur Rede.

»Was hast du auf einem Privatgrundstück zu suchen?«, fragte der Mann in barschem Ton. Die Augen hinter seinen Brillengläsern schienen hervorzuquellen. Er trug einen Strohhut, und das Hutband war am unteren Rand dunkel von Schweiß.

Orvil hatte große Angst vor dem Mann, doch zugleich war er wütend auf ihn, weil er ihn so barsch angefahren hatte, und dies gab ihm den Mut, es ihm mit gleicher Münze heimzuzahlen.

»Ach, das gehört also alles Ihnen?«, fragte er ungläubig und sah mitleidig an den grandiosen Pfeilern hoch, die nun einen so erbärmlichen Anblick boten. Er hoffte, daß der Mann seine heimliche Verachtung spüren würde.

»Das geht dich nichts an«, sagte der Mann. »Ich will wissen, was du hier zu suchen hast!« Dann, als ihm der zweifelnde Unterton in Orvils Frage bewußt wurde, fügte er hinzu: »Außerdem, warum sollte es *nicht* mir gehören?« Er hob seinen etwas zerfledderten Regenschirm und schien plötzlich so außer sich vor Wut zu sein, daß Orvil erschreckt einen Satz nach hinten machte.

»Ich habe dich gesehen, du elender kleiner Teufel! Du wirst wahnsinnig werden! Die Augen werden dir herausfallen! Und das wird dir recht geschehen! Gott läßt sich nicht verhöhnen!«

Mit erhobenen Armen ging er jetzt auf Orvil los. Es war ein komischer Anblick – er wirkte wie ein eifernder Pfarrer oder ein Prophet aus dem Alten Testament.

In einer Mischung aus Angst und Empörung schrie Orvil ihn an: »Seien Sie still! Seien Sie still! Was unterstehen Sie sich!«

Bleich und schwitzend standen sie eine Weile da und starrten einander an. Dann drehte sich Orvil um und rannte auf dem Pfad davon.

Die Gegend wurde jetzt etwas belebter. Er kam an einer Picknick-Party vorbei und an einigen jungen Männern vor einem Zelt, die eine verjazzte Version von Mozarts Sonate Nr. 16 sangen, während sie sich mit schmuddeligen Handtüchern den Schmutz und Schweiß von ihren breiten Schultern abrieben. Sie pfiffen und johlten hinter ihm her. »Hallo, Darling!« »Mmmh! Seht euch den leckeren Frischling an!« »Was hat denn dich gebissen?«

Orvil rannte weiter, ohne auf diesen Unfug zu achten, noch ganz verwirrt von Angst und Zorn nach der Auseinandersetzung mit dem Mann am Tor.

Als er im Hotel ankam, war sein Gesicht verschwitzt und staubverkrustet. Seine Haare klebten, und seine Füße juckten in den durchgeschwitzten Schuhen. Er blieb kurz stehen, um wieder zu Atem zu kommen, ehe er den überdachten Innenhof betrat. Er kam gerade rechtzeitig zum Tee. Kellner bahnten sich einen Weg durch den vollbesetzten Raum, hielten ein Tablett hoch über den Kopf oder schoben verchromte Servierwagen mit Kuchen und Gebäck. An den Tischen saßen sorgfältig gekleidete Hotelgäste, die den Nachmittag verschlafen oder vertrödelt hatten, aber es gab auch einige mit zerzaustem Haar – sie kamen vom Schwimmen oder hatten sonst einen Sport getrieben. Manche hatten sich ihren Pullover über die Schulter gelegt und die Ärmel auf der Brust verknotet. Nasse Haarsträhnen hingen ihnen in die Stirn. Orvil hoffte im stillen, daß man auch ihn für einen Sportsmann halten würde.

Für einen Augenblick betrachtete er die bunte Szene, ohne etwas zu empfinden. Undeutlich hörte er ihre Stimmen – ein Gewirr von hohem Gezwitscher, äffischem Gelächter und tiefem Grunzen. Durch das Stimmengewirr drang Zigeunermusik aus einem anderen Raum – gefühlvoll schluchzende Geigen und quengelnde Klarinetten.

Plötzlich überkam ihn ein unbändiger Hunger. Rasch ging er durch den Salon und betrat die kleine Bibliothek, um sich ein Buch aus dem Regal zu holen. Ein Buch vor sich auf dem Tisch würde ihm Halt geben in dieser Menschenmenge, und außerdem würde er damit Tee und Kuchen noch mehr genießen können.

Die Wände und die niedrige Decke der Bibliothek waren reich mit Stuck und Gips verziert. Girlanden, Maiskolben, Pfeile und Köcher, Widderköpfe mit gewundenen Hörnern – alles war mit geradezu überdeutlicher Sorgfalt ausgearbeitet. Orvil folgte mit einem Finger den Windungen einer Ranke. Es fühlte sich an wie ein Knäuel Garn. Der einzige Farbfleck in dem weißen Raum war die Mahagonitür, deren Holz sich im Laufe vieler Jahre aufgehellt hatte, so daß es nun die schillernde Farbe eines Katzenauges hatte.

Die Bücher standen in Einbauregalen links und rechts vom Kamin. Nach einigem Suchen entschied er sich für eines über

Gymnastik und Körperertüchtigung. Der Umschlag zeigte einen kräftigen Mann, der die abgewinkelten Arme bog, so daß der Bizeps zu harten Kugeln anschwoll. Den Bauch zog er so stark ein, daß sich unter dem Brustkorb eine sanfte Mulde bildete.

Orvil ging mit dem Buch hinaus in den überfüllten Salon und fand in einer Ecke noch einen freien Platz. Seine Augen folgten gierig den Servierwagen, die durch die Tischreihen geschoben wurden. Ein Kellner kam heran, stellte eine Teekanne auf den Tisch und daneben einen Thermoskrug voll heißem Wasser. Es war einer von diesen mattsilbernen schimmernden Krügen, wie es sie nur in Hotels gab. Orvil goß sich eine Tasse Tee ein und wartete ungeduldig auf die Kuchen- und Gebäckstücke. Er verschlang sie bereits mit den Augen, als der Kellner sich mit dem Wagen näherte: rechteckige mit Marmelade und einer glitzernden Kirsche in der Mitte, besprenkelt mit Kokosflocken; runde mit Gucklöchern, durch die man die zitronengelbe Füllung sah; kleine Linzertörtchen mit ihrem zimtbraunen Gittermuster; die phallusförmigen Schokolade-Eclairs, aus denen sich die Creme herausringelte wie eine Masse von dicken Angelwürmern; die schaumigen quadratischen Biskuitkuchen, eingepackt in vier harte dünne Schokoladenplättchen und garniert mit verruchten grünen Schönheitspflästerchen aus Pistazien.

Orvil ließ sich von jeder Sorte eines auf den Teller legen. Er wagte es kaum, sich so viele geben zu lassen, und er brachte es nur fertig, indem er den Kellner dabei nicht ansah. Er blickte starr geradeaus, bis der Kellner ging. Dann schlug er das Buch auf und begann zu essen.

Das Stimmengewirr und die Musik aus dem Nebenraum umwaberten ihn und wurden vom köstlichen Aroma der Lekkerbissen vertrieben. Orvil konzentrierte sich nicht auf das Buch, doch die Überschriften sprangen ihm von selbst in die Augen: ›Liegestützen‹, ›Kniebeugen‹, ›Körperrollen‹, ›Atemübungen‹. Und seine Augen folgten einem kleinen muskulösen Mann, der in die Hocke ging, die Beine nach vorn warf und das Kinn auf die Brust preßte, bis ihm die Stirnader wie eine Efeuranke hervorquoll.

Allmählich verschwammen ihm die Zeichnungen vor den Augen. Er dachte an Ruinen in bewaldeten Tälern; Kätzchen mit schwarzen Gesichtern; Brotscheiben in einem ›Gothic Revival‹ Toaster, der aussah wie das Mittelschiff einer Kathedrale; wundervolle Edelsteine, glatt wie gelutschte Eukalyptusbonbons; eine wuchtige verschnörkelte Kaffeekanne, die an eine Urne auf dem Friedhof erinnerte; und die winzige Uhr auf einem Ring, den seine Mutter immer am kleinen Finger getragen hatte – das Zifferblatt gerade so groß wie eine Zechine, mit blitzenden Diamantpünktchen ringsum. Er erinnerte sich, daß ihm die Uhr immer wie ein rätselhaftes Wunderwerk erschienen war.

Nun wurden die schönen Erinnerungen abgelöst von Gedanken an Dinge, die ihm verhaßt waren. Er dachte an plumpe Cocktailschränkchen, die eher aussahen wie gewöhnliche altmodische Kommoden – wenn er den Deckel nach oben klappte, war er jedesmal überrascht, keine Bratpfanne, sondern ein Nest von Gläsern mit aufgemalten Hähnen vorzufinden. Er dachte an den riskanten Scherz mit dem Fabergé-Feuerzeug aus Bronze und Ormulu, geformt wie die Bombe eines Anarchisten. Ein russischer Emigrant hatte es seinem Vater geschenkt. Er erinnerte sich, wie er an dem Rädchen drehte und die Flamme aufloderte. Er dachte an die absurde Wasserpfeife mit der bauchigen Flasche voll Rosenwasser, die er seinem Vater einmal zum Geburtstag gekauft hatte.

Inzwischen hatte er seinen Kuchenteller leergegessen, und das Kinn sank ihm langsam auf die Brust. Er fühlte sich satt und behaglich, und die Erinnerungen an die unangenehmen Ereignisse des Tages hatten sich verflüchtigt. Die Gäste verließen nach und nach den Salon, um auf ihre Zimmer zu gehen und sich umzuziehen. Bald hatte sich der große Raum fast völlig geleert. Doch Orvil regte sich nicht. Er war eingeschlafen.

III

Während der nächsten Tage geriet Orvil immer stärker in den Bann dieses alten Handbuchs, das er aus dem Regal geholt hatte. Was zunächst nur seiner Zerstreuung hatte dienen sollen, wurde ihm nun zu einem wichtigen Anliegen. Jeden Morgen nach dem Aufstehen legte er sich auf den grauen Bettvorleger und hob ächzend die Beine an. Er genoß es, wie seine Bauchmuskeln straff und hart wurden und schmerzten. Dann legte er sich auf den Bauch und machte einige anstrengende Liegestütze. Er verdrehte den Rumpf, den Hals, die Arme, die Handgelenke, die Füße – alles, was sich irgend drehen ließ. Als Abschluß seiner Gymnastik ging er immer ans offene Fenster und machte Atemübungen. Er füllte seine Lungen bis zum Bersten mit Luft, ließ sie geräuschvoll entweichen, atmete erneut ein usw. Dabei hob er jedesmal die Arme wie ein Priester, der eine unsichtbare Menge segnet. Dann nahm er die Daunendecke vom Bett, wickelte sich darin ein und kroch in den Schrank. Das sollte ihn stark ins Schwitzen bringen. Im Buch wurde dies mit Nachdruck empfohlen.

Trotz der Anstrengung der vorangegangenen Übungen und obwohl er in seiner Daunendecke fast erstickte, fand er nie, daß er genug schwitzte. Deshalb entschied er sich eines Morgens für eine noch engere Umgebung: die unterste Schublade der Kommode. Er war klein genug, um hineinzupassen, doch sobald er sie zu schließen versuchte, indem er beide Hände gegen den vorderen oberen Rand des Querholzes stemmte, bekam er Platzangst.

Er mußte an ein Buch denken, das er bei seiner Tante gesehen hatte. Es gab darin Holzschnitte von Szenen aus einem

Land im Fernen Osten, und auf einem der Bilder war ein Verlies zu sehen, in dem große Kisten standen. Sie sahen aus wie gewöhnliche Frachtkisten, doch bei näherer Betrachtung ergab sich, daß sie an den Seiten kreisrunde Löcher hatten. Aus den Löchern sahen verzerrte Gesichter heraus. Die Erläuterung unter dem Bild besagte, daß ein Mensch in so einer Kiste nur in gekrümmter Haltung liegen konnte. Die Gefangenen waren darin für den Rest ihres Lebens eingeschlossen. Manchmal wurden die Kisten auch gestapelt wie Versandkisten in einer Lagerhalle. Jeden Tag kam ein Wärter und fütterte die Gefangenen durch die Löcher an den Seiten mit ein bißchen Reiswasser. Das war ihre einzige Abwechslung in der Einsamkeit dieses großen, dumpf hallenden Kerkers ...

Unwillkürlich sah sich Orvil als einer dieser Gefangenen: Er war für die Zeit seines Lebens in eine Kiste gesperrt, lag in seinem eigenen Kot, schrie und stemmte sich gegen die Holzwände, und es gelang ihm nie, die Beine oder den Rücken geradezustrecken ...

In panischer Hast befreite er sich aus der engen Schublade, warf die Daunendecke ab und rannte ins Badezimmer, um sein kaltes Bad zu nehmen. Dies bildete den Abschluß seines neuen Abhärtungsprogramms. Er begann mit einem lauwarmen Bad, und dann ließ er mehr und mehr kaltes Wasser einlaufen, bis die Wanne fast überlief. Er tauchte den Kopf unter Wasser, wand sich hin und her, sah zu, wie seine Arme eine Gänsehaut bekamen, betrachtete seine ölig glänzenden Schenkel. Er begann, seinen Körper zu entdecken und Freude daran zu haben. Er hoffte, einmal so kräftig und muskulös zu werden wie der Mann auf dem Buchumschlag – und um einiges größer.

Jetzt, da er solches Interesse für seinen Körper entwickelte, fand er, daß seine Kleider überhaupt nicht mehr zu ihm paßten. Sie waren alles andere als männlich oder sportlich. Nein, sie waren überaus korrekt und eintönig. Seine Tante, die seine Sachen für ihn aussuchte, hatte dafür gesorgt, daß alles möglichst unauffällig und langweilig war. Das einzige Kleidungsstück, das ein bißchen aus dem Rahmen fiel, war ein Paar Knickerbocker von hellbrauner Farbe. Die Hose stammte aus der Schweiz und war nur fürs Schlittschuhlaufen bestimmt.

Orvil suchte die Hose heraus und beschloß, dazu ein Hemd mit offenem Kragen und einen Pullover mit V-Ausschnitt zu tragen. Das Problem war nur, welche Schuhe er dazu anziehen sollte. Seine braunen und schwarzen Lederschuhe kamen nicht in Frage, doch als er seine weißen Turnschuhe in die Hand nahm, kam ihm eine Idee: Er holte seinen Malkasten heraus und versah die Turnschuhe mit breiten schwarzen Streifen über den Zehen, und dann malte er auch noch die Kappe an den Fersen schwarz. Das Ergebnis gefiel ihm. Er hatte sich schon immer so ein Paar schwarzweiße Schuhe gewünscht – sie erschienen ihm besonders ausgefallen und auf eine vulgäre Weise modisch. Es störte ihn nicht, daß man die Fälschung leicht erkennen konnte. Er schloß einfach halb die Augen, um die Illusion vollkommen zu machen.

So ausstaffiert und mit ungekämmtem Haar ging er hinunter zum Frühstück, das er wie üblich allein einnahm. Niemand schien seinen Aufzug zu beachten. Doch als er anschließend auf dem Vorplatz von Charles mit einem »Hallo« begrüßt wurde, entstand eine kleine Pause, und dann sagte Charles mit hochgezogenen Augenbrauen: »Mensch, du siehst aber stark aus!«

Orvil war diese Reaktion zwar peinlich, aber er faßte es trotzdem als Kompliment auf und versuchte zu verdrängen, was wirklich damit gemeint war, nämlich: ›Mein Gott, du siehst ja schauderhaft aus.‹

Während sie noch linkisch dastanden und nicht wußten, was sie anfangen sollten, tauchte zu ihrer Überraschung plötzlich Ben auf. Er kam offenbar geradewegs vom Camp, denn er sah sehr verschmutzt und müde aus.

»Warum hast du uns nicht Bescheid gegeben, wann du kommst? Wir hätten dich abholen können«, sagte Charles. Ausgerechnet Charles, der einen immer raten ließ, wo er sich gerade aufhielt.

Orvil ging mit Ben nach oben, zeigte ihm das Zimmer und setzte sich neben die Badewanne, während Ben im dampfend heißen Wasser seinen Schmutz einweichte. Minutenlang lag er da, verdrehte die Augen, ließ den Kopf schlaff hin und her rollen, grunzte und sabberte, als würde er gleich ohnmächtig. Orvil war zuerst belustigt, doch dann begann er sich ernste Sorgen zu machen. Er packte Ben an der Schulter und rüttelte ihn.

»Komm raus«, sagte er. »Das ist zu heiß. Du wirst ganz schlapp. Du solltest dich mit kaltem Wasser abspülen, damit du wieder frisch wirst.«

Er beugte sich vor, um den Kaltwasserhahn aufzudrehen, doch Ben wollte davon nichts wissen. Schroff stieß er Orvils Hand weg und räkelte sich wieder in seinem heißen Bad. Nach einer Weile stieg er träge heraus und bat Orvil, ihm den Rücken abzutrocknen. Als Orvil mit dem groben Badetuch zu reiben begann, rubbelten sich lange Schmutzröllchen ab.

»Du bist immer noch schmutzig«, sagte er.

»Nein, bin ich nicht«, gab Ben zurück. »Das ist nur alte Haut, die abgeht. Das ist immer so, wenn man sich kräftig abreibt.«

Anschließend trafen sich die drei Brüder auf dem Vorplatz. Ehe sie hinuntergingen, hatte Ben zu Orvil gesagt, die Turnschuhe müßten verschwinden und er müsse sich normale Schuhe anziehen. Charles war sichtlich erleichtert, als er die Veränderung bemerkte.

»Was wollen wir unternehmen?« fragte er und sah seine beiden jüngeren Brüder an.

Um nicht verlegen herumstehen zu müssen, platzte Orvil mit dem Vorschlag heraus, zum Fluß zu fahren. Ganz gegen seinen Willen, wie ihm nun bewußt wurde, denn er wollte den Fluß lieber für sich allein haben. Doch Charles sagte bereits: »Also gut, machen wir das.«

Sie gingen zu den Garagen, und Charles holte seinen Wagen. Zu Orvil sagte er, er solle sich neben ihn setzen und ihm den Weg zeigen. Orvil haßte den Bugatti, und sooft er darin fahren mußte, verzog er sich nach hinten auf den Notsitz und versteckte sich unter der Reisedecke. Jetzt mußte er auch noch vorne sitzen und die Augen offenhalten. Charles schrie Bemerkungen zu Ben nach hinten, während sie auf dem kurzen Stück Landstraße hinunter zur Brücke rasten.

Charles entschied sich für ein Ruderboot. Sie stiegen ein und begannen, den Kahn stromaufwärts zu rudern. Charles und Ben wechselten sich ab, so daß es für Orvil nichts zu tun gab. Charles hatte bald genug vom Rudern. Er fluchte auf das Boot, den Fluß und seine Brüder. Er hasse diese Plackerei mit dem Rudern, sagte er, und er könne es nicht ausstehen, in der Sonne zu schwitzen.

Orvil betrachtete ihn schweigend. Dann und wann spähte er zum Ufer hinüber, in der Hoffnung, etwas zu entdecken, das seine Aufmerksamkeit erregen und ihn von seinen Gedanken abbringen könnte. Doch er wurde das Bild von Charles' verdrießlichem Gesicht einfach nicht los. Immer war es Charles, der einem alles verdarb.

Ben ruderte jetzt. Bei jedem Wasserspritzer, den er mit den Rudern verursachte, stieß Charles wütende Verwünschungen aus und geriet fast außer sich. Als ihre Stimmung den Nullpunkt erreicht hatte, schoß plötzlich das rote Kanu an ihnen vorüber. Die beiden Jungen und der Mann paddelten sehr rasch und in perfektem Rhythmus. Wie beim ersten Mal waren sie ganz mit sich beschäftigt, lachten und scherzten miteinander und nahmen von ihrer Umgebung keinerlei Notiz.

Orvil wandte sich zu Charles um. Er war neugierig, wie dieser auf den Anblick reagieren würde. Charles' Miene mit ihrer Mischung aus Hochmut und Frust war noch um einige Grade schärfer und düsterer, doch er sagte nichts.

Ungeduldig wartete Orvil auf das Ende der Fahrt, um endlich aussteigen und möglichst weit von Charles wegkommen zu können. Es wollte ihm einfach nicht gelingen, seine Angst und seinen Abscheu vor seinem ältesten Bruder zu beherrschen oder auch nur vernünftig zu erklären. Er wußte nur, daß Charles ihm alles verleidete, und das genügte, um ihm seinen Bruder verhaßter zu machen als jeden anderen Menschen auf der Welt.

Als sie endlich wieder am Bootshaus anlegten, zählte Charles mürrisch sein Kleingeld und wandte sich schließlich an Orvil mit der Aufforderung, einen Shilling beizusteuern. Er wolle keinen Geldschein wechseln, sagte er. Das war nun wirklich der Gipfel. Charles, der soviel Geld hatte, nahm ihm nun auch noch einen seiner kostbaren Shillings ab. Wortlos hielt Orvil die Münze hin, dann drehte er sich um und rannte davon, ehe die beiden anderen die Tränen der Wut sehen konnten, die ihm aus den Augen quollen.

»Was hast du denn?«, rief ihm Ben besorgt nach.

»Laß ihn doch«, sagte Charles mit betont gleichgültiger, gelangweilter Stimme.

Sobald Orvil außer Sicht war, atmete er tief durch und ging langsamer. Bald erreichte er die Kleinstadt und begann, sich die Schaufenster entlang der Hauptstraße anzusehen. Zu seiner Freude entdeckte er ein großes Geschäft mit Antiquitäten und Trödelkram. Die Auslagen erstreckten sich über die Front zweier Häuser, die leicht versetzt standen, und bildeten ein einziges vielfach unterbrochenes Schaufenster. Beim Hineinsehen wurde man immer wieder gehindert durch schmale gußeiserne Stützen und verschnörkelte Streben, und dies ließ das Innere des Ladens mit seinen verborgenen Schätzen umso geheimnisvoller wirken.

Orvil begann in der äußersten Ecke und sah sich die auf Tischen und Regalen aufgetürmten Gegenstände der Reihe nach an. Mit Genugtuung stellte er fest, daß es sich nicht um ein teures geschniegeltes Geschäft handelte. Ganz im Gegenteil – alles war staubig und schmutzig und sehr vernachlässigt, und eine Menge alter Schund lag in unordentlichen Haufen herum.

Er wußte sofort, daß er hineingehen und etwas kaufen würde. Er wartete nur noch, bis ihm das Richtige unter die Augen kam.

Erst am anderen Ende des Schaufensters stieß er auf ein Regal, das wirkliche Raritäten enthielt: ein viktorianisches Handtäschchen aus rostigen Eisenperlen; einen Rückenkratzer in Form einer winzigen elfenbeingeschnitzten Hand an einem langen scharlachroten Stab; einige Spielmarken aus Perlmutt mit eingeschnitzten chinesischen Figürchen; eine ägyptische Halskette mit einem dräuenden blauen Auge in der Mitte; gruselig aussehende alte chirurgische Instrumente in einem abgewetzten Etui aus Chagrinleder.

Weiter hinten entdeckte er ein kleines Riechfläschchen, das in leuchtenden Farben mit fantastischen Insekten bemalt war, und eine gesprungene und wieder geflickte Untertasse, die offenbar einmal zu einem Sammelservice gehört hatte. Sie war am Rand mit einem goldenen Diapermuster und Granatäpfeln bemalt, und in der Mitte prangte ein rätselhaftes fein ziseliertes Wappen, umgeben von einem Filigran roter Blätter und Ranken.

Diese beiden Gegenstände mußte er unbedingt haben. Daß die Untertasse geflickt war, traf sich gut, denn sonst hätte er sie sich nicht leisten können.

Rasch drückte er die Türklinke nieder und ging hinein, ehe seine Nervosität die Oberhand gewinnen und ihn zurückhalten konnte. Die Frau hinter dem Ladentisch sah ihm überrascht entgegen, doch sie schien ihn als Kunden ernst zu nehmen. Sie überließ ihm das Riechfläschchen für eine halbe Krone und gab ihm die Untertasse, da sie so stark beschädigt war, für ein Sixpence-Stück dazu.

»Das Riechfläschchen hat einen Stöpsel aus echtem Silber«, sagte sie. »Wir verkaufen es nur so billig, weil es ein Ladenhüter ist.«

Sie ging, um ihm die beiden Dinge in Seidenpapier einzuwickeln, und Orvil sah sich währenddessen mit hastigen Blicken im Laden um.

›Wie leicht wäre es jetzt, etwas zu stehlen!‹, dachte er. ›Zum Beispiel diesen Deckel von einem Pomadetöpfchen. Ich könnte ihn ganz leicht verschwinden lassen. Aber wozu? Wer würde so ein häßliches Ding haben wollen?‹

Suchend sah er sich nach einem schöneren Gegenstand um, doch plötzlich fiel sein Blick auf etwas so Schauerliches, daß er alles vergaß. Auf einem Schemel stand ein kleines präpariertes Gürteltier, aus dem man ein Nähkästchen gemacht hatte. Anstelle der Innereien enthielt es Reste von kirschrotem Satin, und an den Seiten war es unterteilt in kleine Fächer, die Stecknadeln, glitzernde Scheren und verschiedenfarbene Garnrollen enthielten. Nur der Rücken und der Kopf, die Pfoten und der Schwanz waren unverändert erhalten. Orvil strich mit den Fingern über den Rücken des Tiers. Borstige schwarze Haare sprossen zwischen den Schuppen hervor. Die Augen unter den schweren Lidern waren hartgeschrumpft und blind, die Pfoten eingetrocknet und zu Vogelklauen geschrumpft. Er spürte eine plötzliche Übelkeit in sich aufsteigen und wandte sich ab.

Die Frau kam mit seinem kleinen Päckchen zurück, und er verließ eilig den Laden.

Während er weiter die Straße hinunterging, nestelte er ungeduldig an dem Päckchen herum und hätte es am liebsten ausgepackt. Vor einer Milchbar blieb er stehen. Er sah kleine runde Tische und grüne Rohrstühle, deren Beine und Rükkenlehnen leicht mit Goldbronze besprüht waren. Ein großes Pappschild hing innen am Fenster: ›ICES‹ stand darauf in großen Lettern, jeder Buchstabe in einer anderen Farbe, und jeder gekrönt von einer Haube aus schmelzendem Schnee, dessen Tropfen auf beiden Seiten zu Eiszapfen geronnen waren. Orvil ging hinein, setzte sich an einen Tisch und wickelte seine Schätze aus dem Seidenpapier.

Die Kellnerin starrte ihn verwundert an, wie er sich da über diese beiden absonderlichen Gegenstände beugte und sie mit leuchtenden Augen betrachtete. Er bestellte sich ein Erdbeereis und aß es geistesabwesend, ohne den Blick von seinen frisch erworbenen Schätzen zu lassen. Die Milch in der Eiskrem hinterließ einen dünnen Belag auf seiner Zunge, und er schabte die Zunge an den Schneidezähnen ab, um den Belag loszuwerden und den Rest des Erdbeergeschmacks zu genießen. Eine Zeile aus einem Gedicht fiel ihm ein: »Ein Schmaus für die Augen und auch für den Magen.« Die Zeile wiederholte sich in einem einlullenden Rhythmus und ging ihm nicht mehr aus dem Kopf.

Er wickelte seine Sachen wieder ein und sagte sich – halb hochmütig und halb geniert –, daß die Kellnerin für ein Trinkgeld zu damenhaft und vornehm aussehe. Er bezahlte seinen kleinen Betrag und ging hastig hinaus, um nicht die Enttäuschung in ihrem Gesicht sehen zu müssen.

Als er durch die Toreinfahrt des Hotels kam, befingerte er das Päckchen in seiner Tasche, und eine heimliche Freude stieg in ihm auf. Es erschien ihm wie ein Talisman, der ihn in einer feindseligen Welt beschützte.

Um keinen Menschen zu begegnen und zum Teil auch aus seinem unstillbaren Verlangen nach neuen Entdeckungen beschloß er, das Hotel diesmal durch den Anbau mit dem Ballsaal zu betreten. Unter einigen Bäumen näherte er sich der kleinen Hintertür und drehte am Knauf. Die Tür ließ sich öffnen, und er fand sich in einem weißgestrichenen Korridor. Er kam an einem Garderobezimmer vorbei, das offensichtlich für die Musiker gedacht war. Dann ging es einige Stufen hinauf, und er kam auf die kleine Bühne und sah vor sich den rötlichen blankpolierten Parkettboden.

Ein Konzertflügel und einige Instrumente in Hüllen aus grauem Segeltuch standen auf der Bühne. Der Flügel war offen, und über den Tasten gab es eine Messingplakette, in die das Wort BECHSTEIN eingraviert war.

›Es muß ein gutes Instrument sein‹, dachte Orvil. Rasch ging er hin und setzte sich auf den Drehstuhl. Er drückte mit dem linken Fuß das Dämpfpedal nieder und spielte eines der wenigen Stücke, die er auswendig konnte. Er sang die Melodie mit, doch die Tonart des Stücks zwang ihn, in einem hohen Falsett zu singen.

Bei Chopins Prélude Nr. 6, Opus 28 fällt das Mitsingen einigermaßen schwer, und Orvil überanstrengte bald seine Stimme. Es bedeutete eine zu große Mühe, so unnatürlich hoch zu singen. Er versuchte es mit der tiefen Stimme, doch das war noch schlimmer. Am Ende krächzte er nur noch und fluchte leise vor sich hin.

Plötzlich ließ er lustlos die Hände sinken. Mit hängenden Schultern und gesenktem Kopf saß er da und fühlte sich elend und verlassen. Dieses Gefühl überkam ihn oft, wenn er am Klavier saß. Er hatte sich eigentlich schon daran gewöhnt, doch hier in dieser so ungewohnten Umgebung übermannte es ihn so stark, daß er nicht dagegen ankam.

Er schwang auf dem Drehstuhl herum, stand auf und ging auf der Bühne nervös hin und her. Er begann, an den Hüllen der Instrumente zu zerren, doch seine Neugier war verflogen, und er hatte keine Lust, sich das Cello zwischen die Knie zu klemmen oder den Geigenkasten zu öffnen und die matt glänzende Kinnstütze der Violine zu befingern.

Als er sich an der Hülle des Kontrabasses zu schaffen machte, ging einer der Lederriemen an einer durchgewetzten

Stelle entzwei, und morsche Krümel rieselten zu Boden. Einen Augenblick sah Orvil auf das kurze dicke Lederstück in seiner Hand herunter. Dann drehte er sich um, ging damit in das Garderobezimmer der Musiker und schloß sich ein. Eine merkwürdig erregende Idee war ihm gekommen. Er zog sich aus und warf seine Kleider über die Haken an der Wand. Als er nur noch Schuhe und Socken anhatte, stellte er sich vor das Waschbecken und sah finster entschlossen in den Spiegel. Mit einer jähen Bewegung schlug er sich den Riemen über die linke Schulter und auf den Rücken.

Im Spiegel sah er, wie sein Gesicht zuckte und sich verzerrte. Seine gebleckten Zähne blitzten auf, während er zischend die Luft einsog. Er zögerte und fragte sich, ob er noch einen Schlag aushalten würde. Dann hielt er den Atem an, biß die Zähne zusammen und schlug erneut zu…

Er war Heinrich II., der am Grab von Becket Buße tat. Er war ein bockiger Pulverjunge auf einem alten Kriegsschiff und wurde wegen Ungehorsam ausgepeitscht. Er war ein Sträfling, irgendwo in Tasmanien an einen Baum gefesselt; ein Galeerensklave; ein christlicher Märtyrer; ein entsagungsvoller Eremit, der einsam in der Wüste lebte.

Nach dem sechsten Hieb ließ er den Riemen fallen und hüpfte durch den Raum, hin- und hergerissen zwischen Schmerz und grimmigem Stolz.

»Ich werde mich jeden Tag kasteien und geißeln«, schwor er sich laut.

Er ging zurück zum Spiegel, stellte sich mit dem Rücken davor und sah über die Schulter. Stolz betrachtete er die brennenden Streifen auf seiner weißen Haut. Sie waren leuchtend scharlachrot. Er hoffte, sie würden bald zu dunkelroten Striemen werden, mit häßlich gelben Rändern. Er wußte genau, wie sie aussehen mußten, denn in der Schule mußte jeder, der eine Prügelstrafe empfangen hatte, abends vor dem Schlafengehen den ganzen Boys seine Striemen vorzeigen.

Jetzt, da die Erregung abgeklungen war, wurde ihm bewußt, daß sein Benehmen einen sehr merkwürdigen Eindruck machen würde, wenn man ihn hier entdeckte. Er drehte den Wasserhahn auf und besprenkelte sich den Rücken, um die

Schmerzen ein wenig zu lindern. Dann zog er sich hastig an und schloß die Tür wieder auf. Er ging zurück auf die Bühne, befestigte den Riemen wieder am Kontrabaß und drückte ihn an der Rißstelle fest, um den Schaden einigermaßen zu vertuschen. Dann ging er durch die Hintertür hinaus.

Hinter den Bäumen kam er auf eine Wiese, auf der zwei Pferde grasten. In der einen Ecke, halb verdeckt vom hohen Gras, stand eine Rasenwalze. Orvil ging hin und setzte sich auf die verrostete Eisenstange. Er fühlte sich jetzt merkwürdig glücklich und zufrieden. Er schlenkerte den Fuß durch das hohe staubige Gras und summte eine kleine Melodie.

Plötzlich schlug sein Fuß an etwas Hartes. Er bückte sich und tastete im Gras herum. Seine Finger schlossen sich um die Glieder einer schweren Kette. Er zog daran, doch die Kette war von Grasbüscheln durchwuchert und gab zuerst nicht nach. Als er sie schließlich hochzog, stellte er fest, daß sie an der Walze befestigt war.

Fast automatisch schlang er sich die Kette um den Leib, stemmte die Füße ins Gras und schwang hin und her.

Er stellte sich vor, für immer an diese Walze gekettet zu sein und das schwere Gerät kreuz und quer durchs Gras ziehen zu müssen. Es war ein seltsam beruhigender Gedanke. Er stimmte ein lautes Lied an, dessen Text aus zufälligen Worten bestand, wie sie ihm gerade in den Kopf kamen. Es hörte sich an wie eine Mischung aus christlicher Hymne, schwarzem Blues und Seemannslied. Manchmal kam eine Zeile zustande, die einen Sinn ergab, doch gewöhnlich war es Nonsens oder eine hingeworfene Bemerkung mit einem aufmüpfigen Unterton, immer an eine imaginäre Person gerichtet, die respektvoll mit ›Sir‹ angeredet wurde: »Verlassen Sie sich darauf – ich lecke Ihnen die Stiefelsohlen, Sir!«

So traf Ben, der gerade von einem Besuch in der Stadt über die Felder zurückkam, seinen Bruder an – lauthals singend, mit einer schweren Eisenkette um den Leib.

»Mein Gott, was machst du denn da?«, rief er völlig entgeistert aus.

»Sag nicht ›Mein Gott‹!«, wies ihn Orvil mit hochrotem Gesicht zurecht.

»Dich sperren sie ein, wenn sie dich bei so etwas erwischen«, sagte Ben verstört. Er packte die Kette und zerrte daran. »Um Gottes willen, mach dieses Ding da ab, ehe jemand vorbeikommt.«

Orvil wickelte das Ende der Kette ab und ließ es zu Boden fallen. Dabei spürte er, wie in seiner Jackentasche etwas knirschte. Erst jetzt fielen ihm das Riechfläschchen und die kleine Untertasse wieder ein. Besorgt griff er in die Tasche, doch er wagte nicht, das Päckchen herauszuholen. Es gab ihm einen Stich, als er fühlte, daß die Untertasse entzweigegangen war. Er nahm das Päckchen heraus und wickelte es auf. Ja, die Untertasse war entzwei, doch das Riechfläschchen war heil geblieben. Er wandte sich ab, damit Ben seine verzagte Miene nicht bemerkte. Plötzlich rief er freudig erregt aus: »Es ist an der gleichen Stelle gebrochen wie vorher!« Vorsichtig hielt er die beiden Hälften zusammen, um sich zu vergewissern, daß nicht da und dort ein Stückchen abgebrochen war.

»Hast du schon wieder so Zeug gekauft?«, fragte Ben.

»Ja, eine bemalte Untertasse mit einem Wappen und ein Riechfläschchen mit lauter Insekten darauf.« Orvil packte Ben am Arm und zog ihn ungestüm mit sich fort. »Komm, schnell!«, rief er. »Wir gehen auf unser Zimmer, und du kannst mir erzählen, was du alles erlebt hast, während ich die Untertasse wieder zusammenklebe. Bin ich vielleicht froh, daß sie noch zu reparieren ist!«

»Wozu kaufst du immer diesen kaputten Plunder«, sagte Ben betont barsch und ungehalten. Er wußte, daß Orvil dieser grobe Ton gefiel. »Wozu soll das gut sein? Was kannst du damit anfangen? Du bist krank! Es ist eine richtige Manie von dir!«

»Warum schlägst du so gern Bälle durch die Gegend und ölst Maschinen und schraubst daran herum?«, gab Orvil zurück und versuchte, den Tonfall seines Bruders möglichst genau zu imitieren.

So zogen sie einander auf und ergingen sich in grotesken Übertreibungen, und als sie die Treppe zu ihrem Zimmer hochstiegen, entschied Ben, daß er Orvil doch nicht fragen würde, weshalb er am Bootshaus so plötzlich davongelaufen war.

IV

Orvil saß in der Badewanne. Er hatte die Tür verriegelt und stellte sich wieder einmal vor, in diesem winzigen Raum für immer eingeschlossen zu sein.

›Was würde ich machen, wenn ich eingesperrt wäre in einer Zelle, die nicht größer als dieser Raum ist?‹, dachte er. ›Würde ich wahnsinnig werden? Womit würde ich mich in Gedanken beschäftigen, um bei Verstand zu bleiben? Sie würden mir das Essen durchs Oberlicht herunterlassen, und den ganzen Tag könnte ich nur das kleine helle Viereck da oben sehen, das langsam schwächer wird und sich verdunkelt.‹

Dann malte er sich etwas anderes aus: ein Raum, so klein wie das Badezimmer, in dem er sehr zurückgezogen lebte, doch diesmal in Freiheit und Luxus. Die Wände waren mit kostbaren Steinen bedeckt – im Geiste machte er sich eine Liste aller Edelsteine, die er kannte: Diamant, Saphir, Rubin, Smaragd, Topas, Granat, Achat, Onyx, Aquamarin, Jade, Quarzit, Perlen, Amethyst, Zirkon, Chalcedon, Türkis, Malachit, Bernstein. Dazwischen gab es wunderschöne Bilder von italienischen Naiven, russische Ikonen und mittelalterliche Emailmalereien aus Limoges.

Er kannte eine Menge kostbarer Dinge aus der Kunstzeitschrift *Apollo*, die er in seinem Zeichenkurs im Internat regelmäßig zu sehen bekam, und immer neue fielen ihm nun ein, mit denen sich der Raum noch aufwendiger gestalten ließ: ein Mosaik-Fußboden aus verschiedenfarbigem Marmor, die Steinchen mit Golddraht verfugt, wie Cloisonné; Tür und Oberlicht verhängt mit pfirsichfarbener chinesischer Seide, in die religiöse Motive und Symbole des kaiserlichen Hofes eingewebt waren; darüber Brokatstoff, steif und irisierend wie Käferflügel, und schließlich schwerer Samt wie vom Thron eines Renaissance-Papstes ...

Orvil zog den Stöpsel heraus und stieg aus der Wanne. In dem Augenblick, als er den Riegel der Tür zurückschob, verflogen seine Phantasien. Am nächsten Morgen zur gleichen Zeit würde er ihnen weiter nachhängen. Er ging hinunter zum Frühstück.

Seit Ben da war, fühlte er sich genötigt, auch von den anderen Jungs, die im Hotel wohnten, Notiz zu nehmen. Als er jetzt in den Speisesaal kam, mußte er dem jungen Clifton zunicken, der sich mit Ben sehr rasch angefreundet hatte, da sie dieselben Lieblingsspiele hatten und sich dabei so gut verstanden. Und dann mußte er auch noch die Anwesenheit des Jungen aus Stowe zur Kenntnis nehmen, der ihm schon bei der ersten Begegnung ganz unvermittelt erklärt hatte, es sei nicht mehr statthaft, den alten vulgären Ausdruck ›Sex Appeal‹ zu verwenden – man müsse jetzt ›Körperdrang‹ sagen. Und dabei stieß er ein paarmal den Unterkörper nach vorn, um die Bedeutung ganz klar zu machen.

Der Junge war ziemlich genau im gleichen Alter wie er, doch Orvil hatte sofort gespürt, daß es ihm unmöglich sein würde, sich mit ihm über irgend etwas zu unterhalten. Er fand ihn unappetitlich und schmutzig und empfand das puritanische Bedürfnis, auf Distanz zu gehen. Doch sosehr er sich wünschte, ihn ignorieren zu können – Tatsache war nun einmal, daß der Junge ein glitzerndes neues Fahrrad hatte, das er sehr wenig zu benutzen schien, und Orvil wartete auf den rechten Augenblick, um es sich ausleihen zu können. Der Gedanke, auf diesem Fahrrad der Langeweile des Hotels zu entrinnen, war verführerisch.

Er setzte sich an seinen Tisch und sah durch den großen Raum. Der Junge aus Stowe steckte sich gerade das Ende eines Croissants in den Mund, auf das er reichlich Butterflokken gehäuft hatte. Orvil sah zu, wie er mit dem angebissenen Hörnchen erneut geraspelte Butter aus der Schale tupfte, ohne sie glattzustreichen. Er lächelte zu ihm hinüber und sagte »Guten Morgen«. Sie saßen jeden Morgen allein am Tisch, denn die Mutter des Jungen frühstückte im Bett, und Orvil kam immer schon lange vor seinem Vater oder seinen Brüdern herunter.

Es schien ein passender Augenblick, um nach dem Fahrrad zu fragen, und Orvil platzte damit heraus.

»Oh sicher«, sagte der Junge mit sehr gelangweilter Stimme, »das kannst du haben, solange du willst. Ich fahre überhaupt nicht gern damit. Der Sattel scheint extra dafür konstruiert zu sein, daß man seine Männlichkeit verliert. Aber vielleicht macht dir das nicht so viel aus.«

Orvil war viel zu erfreut, um sich mit der zweideutigen Anspielung aufzuhalten, obwohl sie deutlich beleidigend gemeint war. ›Seine Männlichkeit verlieren‹ – er fand die Redewendung interessant, doch zugleich fühlte er sich davon angewidert. Nach einiger Überlegung entschied er, daß der Junge sie in einem Buch entdeckt haben mußte, das er kürzlich gelesen hatte. Wie eklig und verlogen sich das anhörte! Es lag auf der gleichen Ebene wie ›seine Ehre verlieren‹ oder seine ›Tugend‹.

Er wünschte sich sehnlich, keinen Körper zu haben, so daß ihn solche Bemerkungen nicht treffen könnten. Es beschämte ihn, jemand zu sein, der die Möglichkeit in Betracht ziehen mußte, seine ›Männlichkeit‹ einzubüßen.

Mit einem dünnen Lächeln und einigen gemurmelten Worten bedankte er sich bei dem Jungen aus Stowe, und wenige Augenblicke später verließ er den Speisesaal. Er konnte nichts mehr essen, denn er hatte es viel zu eilig, sich aufs Rad zu schwingen und wegzukommen.

Das blaue Fahrrad lehnte in einer der Garagen an der Wand. Auf dem Platz vor den Garagen standen Chauffeure, die vor sich hin pfiffen oder Zigaretten rauchten und palaverten, während sie ihre Wagen wuschen und polierten. Freudig erregt schwang sich Orvil auf das blitzende fabrikneue Fahrrad, sauste die Einfahrt hinunter und dann durch das Tor auf die Straße. Er hatte kein bestimmtes Ziel im Sinn und überließ sich einfach seinem heftigen Drang nach Flucht, Freiheit, Einsamkeit und Abenteuer.

Die Straße war stark befahren von Lastwagen und PKWs. Orvil, der eine übertriebene Furcht vor motorisiertem Verkehr hatte, stieg vom Rad, hob es über den Straßengraben und fuhr auf dem Fußpfad weiter. Ein erboster Mann hielt ihn an und drohte, einen Polizisten zu rufen, wenn er mit seinem Fahrrad nicht augenblicklich verschwinde. Nach einer kurzen Strecke bog Orvil von der Straße ab, und bald hatte er sich in einem Gewirr von Hohlwegen verirrt. Er erinnerte sich an einen Abend in Devonshire, als seine Mutter ihn mitgenommen hatte zu einem Besuch bei einer Bekannten, die ein Haus am Meer hatte. Während des Essens machte er eine vorlaute Bemerkung zu seiner Mutter, die nicht weiter darauf achtete, doch die Bekannte stand auf, kam um den Tisch herum und band ihm ihre Serviette um den Kopf.

»Nein sowas!«, sagte sie in gespielt melodramatischem Tonfall, doch nicht ohne eine gewisse Entschlossenheit. »Daß ein Junge so mit seiner Mutter redet! Man muß ihm das Gesicht verdecken. Niemand kann einen Jungen ansehen, der seine Mutter so behandelt.«

Verängstigt und zugleich empört über diesen erniedrigenden Mummenschanz, sprang Orvil auf, zerrte sich die Serviette herunter und rannte aus dem Haus. Er schwor sich, nie mehr zurückzukommen. Durch das offene Fenster des Eßzimmers hallte ihm das harte höhnische Lachen der Frau nach.

Bis in die späten Abendstunden trieb er sich auf den Straßen und Wegen herum. In einem Straßengraben strich er einmal mit den Händen durch die Brennesseln, um zu sehen, wieviel Schmerzen er aushalten konnte. Er sehnte sich zurück ins Haus, doch er brachte es nicht über sich, kleinmütig wieder anzukommen.

Schließlich schlich er durch den Garten und setzte sich unter dem hell erleuchteten französischen Fenster ins Gras. Die Bekannte seiner Mutter hatte ihre Lieblingsplatte aufgelegt – Kreislers Aufnahme des ›Chanson Arabe‹. Orvil haßte das Musikstück. Trotzdem quollen ihm die Tränen heraus. Er leckte sie aus den Mundwinkeln, und der salzige Geschmack verschaffte ihm eine grimmige Befriedigung. Dann trocknete er sich sorgfältig das Gesicht ab, stieg durchs Fenster hinein und setzte sich neben seine Mutter auf das Sofa. Er brachte es nicht fertig, sich bei ihr zu entschuldigen. Nicht einmal ansehen konnte er sie. Nur einmal warf er ihr einen verstohlenen Seitenblick zu. Die Bekannte wandte sich zu ihm um und machte eine bissige Bemerkung, doch die verdorbene Stimmung schien ihr plötzlich aufs Gemüt zu schlagen. Sie verließ den Raum, während das ›Chanson Arabe‹ weinerlich ausklang, und Orvil hörte, wie sie sich mit ihrer Abendtoilette beschäftigte. Er blieb stumm neben seiner Mutter sitzen. Sie sagte nichts. Auch dann nicht, als er seine rot entzündete Hand ausstreckte und ihr den Siegelring vom Finger streifte. Er band sich den Ring an seine beiden längsten Stirnlocken, dann bewegte er den Kopf auf und nieder, so daß ihm der Ring an die Stirn schlug. Es war eine Angewohnheit von ihm, auf diese merkwürdige Art mit dem Ring zu spielen. Er liebte das leichte Ziehen an seinen Haaren, den sanften Aufprall des kleinen massiven Gegenstands auf seiner Stirn.

Seine Mutter stand auf und ging zum Wandschrank draußen im Flur. Sie kam mit einem quadratischen Einmachglas voll Gurken zurück. Wortlos nahm sie zwei der winzigen Gurken heraus und legte sie auf wunderschöne Tellerchen, die einmal zum Service einer alten Puppenstube gehört hatten. Und wie in einem feierlichen Zeremoniell begann jeder, mit großem Genuß seine Gurke zu verspeisen ...

Orvil schreckte aus seinen Gedanken auf. Der Hohlweg war hier an einer Seite eingekerbt, und durch die Lücke war eine kleine Kirche auf einer Anhöhe zu sehen. Ein Dorf dazu schien es nicht zu geben. Er radelte die Anhöhe hinauf und lehnte das Fahrrad an die Umzäunung eines Kriegerdenkmals. Der geteerte Weg zum Kirchenportal war eingefaßt von Rosensträuchern, die halb im hohen Gras verschwanden. Von einer gelben Rose, größer als die anderen, waren die Blütenblätter auf eine cochenillerote herabgefallen – der Effekt war so überraschend, daß Orvil für einen Augenblick dachte, er habe eine neue Züchtung entdeckt.

Die Steinplatten vor dem Portal waren gefleckt von Vogelmist in Weiß, Ginstergrün und Purpur. Zettel waren mit rostigen Stecknadeln an einem Anschlagbrett befestigt: eine Liste von Frauen, die sich abwechselnd um frische Blumen für den

Altar kümmerten; eine Bekanntmachung, in der es um eine Rinderkrankheit ging; eine Karte mit ausgefransten Rändern und einem Text, der den Besucher in roten und schwarzen Lettern bat, ein Gebet zu sprechen und im Opferstock eine Gabe zu hinterlassen.

Orvil drückte die schwere Tür nach innen auf, und eine feuchte dumpfe Kühle schlug ihm entgegen. Es roch nach Filz, Messingpolitur und fauligen Blumenstengeln in brackigem Wasser. Wie immer, wenn er eine Kirche betrat, verspürte Orvil ein prickelndes Gefühl von Spannung und Erwartung. Doch dieses Gefühl stellte sich nur ein, wenn er ganz allein war.

Rasch ging er hinein, machte im Mittelgang eine tiefe Kniebeuge und bekreuzigte sich mit weit ausholenden Bewegungen, wie er es in französischen und belgischen Kathedralen gesehen hatte. Er fand es erregend, diese Gesten der frommen Ehrerbietung nachzuahmen. Allerdings tat er es nur, wenn niemand in der Nähe war.

Er richtete sich auf und sah sich um. Die Kirche war im viktorianischen Stil renoviert worden, und nur die Mauern waren noch in ihrem ursprünglichen Zustand erhalten. In die strengen Spitzbogenfenster hatte man buntes Glas eingesetzt, das Taufbecken war aus Aberdeen-Granit, und die verhältnismäßig neue Kanzel war im ebenso peniblen wie faden Gimson-Stil gestaltet. Das einzig Interessante waren die Gedenktafeln aus dem 18. Jahrhundert an den Wänden, einige alte Grabmale und eine Messing-Grabplatte aus der Spätgotik, die er alsbald unter einem Kokosläufer entdeckte – denn er hatte sich angewöhnt, in jeder Kirche unter die Matten zu sehen.

Die Grabplatte zeigte das Bildnis einer vornehmen Dame mit einer Spitzhaube auf dem Kopf. Er kniete nieder und versuchte, ihren Namen und das Todesjahr zu entziffern, aber die Buchstaben verschwanden halb unter einem Belag von Grünspan, und von der lateinischen Inschrift verstand er nur die Worte ›Hic jacet‹.

Plötzlich – er wußte gar nicht recht, warum – lag er der Länge nach auf dem Bildnis und küßte herzhaft die kalten Lippen der Dame. Als er den Kopf hob, spürte er den Nachgeschmack und den Geruch des Messings auf den Lippen und in der Nase. Er sah herunter auf den nassen Abdruck seiner Lippen auf dem matt angehauchten Fleck, den sein Atem auf dem kalten Metall hinterlassen hatte.

»Ich wette, dich hat seit fünfhundert Jahren keiner mehr geküßt«, intonierte er leise im getragenen Tonfall eines Priesters. Dann, mit der Wange auf den flachen Konturen des Gesichts, versuchte er, sich hinunterzudenken in den Sarkophag ... Er stellte sich vor, er sei die Frau, die hier in ihrem Grab lag und ihren Liebhabern nachtrauerte, während dicht über ihr auf der Grabplatte dieser Junge sein kurioses Ritual verrichtete.

›Vielleicht trägt sie Ringe an den Fingern‹, dachte er. Er wünschte sich, eines Tages einmal ein Grabmal zu entweihen und einen alten Ring vom Finger eines Skeletts zu ziehen. Mit einer hohen brüchigen Stimme begann er, vor sich hinzusingen:

»Hierher bringt eure wunden Herzen, hier schüttet eure Sorgen aus ... Die Erde kennt kein Leid, das die Liebe nicht lindern könnte ...«

Mit dem Text solcher Kirchenlieder verband er oft sehr eigenwillige Vorstellungen. Die Melodie von Samuel Webbe und die Worte von Thomas Moore bekamen jetzt für ihn eine Bedeutung, die von der ursprünglichen weit entfernt war. Er sah sein Herz als weiches blutiges schauerliches Stück Fleisch. Es war blind und führte ein Eigenleben. Er sah, wie es in den offenen Sarkophag klatschte und wie aus der linken Brustseite des Skeletts ein Staubwölkchen aufstieg wie eine große Prise Schnupftabak. Er stellte sich den beißenden Modergeruch vor, während der Staub das weiche nasse Herz einhüllte und daran klebenblieb, wie Semmelbrösel auf einem saftigen rosigen Schinken, oder wie bitteres purpurbraunes Kakaopulver auf einer leckeren schwarzen Trüffel.

Die Phantasievorstellung verselbständigte sich nun und wurde ziemlich ekelhaft. Das romantische Gefühl von Nekrophilie hatte sich verflüchtigt, und was blieb, war nur noch der wallende Staub und das schleimige wissende Fleisch.

Noch einmal streckte sich Orvil auf der Grabplatte aus und preßte den Körper auf das kalte Metall, als könne er die harten Konturen erweichen. Dann wurde es ihm ein wenig peinlich, und er sprang auf. In einer trotzigen Anwandlung setzte er den Fuß auf das Gesicht der Frauengestalt, ehe er den Kokosläufer wieder über die Platte zog.

Vom Mittelgang gelangte er über zwei flache Stufen in den Altarraum. Seitwärts sah er einen verrosteten Helm mit Visier über einem imposanten Grabmal aus der Zeit Jakobs I., das man gerade restauriert hatte. Die geometrischen Verzierungen prangten in frischem Blattgold, Pulverblau und Erdbeerrot. Er hätte sich den Helm gerne über den Kopf gestreift, doch er sah, daß es zu schwierig war, ihn herunterzuholen.

Er ging an den Altar und hob das Tuch. Der Altar war nichts als ein alter Eichentisch mit leicht knolligen Beinen. Rasch schlüpfte Orvil darunter. Die Altardecke reichte ringsum bis auf den Boden, so daß er wie in einem dunklen Zelt saß. Er genoß den Aufenthalt in diesem sicheren Versteck und stellte sich vor, eine Messe würde vor ihm zelebriert. Er sah den Priester, die Meßdiener, die liturgischen Bücher, die Glöckchen und die Schwaden aus dem Weihrauchfaß.

›Was wäre, wenn ich mitten in der Messe mit einem schaurigen Schrei aus meinem Versteck springen würde?‹, dachte er. ›Die Gemeinde würde es von den Bänken reißen. Sie würden glauben, der Teufel sei ihnen erschienen. Ein paar Augenblicke könnte ich einen wüsten Veitstanz aufführen, dann würden die Meßdiener sich auf mich stürzen und mich zu Boden werfen. Der Priester würde entgeistert dastehen und auf die Balgerei zu seinen Füßen heruntersehen.‹

Orvil kroch unter dem Altar hervor und ging in die Sakristei. Er entdeckte einen runden Rasierspiegel, in dem sein Gesicht vergrößert und grotesk verzerrt erschien. Er schnitt Fratzen und versuchte, sich Angst zu machen, indem er sich einredete, seine Nase sei tatsächlich knollig wie ein überreifer Pilz und seine Stirn wie ein weiches pulsierendes Ei eines Reptils. Dann stellte er sich vor den Kaminsims, über dem ein reizend naives Gemälde von der Kirche hing, wie sie früher einmal ausgesehen hatte. Der Vergleich mit dem erneuerten Zustand fiel so ernüchternd aus, daß ihm unwillkürlich das Wort »Bastarde!« entfuhr.

An einer Seite des Raumes hingen die Meßgewänder und Chorhemden. Er durchsuchte die Taschen, in der Hoffnung, einen Hinweis auf diesen oder jenen Chorsänger zu finden. Einer hatte sich ein Loch in die Tasche gebohrt. In einer anderen Tasche fand er ein altes verkrustetes Taschentuch, in einer dritten ein winziges Foto von einer fast kahlen Frau, die einen fetten Säugling auf den Armen trug. Orvil wühlte sein Gesicht in die Gewänder und schnupperte in Erwartung ekelhafter Gerüche, doch statt ranzigem Körpergeruch drang ihm nur ein Hauch von Lavendel und Mottenpulver in die Nase.

Auf dem breiten Fenstersims standen die reich bestickten Klingelbeutel. Dazwischen lag eine alte vergilbte Haarbürste, in der ein Kamm steckte, und an einer Stelle ragte ein grüner Flaschenhals heraus, der in den einfallenden Sonnenstrahlen verlockend schillerte. Orvil ging hin und hob die Flasche hoch.

›Introibo‹, stand auf dem Etikett, und: ›Vino Sacro‹. Es war Abendmahlswein. Offenbar hatte man vergessen, die Flasche wegzuschließen. Orvil war überwältigt von diesem seltsamen Fund. Er sagte sich, daß eine solche Gelegenheit vielleicht nie wiederkommen würde. Er war noch nicht konfirmiert und stellte sich deshalb vor, die dunkle ölige Flüssigkeit müsse nach etwas ganz Besonderem schmecken – eine Mischung aus Sirup, Gewürzen und Traubensaft, mit einem rauchigen Beigeschmack von Myrrhe und Weihrauch.

Er zog den Korken heraus, drehte den Zeigefinger in den Flaschenhals und leckte ihn ab, doch das Ergebnis war enttäuschend. Es schmeckte nur nach Kork und leicht metallisch. Er hielt die Flasche schräg, bis der Wein fast herauslief, dann setzte er sie kurz entschlossen an und trank in gierigen Zügen. Das Zeug brannte ihm im Hals wie Gift und Feuer, doch er schonte sich nicht und trank weiter, bis er nicht mehr konnte. Mit einem Ruck stellte er die Flasche ab und prustete und ließ sich von einem Hustenanfall schütteln. Tränen traten ihm in die Augen, und ein bißchen ausgehusteter Wein tropfte ihm aus der Nase. Seine Schleimhäute schmerzten, sein Hals war rauh und wund, doch er genoß das seltsame Abenteuer, und als er sich von seinem Husten wieder erholt hatte, ließ er sich den Nachgeschmack des Weins auf der Zunge zergehen.

›Ich habe Abendmahlswein getrunken!‹ dachte er. ›Manche Leute glauben, es ist das Blut des Gottessohns.‹

Die Flasche wirkte jetzt wesentlich leerer. Er hoffte im stillen, daß sich der Priester den Pegelstand nicht nach jeder Messe merkte. Hastig stellte er die Flasche wieder an ihren alten Platz zwischen den Klingelbeuteln. Eigentlich wollte er die Kirche jetzt schnellstens verlassen, doch als er sich umwandte, sah er die kleine Wendeltreppe, die hinauf in den Turm führte. Er konnte der Versuchung nicht widerstehen – er rannte die ausgetretenen Stufen hinauf, manchmal in völliger Dunkelheit, dann wieder in einem grauen toten Licht, das durch schmale unverglaste Schlitze in der Mauer hereindrang.

Dann stand er in dem Raum, wo die Glockenseile durchliefen und in einem merkwürdig sargähnlichen Glaskasten der Mechanismus der Turmuhr tickte. Langsam bewegten sich die matt schimmernden Zahnräder, und zwischen ihnen ruckte ein senkrechter Messingstab rhythmisch hin und her.

›Sei auf der Hut‹, sagte er sich, ›sonst schlägt die Glocke an und jagt dir einen Schreck ein, wenn du am wenigsten darauf vorbereitet bist.‹

Er sah hoch zu zwei alten schimmeligen Totenschilden, die an die Balken genagelt waren. Sicherlich hatte man sie während der Renovierung des Kirchenschiffs nach oben geschafft, weil man sie nicht mehr gebrauchen konnte. Auf dem einen Schild war das Wappen von Lorbeerzweigen und Nachbildungen altgriechischer Münzen eingefaßt. Orvil war ganz in den Anblick versunken, als plötzlich der Dreiviertelstundenschlag ertönte. In panischem Schrecken stürzte er zur Wendeltreppe hin, während ihm die fürchterlich lauten Glockenschläge in den Ohren dröhnten.

Aus einem der Turmfenster erhaschte er einen flüchtigen Blick auf die weißen Grabsteine des Friedhofs, die platt auf der Erde zu liegen schienen. Sie kamen ihm vor wie ausgeschlagene Zähne.

Wie ein Verrückter hastete er die Wendeltreppe hinunter. Oft kam er ins Stolpern und schlitterte zwei oder drei Stufen auf einmal abwärts. Als er unten anlangte, war ihm von dem ständigen Rundherum ganz schwindelig. Außerdem hatte der

Wein zu wirken begonnen. In seinem Kopf summte und hämmerte es, und alles drehte sich vor seinen Augen. Mit einem blöden Kichern rannte er durchs Portal hinaus in die schwüle Sonnenhitze. Wolken mit glitzernden Rändern ballten sich zusammen, und ein schwefelgelber Dunst schimmerte über der Landschaft. Orvil sah, daß es nicht mehr lange dauern würde, bis ein Gewitter losbrach.

Er hatte die Orientierung verloren, doch als er sich aufs Rad schwang und kräftig in die Pedale trat, redete er sich ein, er werde den Weg zum Hotel mit Glück schon wiederfinden. Die Sonne drang nur noch schwach durch die Wolken, aber es fiel noch kein Regen. Der Wein setzte ihm inzwischen immer stärker zu, und er fühlte sich entsetzlich niedergeschlagen und verzagt. Es nagte so sehr an ihm, daß er heftig den Kopf schüttelte, um das lähmende Gefühl loszuwerden. Zu spät erkannte er, wie unvorsichtig das war – er verlor das Gleichgewicht, und im nächsten Augenblick rutschte das Fahrrad unter ihm weg, und er schlug der Länge nach auf den Weg. Er hörte ein scharfes metallisches ›Ping!‹, als die Fahrradklingel auf einen Stein prallte.

Eine Weile lag er da und machte keinen Versuch sich aufzurappeln. Er war unverletzt, doch bittere Tränen liefen ihm übers Gesicht, und in seinem Selbstmitleid kam er sich vor, als müsste er sämtliche Foltern und Qualen der Welt ertragen. Im Staub des Feldwegs bildeten seine Tränen feuchte Klümpchen wie Tropfen heißer Schokolade.

Er setze sich auf und riß sich zusammen. ›Du bist nur betrunken‹, sagte er sich energisch. ›Sturzbetrunken.‹ Er fragte sich, weshalb es Erwachsenen solchen Genuß bereitete, Alkohol zu trinken, wenn man sich hinterher so elend fühlte.

Große Regentropfen begannen jetzt zu fallen. Sie formten winzige schleimige Krater im trockenen Staub. Einer traf ihn auf der Wange und tropfte dann herunter. Orvil schreckte zusammen. Er stellte sich vor, wie dieser Regentropfen Hunderte von Metern durch die Luft gefallen war, ehe er seine Wange traf. Mühsam stand er auf und sah sich um. Über Hecken hinweg sah er in einiger Entfernung etwas glitzern. Es war der Fluß.

›Wenn ich einen Weg zum Fluß finde‹, dachte er, ›weiß ich dann schon weiter.‹

Er entschied sich für einen schmalen Pfad, der in die Richtung zum Fluß zu führen schien. Doch ehe er die Bäume am Ufer erreichte und sich unterstellen konnte, brach schon das Gewitter los. Der Regen prasselte so heftig herunter, daß er schon nach wenigen Minuten bis auf die Haut durchnäßt war. In kleinen Rinnsalen lief ihm das Wasser aus dem Haar und über Brust und Rücken. Im ersten Augenblick war es ein durchaus wohltuendes Gefühl, doch dann stellten sich die unangenehmen Folgen ein – seine durchweichten Hosen klebten an den Beinen, und dann lief ihm das Wasser in die Schuhe, so daß seine Füße widerlich glitschig darin herumrutschten.

Er verkroch sich unter einen dichten Busch und lehnte das Fahrrad an seine hochgezogenen Knie. Der Wind peitschte schlanke Schößlinge und Bäume, und das hohe Gras wurde abwechselnd platt auf die Erde gedrückt und wieder hochgewirbelt. Die ganze Oberfläche des Flusses brodelte und zischte unter den Regentropfen, die wie Geschoßgarben einschlugen.

Während er mißmutig und verbittert auf das Wasser starrte, nahm er plötzlich aus den Augenwinkeln einen schwarzweiß gestreiften Gegenstand wahr, der sich zu bewegen schien. Er wandte den Kopf und sah, daß ihm auf dem Treidelpfad eine Gestalt in einem langen gestreiften Umhang entgegenkam.

Der Anblick war so unerwartet, daß Orvil erschrocken zusammenfuhr. Zuerst konnte er nicht erkennen, ob es ein Mann oder eine Frau war, doch als die Gestalt näherkam, stellte sich heraus, daß es ein Mann war, der so in Gedanken versunken vor sich hinging, daß er nicht einmal den heftigen Regen zu bemerken schien. Er ging mit gesenktem Kopf, die Hand am Kinn, und den Ellbogen von der anderen Hand gestützt. Wie er so geistesabwesend einen Fuß vor den anderen setzte, wirkte er wie ein Schlafwandler. Inzwischen war der Mann so nahe heran, daß man seine Gesichtszüge erkennen konnte. Zu seiner Überraschung sah Orvil, daß es der Mann war, den er zuerst in dem roten Kanu gesehen hatte. Er murmelte offenbar etwas vor sich hin, denn er bewegte leicht die Lippen. Es war klar zu erkennen, daß er sich völlig unbeobachtet glaubte.

Als er Orvil unter dem Busch hocken sah, warf er ihm einen strengen, herrischen Blick zu, in dem zugleich Mißtrauen und Empörung mitschwangen.

»Was machst du denn hier? Du wirst ja klatschnaß«, sagte er. Seine Stimme klang flach und tonlos, und die Worte wurden vom Sturmwind weggeweht, kaum daß sie ihm über die Lippen kamen.

Orvil nickte mit dem Kopf und lächelte verlegen. Wenn ihm nach einer kecken Antwort zumute gewesen wäre, hätte er jetzt gesagt: ›Sie aber auch.‹ Doch er fühlte sich schuldbewußt, weil er den Mann in eine peinliche Situation gebracht hatte. Er wußte selbst, wie ärgerlich es war, wenn man so in Gedanken ertappt wurde.

Er warf einen raschen Blick auf das gebräunte, wettergegerbte Gesicht des Mannes, das die unregelmäßigen Zähne besonders weiß erscheinen ließ. Die tiefbraunen Augen wirkten versonnen, und das Weiße hatte einen matten, auffallend reinen Glanz. Es war ein lebenslustiges Gesicht, doch zugleich sah man ihm an, daß der Mann durchaus auch energisch sein konnte.

Jetzt veränderte sich der Gesichtsausdruck des Mannes, die leichte Unschlüssigkeit verschwand, und er wurde wieder ganz der praktisch denkende Mensch, als den ihn Orvil in Erinnerung hatte.

»Du kommst besser mit in meine Hütte«, sagte er in halb befehlendem, halb ermunterndem Tonfall.

Orvil stand auf und ließ das Fahrrad neben dem Busch zurück. Der Mann zwängte sich durch die windgepeitschten Haselnußsträucher und rief ihm über die Schulter zu: »Hier lang!«

Durchs Unterholz konnte Orvil die Hütte sehen. Vor Tagen, als er durch das hohe Gras gespäht hatte, war sie ihm nur dürftig und verwahrlost erschienen, doch jetzt versprach sie Behaglichkeit und Schutz. Zum erstenmal fiel ihm jetzt der kleine pittoreske Abort auf, der halb im Gebüsch verschwand.

›Buckingham Palace‹ war mit weißer Farbe auf die Tür gepinselt.

Der Mann schien Orvil vergessen zu haben. Er schritt ziemlich hektisch voran, schüttelte die Arme aus und schlenkerte sein tropfnasses Haar. Er stieß die Tür auf, ließ Orvil eintreten und warf sie zu, ohne ihn anzusehen. Er zog einen kleinen Kanonenofen aus der Ecke, ging in die Hocke, riß ein Streichholz an und hielt es durch die bunt emaillierte Feuertür.

»Zieh deine nassen Sachen aus und nimm dir den alten Schlafrock, der da oben an der Tür hängt«, sagte er, ohne vom Feuermachen hochzusehen. Dann stand er auf, schlüpfte aus seinem nassen Bademantel und ging wieder in die Hocke. Er hatte nur eine weinrote Badehose an. Das Regenwasser rann ihm über den breiten Rücken herunter und bildete neben seinen Füßen kleine dunkle Pfützen auf den Dielen.

Orvil wollte sich nicht ausziehen, obwohl ihm seine durchnäßten Kleider lästig waren. »Ach danke, das geht schon«, sagte er mit einem gekünstelt munteren Lachen. »Wenn das Gewitter aufhört und die Sonne wieder scheint, trocknet das von allein. Lange kann es ja nicht mehr dauern.« Einen Augenblick herrschte Schweigen, dann drehte sich der Mann zu ihm um. »Hast du mich nicht gehört?«, sagte er in dem unterschwellig drohenden Ton, den er in solchen Fällen immer benutzte.

Orvil erinnerte sich, wie der Mann die beiden Jungs im Kanu in Zucht gehalten hatte. Augenblicklich setzte er sich auf eines der Feldbetten und nestelte seine Schuhe auf. Er wartete, bis der Mann sich wieder mit dem Ofen beschäftigte, dann ging er zur Tür, zog sich das Hemd über den Kopf und schlüpfte in den alten Schlafrock. Er hakte seinen Gürtel auf, streifte die Hosen herunter und stieg mit beiden Füßen heraus. Der Schlafrock war ihm viel zu groß und schleifte ringsum am Boden.

»Der hat einem Mann gehört, der im letzten Krieg gefallen ist«, sagte der Mann, der nun wieder zu ihm nach hinten sah.

»Wirklich?«, fragte Orvil interessiert und beeindruckt. »Dann muß er schon sehr alt sein. Der Mann war viel größer und kräftiger als ich es wahrscheinlich einmal sein werde.« Er streckte die Arme seitlich aus, um zu zeigen, wie seine Hände völlig in den weiten Ärmeln verschwanden. Dann befühlte er den Rock und besah ihn eingehend. Er war aus sehr weichem Kamelhaar, und die Ärmel waren mit chinesischer Seide gefüttert. Auf der reich bestickten Vorderseite gab es einige winzige Brandlöcher, die offenbar von den Funken aus einer Tabakspfeife herrührten.

Nach einer Weile sagte Orvil, halb zu sich: »Das ist schrecklich traurig.« Er zog den Schlafrock enger um sich und dachte: ›Den hat also einmal ein Mann getragen, der jetzt schon lange tot ist. Er hat darin geschwitzt und manchmal vielleicht auch gefroren, und er bekam Gänsehaut, so daß ihm die kleinen Härchen an den Armen hochstanden. Und das hier sind die Brandlöcher von der Asche, die ihm aus der Pfeife fiel. Oder nein, wahrscheinlich rauchte er Zigaretten. Wenn Soldaten im letzten Krieg auf Urlaub kamen, haben sie sicherlich sehr ausgefallene Zigaretten geraucht, vielleicht russische mit Mundstücken aus Kork. Auf jeden Fall keine gewöhnlichen Players.‹

Er versuchte sich vorzustellen, daß er der ehemalige Besitzer des Schlafrocks sei. ›Ich würde sehr volles, dunkelblondes Haar haben, sehr glatt‹, dachte er, ›und einen sehr kräftigen durchtrainierten Körper, mindestens einssechsundachtzig groß. Jeden Abend würde ich im Savoy tanzen und Champagner trinken mit einer von diesen berühmten Schauspielerinnen mit einem Kopfschmuck aus Federn und Perlen und einem langen Abendkleid, das um die Knöchel leicht gerafft ist. Sie würde ein orientalisches Parfüm benutzen, und der Puder an ihren Armen würde sich an meiner Uniform abreiben.‹

Doch dann fand er diese Vorstellung reichlich übertrieben und unrealistisch. Das mit dem Kopfschmuck und dem Abendkleid stimmte zwar, denn er hatte es schon auf Fotos gesehen. Aber alles andere war nur aus Schundromanen zusammengelesen.

Der Mann unterbrach Orvil in seinen Träumereien und sagte ihm, er solle sich die Haare frottieren mit einem der gestreiften Badetücher, die an der Tür hingen. Während Orvil sich die Haare trocknete, nahm der Mann seine nassen Kleider und hängte sie über zwei Stühle, die er an den Ofen rückte. Bald begannen die Kleider zu dampfen. Orvil hoffte, daß sie keinen unangenehmen Geruch verströmen würden.

Der Mann hatte jetzt seine Badehose ausgezogen und rieb sich am ganzen Körper kräftig ab. Er schlotterte vor Kälte, und obwohl er sich Mühe gab, konnte er ein Zähneklappern nicht unterdrücken. Er zog sich einen dicken blauen Seemannspullover über und stieg in eine sehr schmutzige graue Flanellhose.

»Ah, das ist besser«, sagte er. »Wir haben durch das Gewitter einen ziemlichen Temperatursturz bekommen.«

Das Unwetter ließ immer noch nicht nach. Dumpf schlug der Regen gegen die dünnen Bretterwände und das Wellblechdach der Hütte. Blätter und Zweige kratzten leise an den Fensterscheiben.

»Ist es nicht herrlich, im Trockenen zu sitzen und zu hören, wie es draußen herunterprasselt«, entfuhr es Orvil. Ein leichtes Zittern, wie ein schwacher Orgasmus, durchlief ihn. Seltene Augenblicke wie dieser – sie waren für ihn schöner als fast alles auf der Welt, und sie kamen immer nur mitten in einem Unwetter.

Der Mann nickte. Er füllte einen Teekessel mit Wasser und stellte ihn auf den Ofen. Dann öffnete er ein Wandschränkchen und holte eine große Dose ›Huntley & Palmer‹ Ingwer-Kekse heraus, etwas Brot, Butter und ein Glas Kirschmarmelade. Orvil ging zu ihm hinüber und betrachtete, wie er es seit seiner Kindheit immer wieder mit Vergnügen getan hatte, den alten Stich, der die blau und rot lackierte Dose zierte: die Pferdefuhrwerke und Kutschen vor dem düsteren viktorianischen Fabrikgebäude; die winzigen Gestalten der Fußgänger, deren Kleidung so penibel und detailgenau ausgeführt war, verloren sich in der dräuenden, gespenstischen Perspektive, die der Künstler der Straße gegeben hatte.

»Ich hoffe, sie werden ihre Dosen nie ändern. Sie nicht auch?« fragte er den Mann.

Der Mann nickte erneut, doch er achtete nicht auf die Dose. Er versuchte sich zu erinnern, wo er die Büchse mit dem Tee gelassen hatte. Er fand sie, als er zwei Henkeltassen und zwei Teller von einem Wandbrett holte.

Während der Mann damit beschäftigt war, den Tee aufzugießen, hatte Orvil Gelegenheit, sich die Einrichtung der Hütte näher anzusehen. Jede Ecke schien einem anderen Zweck zu dienen. Es gab eine Wohnecke mit Regalen voll zerlesener Bücher hoch oben an der Wand und einem schmutzigen zerschlissenen Knole-Sofa mit braunem Kordbezug. Die Waschecke bestand aus einer blankgeschrubbten Holzplatte auf zwei Sägeböcken, einem Eimer und vier emaillierten Waschschüsseln. Die Schlafecke beanspruchte am meisten Platz – drei Feldbetten entlang der einen Wand und ein Bettgestell aus Messing an der anderen. Die letzte Ecke war durch zwei blaue Brokatvorhänge abgetrennt und bildete eine Art Herrgottswinkel – ein Heiligenbild, vor dem eine rubinrote Glaslampe mit verschnörkelter goldbronzierter Einfassung hing.

›Ist er römisch-katholisch oder nur anglikanisch?‹, überlegte Orvil hastig. ›Ich muß mich vorsehen, daß ich nichts Falsches sage. Und ich darf ihm nicht so nahe kommen, daß er an meinem Atem den Abendmahlswein riechen kann ...‹

Orvil war erleichtert, daß sein betrunkener Zustand so rasch nachgelassen hatte. Die kalte Dusche draußen im Regen hatte dafür gesorgt, und auch der Mann hatte mit seiner befehlsgewohnten Art dazu beigetragen. Er fühlte sich jetzt nur noch leicht benommen und hatte ein bißchen Kopfweh, aber das war ohne weiteres auszuhalten.

Während er sich den Herrgottswinkel ansah, machte er wieder einmal überrascht die Feststellung, daß es für religiöse Gegenstände genauso eine kommerzielle Massenproduktion gab wie für weltliche. Er erwartete immer, daß sie von den Gläubigen selbst in liebevoller Handarbeit angefertigt würden. Statt dessen sah er jetzt, daß das Heiligenbild eine billige Reproduktion eines Gemäldes von Piero della Francesca war. Die Lampe erinnerte ihn stark an jene schwenkbaren Dispenser für flüssige Seife, die er in öffentlichen Bedürfnisanstalten so gerne nach unten kippte und auslaufen ließ. Der blaue Brokatstoff war steif und roch ziemlich ranzig, und die groben Goldfäden, mit denen er durchwirkt war, erinnerten an die wasserstoffgebleichten Haarsträhnen einer Hure.

Orvil wandte sich der Wohnecke zu, wo der Mann gerade mit einer leuchtend gelb glasierten Teekanne hantierte. Auf einem Hocker vor dem Sofa stand ein grünes Blechtablett mit Fliesenmuster, und darauf hatte der Mann die Kekse, die dicken Porzellantassen, das Brot und die Marmelade bereitgestellt.

»Komm schon«, rief er, »es ist alles fertig. Laß uns zugreifen.«

Auf nackten Füßen ging Orvil zu ihm hinüber. Er hoffte, daß die rauhen pelzigen Holzdielen keine Splitter hatten, die ihm unverhofft in die Fußsohlen dringen konnten. Beim Anblick des leckeren Tabletts und des einladend weichen, durchgesessenen Sofas entfuhr ihm unwillkürlich ein »Ahh«. Im gleichen Augenblick hörte er, wie sein Magen knurrte, und er preßte hastig die verschränkten Arme darauf.

»Gieriger kleiner Teufel«, sagte der Mann und schlug mit der flachen Hand aufmunternd auf den freien Sofaplatz neben sich.

Orvil ließ sich in die weiche Sitzkuhle sinken und lehnte sich behaglich zurück, während er dem Mann beim Eingießen zusah. Dieser tat es sehr korrekt und gekonnt, fast ein wenig zeremoniell. Kein Tropfen ging daneben, obwohl er die Kanne recht hoch über die Tasse hielt. Auch als er bedächtig den Löffel aus der Zuckerdose nahm, fiel kein Körnchen herunter.

»Wie viele Löffel?«, fragte er, während seine Hand mit dem Teelöffel aus Aluminium abwartend über der Zuckerdose schwebte.

»Ah ... ich weiß nicht ... vielleicht zwei?«, meinte Orvil zögernd. Es war nicht leicht abzuschätzen, wie viele Löffel Zukker für so eine große Tasse nötig sein würden. Zwei würden jedenfalls bei weitem nicht ausreichen. Zu seiner Erleichterung sah er, wie ihm der Mann vier gehäufte Löffel in die Tasse schöpfte.

Brot mochte er eigentlich nur in Form von Toast oder frischen Brötchen, doch jetzt schnitt er sich bereitwillig ein deftiges Stück weiches Schwarzbrot ab und bestrich es dick mit Marmelade. Als er herzhaft hineinbiß, war er überrascht, wie köstlich es schmeckte. Ein bißchen nach Nüssen, nach Erde, nach alter Bettwäsche, nach … Nein, das war Unsinn. Es schmeckte ganz einfach nach Brot, und weiter nichts.

»Das ist meine Lieblingsmarmelade«, sagte er mit einem dankbaren Seitenblick auf den Mann. Und bei sich dachte er: ›Ich verpasse immer den Lunch und mache es hinterher mit Brot und Kuchen wett …‹

»Wie gut, daß wir auf deinen überraschenden Besuch so gut vorbereitet waren«, sagte der Mann scherzhaft.

»Aber Sie haben mich doch hereingebeten«, sagte Orvil fassungslos und ein wenig empört.

»Es wäre mir nie eingefallen, mich selbst einzuladen. Sie haben mich angesprochen …«

»Natürlich habe ich dich hereingebeten. Sei doch nicht dumm. Es sollte nur ein Scherz sein.« Der Mann versetzte ihm einen unnötig groben Rippenstoß, und Orvil erinnerte sich, wie grob der Mann mit dem Jungen umgesprungen war, der mit seiner Wurst gespielt hatte.

Darauf lehnten sich beide entspannt zurück und kauten schweigend. Aus dem Teekessel auf dem Ofen drang ein schwaches sirrendes Geräusch. Es hörte sich an wie ein Insekt.

»Wohnst du hier in der Nähe?«, fragte der Mann nach einer Weile.

»Ich verbringe die Sommerferien mit meinem Vater und meinen Brüdern in dem Hotel da drüben«, sagte Orvil und deutete mit einer vagen Handbewegung die Richtung an.

»Ah. Ich dachte, du zeltest hier am Fluß.«

»Nein, aber ich wünschte, es wäre so. Ich wünschte, ich könnte in so einer Hütte hier am Fluß leben und den ganzen Tag in der Badehose herumlaufen und ganz braun werden … Lagerfeuer machen und mir darauf mein Essen kochen … Boot fahren und schwimmen und Shanties singen …« Orvil konnte nicht verhehlen, wie sehr der Neid an ihm nagte. »Gehört die Hütte Ihnen?« fragte er.

»Sie gehört der Mission von Bethnal Green in London, und ich helfe dort ab und zu aus«, erläuterte der Mann. »Ich bin

Lehrer, weißt du, und in den großen Ferien habe ich dazu viel Zeit. Die Boys vom East End sind immer ganz begeistert von dem Aufenthalt hier. Es ist natürlich immer nur Platz für ein paar von ihnen, aber die meisten bringen es fertig, jeden Sommer einen Teil der Ferien hier zu verbringen.«

»Ich habe Sie neulich mit zwei von ihnen gesehen«, sagte Orvil, als habe ihn etwas dazu getrieben, sein Geheimnis preiszugeben.

»Ach wirklich«, meinte der Mann. Orvil war enttäuscht, daß der Mann so wenig Überraschung zeigte.

»Ich saß allein in einem Boot. Sie kamen mit den beiden in einem roten Kanu vorbei und haben gesungen. Später habe ich Ihnen beim Essen zugesehen, an dem Lagerfeuer vor der Hütte. Und dann haben Sie ihnen aus *Jane Eyre* vorgelesen. Sie haben sie Bastarde geschimpft.«

»Hab ich das?« Der Mann lachte. »Nun, sie haben sich auch entsprechend benommen. Aber wo bist du denn da die ganze Zeit gewesen?«

»Ich lag in dem hohen Gras da drüben.«

»Warum bist du nicht hergekommen und hast mitgegessen, wenn dir danach war?«

»Oh, ich glaube nicht, daß Ihnen das recht gewesen wäre. Ich war Ihnen doch völlig fremd.«

»Die Jungs sind heute früh abgereist«, sagte der Mann. »Morgen kommt der nächste Schwung. Warum kommst du nicht ab und zu vorbei und gehst mir ein bißchen zur Hand? Du könntest eine Menge lernen.«

»Die würden das bestimmt komisch finden. Sie würden mich für viel zu jung halten, um sie zu beaufsichtigen, und darüber würden sie sich ärgern.« Der Vorschlag war so verlockend, daß Orvil in seiner übervorsichtigen Art an alles zu denken versuchte, was ihm die Freude daran verderben könnte.

»Sie würden es nur denken, wenn du es dir anmerken läßt. Wenn nicht, würden sie überhaupt nichts dabei finden.«

Eine Pause trat ein. Orvil kam sich klein und zurechtgewiesen vor. Der Mann erkundigte sich jetzt, wo Orvil zur Schule gehe. Orvil sagte es ihm.

»Da müßte es dir eigentlich ganz gut gefallen«, meinte der Mann.

Orvil wollte schon seine übliche Antwort geben – »Danke, es gefällt mir sehr gut dort.« Doch etwas veranlaßte ihn zu sagen, was er wirklich dachte.

»Ich hasse es«, sagte er. »Ich weiß nicht, wie ich es ertragen soll, wieder hinzugehen, wenn die Ferien vorbei sind.«

»Ach was, das wird schon gehen«, sagte der Mann aufmunternd. »Wenn du erst ein paar Klassen weiter bist und dich durchsetzen kannst, wird es dir so viel Spaß machen, daß du gar nicht mehr fortgehen willst.«

Orvil spürte sofort, daß es den Nachmittag vollständig verderben würde, wenn er seinen Frust noch weiter ausbreitete. Dann wäre es vorbei mit dem köstlichen Gefühl von Geborgenheit, das sich eingestellt hatte, seit er am Ofen gestanden und auf das Unwetter draußen gehört hatte. Und der Lehrer würde in seinen Antworten immer strenger und vernünftiger werden. Er zwang sich, jeden Gedanken an die Schule zu verdrängen. ›Vielleicht habe ich einen tödlichen Unfall und muß nicht mehr zurück‹, dachte er. ›Ich könnte auch die Pocken kriegen oder die Masern. Oder vielleicht habe ich ganz großes Glück und bekomme plötzlich die Schwindsucht. Dann wird mich für den Rest meines Lebens niemand mehr belästigen.‹

Abrupt wandte er sich jetzt an den Mann und fragte: »Werden Sie heute ganz allein hier übernachten?« Er wollte das Gefühl von Geborgenheit und Sicherheit in dieser Hütte ganz intensiv erleben – weit weg zu sein von Schule und Hotel und allen Menschen ...

Der Mann nickte nur. Dann beugte er sich nach vorn, nahm einen Keks vom Tablett und steckte ihn Orvil in den Mund. Orvil biß knirschend hinein und begann genüßlich und geräuschvoll zu kauen.

»Ach Gott, was für ein Lärm!«, sagte der Mann.

»Als würde eine ganze Armee über einen Kiesweg marschieren.«

›Er sagt »Ach Gott!«, und dabei ist er ein religiöser Mensch‹, dachte Orvil.

»Es muß wunderschön sein hier bei Nacht, ganz allein am Fluß«, sinnierte er halblaut vor sich hin, »wenn die Blätter in den Bäumen rascheln und der Regen aufs Dach prasselt... und hier drin der Ofen, warme Decken, gutes Essen, Bücher zum Schmökern ...«

»Und meine Pfeife, nicht zu vergessen«, unterbrach ihn der Mann. Er beugte sich seitlich herunter und hob eine Pfeife und einen Tabaksbeutel aus gelbem Wachstuch vom Boden auf. Er begann, die Pfeife zu stopfen, und Orvil sah, wie das Nagelbett des fast quadratischen Daumennagels bei jedem Druck weiß wurde und dann wieder blaßrot anlief. Der Mann verbrauchte mehrere Streichhölzer, ehe der Tabak genügend Glut hatte.

»Ich hasse das Leben im Hotel«, sagte Orvil, als er glaubte, die Aufmerksamkeit des Mannes wiederzuhaben. »Es gibt keinen, mit dem ich mich unterhalten kann. Ich mache gymnastische Übungen in meinem Zimmer, und dann treibe ich mich herum und erkunde die Gegend, aber zum Abendessen muß ich immer zurück sein.«

Der Mann ging nicht darauf ein. Er schien kaum auf Orvils Worte zu achten. Er stand auf und holte ein merkwürdiges Saiteninstrument vom obersten Regal herunter. »Das hat einer der jungen Burschen gebastelt – aus einer Zigarrenkiste und dem Griff eines alten Tennisschlägers. Ganz gut, nicht?«, sagte er und hielt es Orvil hin.

Orvil nahm das Instrument in die Hand und zupfte an einer Saite.

Sie war so schlaff, daß sie einen quengelnden Ton von sich gab.

»Spielen Sie mir etwas darauf?«, bat er.

Der Mann goß die Tassen wieder voll, dann legte er sich das Instrument über die Knie und begann, die vier Saiten zu stimmen. Er hatte keine Stimmgabel und mußte sich ganz auf sein Gehör verlassen. Orvil war sehr beeindruckt, als er sah, wie leicht es dem Mann gelang.

Als der Mann fertig war, lehnte er sich im Sofa zurück, verschränkte die Beine, schlug einige Akkorde an und begann leise zu singen:

»Bring out your hundred-dollar coffin,
Bring out your rubber-tyred hack,
To take poor Johnny to the cemetery,
Never for to bring him back.
He was her man – but he done her wrong.«

Die einschmeichelnde Melodie ging Orvil durch und durch. »Singen Sie es ganz von Anfang an«, rief er drängend. »Ich möchte es ganz hören. Jedes einzelne Wort.«

Der Mann überlegte einige Augenblicke, dann sang er Strophe um Strophe von ›Frankie and Johnny‹. Orvil hörte ihm mit angehaltenem Atem zu. ›Es ist richtig ergreifend‹, dachte er. ›Er singt es genau richtig. Er tut nie so, als wäre es ein lustiges Lied.‹

Orvil brachte den Mann dazu, ihm noch weitere Lieder vorzusingen. Manchmal stimmte er mit ein. Die Lieder lullten ihn ein und verstärkten seinen Wunsch, für immer in der Hütte zu bleiben, die Tage mit Singen und Unterhaltungen zu verbringen und dem Mann bei der Hausarbeit zu helfen.

Schließlich legte der Mann das Instrument beiseite und griff wieder nach seiner Pfeife. Sie war längst ausgegangen, und er mußte wieder mehrere brennende Streichhölzer über den Pfeifenkopf halten, bis endlich die blauen Rauchwölkchen aufstiegen. Er sah Orvil durch den Qualm an und sagte kurz: »Jetzt wäschst du die Sachen ab und stellst sie weg.«

Orvil stand linkisch auf. Er fühlte sich etwas ernüchtert, doch er war durchaus bereit, für den Mann einige Arbeiten zu verrichten.

»In der weißen Schüssel da drüben ist Wasser. Spül alles durch und trockne es mit einem von den Handtüchern ab.«

Orvil trug das Tablett hinüber in die Waschecke. Der Mann zog die Beine an, verschränkte die Hände hinter dem Kopf und sah Orvil mit halb geschlossenen Augen träge zu.

›Der faule Strolch sitzt einfach auf seinem Arsch und tut so, als wäre ich sein Sklave‹, dachte Orvil halb verärgert und zugleich mit sich zufrieden, denn er benutzte sonst kaum solche vulgären Ausdrücke.

Als er alles abgetrocknet hatte, wandte er sich zu dem Mann um und sagte in einem gespielt hochnäsigen Dienerton: »Haben Sie sonst noch einen Wunsch, Sir?«

Der Mann revanchierte sich, indem er ungerührt darauf einging: »Ja, du kannst mir meine braunen Schuhe auf Hochglanz bringen. Sie stehen unter dem Bett. Schuhcreme und Bürsten sind in der untersten Schublade.«

Ohne weiter auf Orvil zu achten, klappte der Mann die Nagelschere aus seinem großen Taschenmesser und begann, sich geräuschvoll die Fingernägel zu schneiden.

Etwas benommen holte Orvil die Schuhe unter dem Bett hervor. Als er mit der Hand in den einen Schuh hineingriff, dachte er: ›Schuhe sind innen immer so geheimnisvoll, wie die dunkle Höhle, in die das Licht nie bis nach hinten dringt. Man kann sich nur blind entlangtasten.‹ Mit den Fingern strich er über die seichten Vertiefungen, die von den Zehen hinterlassen wurden – wie Abdrücke von Perlen, deren Größe sich gleichmäßig verringerte. Dann befühlte er die Ausbuchtung der Ferse, und mit den Fingerknöcheln strich er am Oberleder entlang, das sich rissig und zugleich feucht und weich anfühlte.

Er bürstete und polierte nach Kräften, und bald glänzten die Schuhe wie nasse braune Kieselsteine.

»Jetzt sind sie so blank, daß Sie sich darin rasieren können, Sir«, sagte er, erneut in dem gespielt aufmüpfigen Cockney-Akzent.

»Komm her, damit ich sie inspizieren kann«, sagte der Mann streng.

Orvil ging hin und hielt ihm die Schuhe unter die Nase.

»Ja, die kann man so lassen«, meinte der Mann. Dann sah er sich suchend in der Hütte um.

›Jetzt läßt er mich die Lampe reinigen oder seinen schmuddeligen Schlafanzug waschen oder sonst was Widerliches‹, dachte Orvil, wieder in einer Mischung aus Verärgerung und Vergnügen. Das Vergnügen lag darin, daß ihn der Mann so vollständig zu akzeptieren schien, als gehöre er zum Inventar.

»Ich sollte jetzt gehen«, sagte Orvil betont deutlich.

»Nein, du kannst noch nicht gehen. Du hast noch Zeit, und der Regen hat noch nicht ganz aufgehört. Komm her, ich zeige dir ein paar Knoten. Ich bin sicher, daß du da noch eine Menge nachzuholen hast.«

Der Mann hatte ein langes Stück Seil in die Hand genommen. Er schlang es zu einer Doppelschleife, die er mit einem einzigen Ruck wieder löste.

Orvil ging zum Ofen und befühlte seine Kleider. Sie waren an manchen Stellen noch feucht, doch er beschloß, sie trotzdem anzuziehen. Er schlüpfte in seine Hose, dann ließ er den Schlafrock zu Boden gleiten und zog sein Hemd an.

»Deine Kleider sollten noch ein bißchen besser trocknen. Komm jetzt her, damit ich dir diese Knoten zeigen kann«, sagte der Mann ungeduldig.

Orvil setzte sich zu ihm aufs Sofa, und der Mann führte ihm einen einfachen Palstek vor, einen doppelten ›Sheet Bend‹, zwei Kleeblattknoten und zwei halbseitige Schifferknoten, und schließlich einen doppelten Rundtörn mit halbseitigem Schifferknoten.

Orvil wurde zunehmend verwirrt, doch er sagte jedesmal »ja« und nickte, als habe er die komplizierten Verschlingungen begriffen.

Plötzlich sagte der Mann: »Streck die Hände aus.«

Orvil gehorchte, und im nächsten Augenblick hatte ihm der Mann die Hände gefesselt. Er warf das Ende des Seils über eine Querbalken und begann, Orvil hochzuziehen. Orvil wurde aus seiner sitzenden Stellung emporgerissen, und bald berührten nur noch seine Zehenspitzen den Fußboden. Er drehte sich leicht hin und her, wie an einem Galgen, und die Sehnen seiner Arme spannten sich bis zum Zerreißen. »Lassen Sie mich herunter!«, schrie er. »Sie kugeln mir ja die Arme aus!«

Der Mann lachte, versetzte ihm einen Rippenstoß und schlug ihn klatschend auf den Hintern.

»Siehst du, wie wehrlos du jetzt bist? Ich muß mir jetzt nur noch überlegen, ob ich dich langsam über dem Ofen rösten soll, oder ob ich dich lieber mit einem Kricketschläger windelweich haue, während du baumelst.«

Orvil zerrte in stummer Verzweiflung an dem straffen Seil. Er kickte mit den Füßen und wand sich, doch es half nichts. Es machte seine Schmerzen nur noch schlimmer.

Ganz unverhofft ließ der Mann jetzt das Seil los, und Orvil sank auf dem Fußboden in sich zusammen. Der Mann bückte sich, löste die Fesseln und hielt ihm die Hand hin, um ihm beim Aufstehen zu helfen. »Jetzt bist du dran«, sagte er. »Du kannst mich fesseln, wie du willst.« Er hatte seinen Spaß gehabt und schien nun in einer recht aufgeräumten Stimmung zu sein.

Orvil ließ es sich nicht zweimal sagen. Er machte Reffknoten – die einzigen, die er beherrschte – und fesselte den Mann an Händen und Füßen.

»Das Seil schneidet mir ins Fleisch«, beschwerte sich der Mann, doch Orvil kümmerte sich nicht darum. Es verschaffte ihm tiefe Genugtuung, den Mann so wehrlos vor sich zu haben.

»Ich denke, ich gehe jetzt«, sagte er gleichmütig. »Vielen Dank für den reizenden Nachmittag. Ich hoffe, wir begegnen uns mal wieder.« Er schenkte dem Mann ein falsches Lächeln, wie ein Klatschweib, das beim Vikar zum Tee eingeladen ist, und zog sich Socken und Schuhe an. Dann wandte er sich zur Tür, als wolle er gehen.

»Bleib hier, du Satansbraten!«, rief der Mann. Orvil drehte sich betont langsam um. »Haben Sie etwas gesagt?«

»Ja, das habe ich! Binde mich sofort los! Der Strick tut mir weh!«

»Ach, entschuldigen Sie. Das hatte ich ganz vergessen.« Gemächlich machte er sich daran, die Knoten zu lösen.

Als der Mann die Hände frei hatte, versetzte er Orvil einen kräftigen Knuff an den Kopf. Orvil fand das außerordentlich gemein, unfair und heimtückisch. Beleidigt richtete er sich auf und wandte sich zum Gehen.

»Leben Sie wohl«, sagte er mit Nachdruck, als habe er beschlossen, den Mann nie mehr wiederzusehen.

»Ich hoffe doch, daß du jetzt öfter hier vorbeischauen wirst«, sagte der Mann halb fragend und halb verlegen, während er Orvil zur Tür folgte.

»Nein, denn da werden ja all diese Jungs von der Mission sein.«

»Das macht doch nichts. Du wirst dich bestimmt gut mit ihnen verstehen.«

Orvil gab keine Antwort. Schweigend gingen sie hinunter zum Fluß. Der Mann sah Orvil unschlüssig von der Seite an. Orvil warf ihm einen kurzen Blick zu und sagte: »Also nochmal vielen Dank.« Dann zog er das Fahrrad aus dem Gebüsch und schwang sich in den Sattel, der vom Regen noch sehr weich und schmierig war. Von den Blättern der tiefhängenden Zweige, die er im Vorbeifahren streifte, sprühten Wassertropfen auf ihn herunter.

Der Mann hob zögernd die Hand und winkte zum Abschied. »Halt doch mal«, rief er ihm nach, »wir haben uns ja nicht einmal unsere Namen gesagt...« Doch Orvil fuhr weiter, als habe er nichts gehört.

V

Obwohl Ted Wilkie, der amerikanische Freund seines ältesten Bruders, ihm auf Anhieb sympathisch gewesen war, hatte Orvil seit jenem ersten Abend, als er die Narben auf Teds Gesicht gesehen und ihn besorgt nach seinem Unfall gefragt hatte, kaum ein Wort mit ihm gewechselt.

Jetzt, da Ted im Begriff war, den nahegelegenen Flugplatz zu verlassen und zurück nach Amerika zu gehen, tat es Orvil leid, daß er ihn nur als einen Menschen in Erinnerung behalten würde, der an einer Bar lehnte oder in angeregtem Gespräch mit Charles in einer Ecke saß. Orvil hatte die beiden oft zusammen gesehen, doch er hatte dem Amerikaner immer nur lächelnd zugenickt und rasch wieder weggesehen. Es betrübte ihn, wenn er daran dachte, wie viele interessante Bekanntschaften er sich so entgehen ließ.

Auch Charles tat es leid, daß er nun auf Ted verzichten mußte. Ted hatte ihm so viel von der Fliegerei beigebracht, er war immer so ruhig und höflich gewesen und ein so guter Zuhörer, daß er ihm sehr ans Herz gewachsen war.

Um sich nicht langweilen zu müssen, überredete Charles einige Freunde zu einem Aufenthalt im Hotel. Er entschied sich für zwei junge Männer, die er aus Oxford kannte, und eine junge Frau namens Aphra Burdett, die vor kurzem einen Offizier geheiratet hatte. Doch ihr Mann war gerade im Ausland, und ihr kleines Baby konnte sie in der Obhut ihrer Mutter zurücklassen, die darüber hocherfreut war. Einer kleinen Reise stand also nichts im Wege.

Als Aphra vor dem Hotel aus dem Wagen sprang, war Orvil sofort ganz eingenommen von ihrem Charme und ihrer

Schönheit. Sie trug ein reizendes gestreiftes Wams mit silbernen Wappenknöpfen, das an die Tracht eines Lakaien aus der viktorianischen Zeit erinnerte und zu ihrer sonstigen, eher unauffälligen und properen Kleidung einen wirkungsvollen Kontrast bildete. Doch vor allem hatte es ihm ihr Gesicht angetan – ein volles Gesicht, ungepudert, mit einer frischen gesunden Farbe und tiefrot geschminkten, wundervoll geformten Lippen. Auffallend waren auch ihre grünen Lidschatten und der mysteriöse blaue Lidstrich über ihren langen, aufwärts gebogenen Wimpern. Ihre Brüste waren noch ziemlich groß, da sie ihr Baby bis vor kurzem noch selbst gestillt hatte.

Es regnete an diesem Nachmittag, und die ganze Gesellschaft saß im Salon beim Tee zusammen. Nur Ben war nicht da – er spielte mit dem jungen Clifton eine Partie Squash. Mr. Pym rauchte, trank eine Tasse Tee nach der anderen und sah ihnen beim Essen zu. Orvil richtete es so ein, daß er neben Aphra sitzen konnte. Charles und seine beiden Freunde saßen auf der anderen Seite des Tischs.

Aphra gab sich so charmant mit ihm ab, daß Orvil sie bald heiß verehrte. Wie es schien, sah sie ihn als eine willkommene Ablenkung von dem zwar verhüllten aber unverkennbaren sexuellen Interesse der anderen drei. Natürlich konnte es auch sein, daß sie nur deshalb so zuvorkommend zu ihm war, weil sie die anderen damit reizen wollte. Doch was auch ihre Motive sein mochten – Orvil fand sie faszinierend, und er war ganz damit zufrieden, einfach neben ihr zu sitzen und den Klang ihrer Stimme und jedes Detail ihrer Erscheinung auf sich wirken zu lassen.

An ihrer linken Hand trug sie einen alten Siegelring mit einem Hämatit. Orvil beugte sich herunter, um das Wappen näher zu studieren. Er fragte sich, ob der Ring einmal ihrem Vater gehört hatte, oder ob er ein Geschenk ihres Mannes war, den sie gerade in diesem Augenblick den anderen beschrieb: »Er ist sehr groß und breitschultrig und hat rötliches gewelltes Haar...« Charles und seine beiden Freunde quittierten dies mit einem theatralischen Stöhnen. Dennis Milton, ein gutaussehender schwarzhaariger Bursche, dessen Vorfahren französische Juden gewesen waren, faltete die Hände, sah mit einem kindlichen Lächeln zur Decke und senkte dann andächtig das Haupt.

»Von heute an werde ich immer daran glauben, daß Gebete erhört werden«, murmelte er mit verzückter Stimme.

Aphra wandte sich ärgerlich ab. »Mein Baby ist so ein süßes kleines Ding«, sagte sie vertraulich zu Orvil. »Es hat ein wunderschönes herzförmiges Gesicht und veilchenblaue Augen, so groß wie –« Der Rest des Satzes hing in der Luft, da ihr kein passender Vergleich einfiel. »Wie reizend!«, sagte Orvil, um sie aus ihrer Verlegenheit zu befreien. »Haben Sie ein Foto von ihm dabei?«

»Ja, ich habe eines in meinem Zimmer. Gehn wir doch rasch hinauf, dann kann ich es dir zeigen!« Impulsiv sprang sie auf, strich sich den Rock glatt und schüttelte die Kuchenkrümel herunter. Dann sagte sie zu den anderen – wobei sie es irgendwie geschickt verstand, Mr. Pym von ihrer Bemerkung auszunehmen: »Ihr bleibt hier. Orvil und ich wollen allein sein.«

Charles und seine Freunde reagierten erneut mit einem mokanten Stöhnen. »Ich will allein sein!«, riefen sie in einem grotesk übertriebenen skandinavischen Akzent.

»Wirklich nett von Ihnen, daß Sie sich so mit Orvil abgeben«, sagte Mr. Pym. »Lassen Sie sich nur nicht allzusehr von ihm in Beschlag nehmen.« Orvil stand hastig auf und folgte Aphra mit einer Mischung aus Stolz und Ehrfurcht. An der Tür drehten sich einige Leute nach Aphra um. Orvil fühlte sich königlich.

Aphras Zimmer lag im Anbau, wo auch Mr. Pym wohnte. Das Zimmer war schon ganz von ihrer Persönlichkeit geprägt: Haarbürsten und Kämme aus Schildpatt lagen herum, mehrere kleine Dosen und Schachteln standen auf Fenstersims und Kommode, und es gab auch einen kleinen schwarzen Flakon mit einem Etikett, auf dem ›Narcisse Noir‹ stand. An den Spiegel der Kommode war eine aufgeklappte Fotohülle aus goldgeprägtem Kalbsleder gelehnt. Hinter gelblichem Zelluloid steckten zwei Fotos, die ein Baby und einen Mann zeigten.

Orvil warf nur einen flüchtigen Blick auf das Baby und besah sich dann eingehend Aphras Mann. Die dunkle, knappsitzende Uniform ließ ihn sehr groß und stattlich erscheinen. Die Aufnahme war im Atelier eines Fotografen gemacht worden, und das Licht der starken Lampen fing sich in einer der silbernen Schulterspangen und ließ sie zu einem grellweißen Fleck zerlaufen. Auch die Pupillen reflektierten das Licht so stark, daß der Mann einen verschlagenen und heimtückischen Blick bekam.

»Er sieht toll aus, findest du nicht?«, sagte Aphra erwartungsvoll.

Orvil nickte verlegen. »Das ist wirklich eine schicke Uniform«, sagte er. »Wird sie nur zu Empfängen und solchen feierlichen Anlässen getragen?«

»Nein, die tragen sie jeden Abend in der Offiziersmesse«, erklärte ihm Aphra. Aus einer Schublade hatte sie inzwischen ein weiteres Foto von ihrem Baby geholt und hielt es Orvil hin. Man sah, wie das Baby gerade von einem ängstlich dreinsehenden Kindermädchen in einer altmodischen Waschschüssel mit Blumenmuster gebadet wurde. Das Baby sah aus wie ein verängstigter Mops – dick und runzelig, sehr winzig und mit großen runden Augen.

»Mag sie denn dieses Kindermädchen?«, fragte Orvil zweifelnd.

»Julie liebt das Mädchen heiß und innig«, sagte Aphra mit Nachdruck. »Kleinen Kindern macht es nichts aus, wenn jemand häßlich ist. Ich glaube, es fasziniert sie sogar.«

Aphra setzte sich jetzt auf das Bett und lud ihn ein, neben ihr Platz zu nehmen. Sie klappte ein Schmuckkästchen auf und zeigte ihm einige ihrer Schätze: eine sehr ansehnliche, mit Diamanten besetzte Regimentsspange ihres Mannes; goldene Nasenringe aus Indien, die man zu Rosetten umgearbeitet hatte, so daß man sie als Ohrgehänge tragen konnte; einen sternförmigen Saphir, der einmal zum Kollier ihrer Großtante gehört hatte. Orvil nahm ihn in die Hand.

»Das ganze Kollier sah aus wie ein Eiffelturm, der auf dem Kopf steht«, sagte Aphra. »Eines Nachmittags beim Tee ging meine Großtante – sie war schon einundneunzig und im Kopf nicht mehr ganz richtig – an ihre Schmuckschatulle, holte das Kollier heraus, riß den Stern ab und warf ihn mir statt

Würfelzucker in die Tasse. Sie sagte, es sei ein sehr seltener blauer Kandiszucker, der sehr gesund für mich sei. Als ich ihr den Stern anschließend wiedergeben wollte, wurde sie ganz wütend. Also behielt ich ihn eben.«

Orvil beugte sich nach vorn und befühlte den Stöpsel des Flakons. Er hatte ganz unbewußt die Hand ausgestreckt und wagte jetzt nicht, sie einfach wieder zurückzuziehen.

»Riech mal daran«, forderte ihn Aphra auf. »Mach dir ein bißchen aufs Taschentuch.« Orvil wollte es gerade tun, doch dann hielt ihn etwas zurück.

»Die Leute unten würden denken, es stimmt was nicht mit mir«, sagte er.

»Meine Güte, warum machst du dir so viele Gedanken um die? Na ja, bei den drei Jungs kann ich verstehen, daß dir unbehaglich ist. Ich werde mit ihnen fertig – sie sind mehr oder weniger mein Typ, und ich mag sie. Laß dich nur nicht von ihnen einschüchtern. Eines Tages wirst du sie noch alle verblüffen.« Sie sagte es ohne scherzhaften Unterton.

Orvil war überwältigt. Er brachte kein Wort heraus. Er wandte den Kopf und sah aus dem Fenster, denn er erwartete, daß ihm jeden Augenblick die Tränen kommen würden. Noch nie war jemand so nett zu ihm gewesen.

Aphra brachte jetzt einige interessante Kleider zum Vorschein und zeigte ihm, wie gut sie geschnitten und verarbeitet waren. Dann setzte sie einen bizarren Hut auf und sagte, sie getraue sich nicht recht, ihn auf der Straße zu tragen. Von dem Hut hing hinten eine lange schwarze Schleife herunter, an der ein Glöckchen bimmelte – wie an einer mittelalterlichen Narrenkappe.

»Sehe ich nicht originell aus?«, sagte Aphra und schnitt Gesichter, während sie vor dem Spiegel posierte. »Ziemlich wüst«, fügte sie nachdenklich hinzu, während sie Brust und Hintern herausstreckte wie eine Tänzerin im Varieté.

Orvil mußte lachen. Aphras schönes Gesicht, ihre vulgäre Haltung und der Hut mit der schauerlichen schwarzen Schleife bildeten wirklich einen merkwürdigen Kontrast.

Sie nahm den Hut vom Kopf und verstaute ihn wieder in seiner Schachtel. »Wir sollten wieder zu den anderen hinuntergehen«, meinte sie. »Sie werden sich wundern, wo wir so lange bleiben.« Sie kämmte sich die Haare, zog sich die Lippen nach und puderte sich das Gesicht mit einem großen Wattebausch. Orvil sah nun, daß ihr auffallend reiner und rosiger Teint allein durch diesen Puder zustandekam. Sie schien ihn geradezu wie eine Politur zu verwenden.

Gemeinsam gingen sie den langen Korridor hinunter, und als sie fast am Fuß der Treppe angelangt waren, blieb Aphra stehen und wandte sich um. »Ich wußte doch, daß ich etwas vergessen habe!«, sagte sie. »Ich wollte doch weiter an meinem Brief für Everard schreiben – ich schreibe jeden Tag eine Seite oder zwei. Bist du ein Schatz und gehst noch einmal zurück und holst mir meinen Schreibblock? Er liegt auf meinem Kosmetikköfferchen am Fenster.«

Orvil war erfreut, daß er ihr diesen kleinen Dienst erweisen konnte. Als er den Schreibblock in die Hand nahm, sah er, daß das erste Blatt bereits voll war – offenbar hatte sie den Brief an ihren Mann schon kurz nach ihrer Ankunft im Hotel begonnen. Neugierig und mit zunehmenden Schuldgefühlen überflog Orvil die ersten Zeilen:

›Also, Darling, hier bin ich nun für eine Woche mit den Pyms zusammen. Dennis und Jackie wohnen auch hier im Hotel. Doch selbst in Gesellschaft einer so aufmerksamen Männerschar sind meine Gedanken immer nur bei dir, mein Liebster ...‹

Plötzlich hatte Orvil Angst, sie könne in ihrem Brief eine verletzende Bemerkung über ihn gemacht haben. ›Es ist mir egal, ob sie etwas über mich gesagt hat – nur lesen möchte ich es auf keinen Fall‹, sagte er sich. Rasch griff er sich noch ihren Füllfederhalter und rannte zu ihr zurück.

»Ach, du Engel!«, sagte sie. »An den Federhalter habe ich gar nicht gedacht. Du denkst wirklich an alles.«

Orvil glühte vor Stolz.

Als sie in den Teesalon kamen, näherte sich ein Kellner und sagte, er solle ausrichten, daß die Herren ins Billardzimmer gegangen seien, und sie möchten doch nachkommen.

Im Billardzimmer setzte sich Aphra in die Nische des Bogenfensters, die mit altmodischen Sitzkissen aus blutrotem

Rips ausgelegt war. Sie machte es sich bequem und begann zu schreiben. Charles und seine beiden Freunde alberten herum und stießen die roten und weißen Elfenbeinkugeln über den grünen Filz. Die Billardstäbe ragten hinter ihnen heraus, und im nächsten Augenblick schossen sie nach vorn wie die Kolben einer Lokomotive. Alle drei lachten und riefen einander scherzhafte Bemerkungen zu. Orvil wartete darauf, daß einer mit der Spitze seines Queue den Filz aufreißen würde. Er erwartete immer so etwas, selbst wenn er Profis spielen sah. Als Kind hatte man ihm öfter eingeschärft, wie schlimm es sei, den Filzbelag eines Billardtischs zu ruinieren – so schlimm wie eine Gotteslästerung, oder wenn man eine Waffe auf einen Menschen richtete.

Aphra sah von ihrem Brief hoch und beobachtete Dennis, der sich gerade anschickte, einen Stoß auszuführen. Während er sich konzentrierte, wirkten seine ebenmäßigen Gesichtszüge besonders edel.

»Darling, deine Nase ist fast zu schön«, seufzte sie. »Jemand sollte dir das Nasenbein brechen.«

Diese Art von Kompliment war für Dennis entschieden zuviel und provozierte ihn zu einer sehr groben und unfeinen Antwort.

»Es kann schon sein, daß meine Nase zu schön ist«, begann er pikiert. »Ich wünschte, ich könnte dasselbe von deiner sagen. Leider geht das nicht. Sie ist nämlich nur ein Klumpen Teig mit zwei Löchern darin. Aber selbst wenn du meine Nase zu schön findest, ist es verdammt unhöflich von dir, daß du versuchst, mich deswegen lächerlich zu machen!«

Dennis sagte noch einiges mehr und wurde mit jedem Satz gehässiger. Orvil war so schockiert, daß er kaum seinen Ohren traute. Und so ungern er es sich eingestand – auch Aphra zeigte sich betroffen und verlor ihre Contenance. Ihre Augen wanderten unruhig hin und her, und sie rang sich ein verlegenes Lachen ab.

»Na komm, mein Lieber, nun mach dich nicht naß«, sagte sie in bewußtem Rückgriff auf eine veraltete Redewendung aus der Schule. »Ich wollte doch nur sagen, daß ich dich um dein Organ beneide.«

»Und ich finde, meine Organe gehen dich überhaupt nichts an!«, schrie Dennis erbost. Er war so außer sich vor Zorn, daß ihm jedes Augenmaß abhanden kam.

Alle lachten, doch Dennis konnte sich nicht beruhigen. »Verdammtes Luder! ... blöde Ziege! ...«, maulte er vor sich hin.

Mr. Pym erhob sich jetzt in aller Ruhe, ging zur Fensterbank hinüber und setzte sich neben Aphra. Orvil hörte, wie sie sich leise über Dennis unterhielten. »Ja, wenn man ihn so ansieht, könnte man ihn für ein Muttersöhnchen halten«, sagte sein Vater gerade. »Aber das ist er gar nicht. Ich mag ihn sehr.« Sie sagten allerhand nette Dinge über Dennis, und Aphra gab sich Mühe, besonders großzügig zu sein.

Orvil war überrascht, den Ausdruck ›Muttersöhnchen‹ von seinem Vater zu hören. Er konnte sich nicht erinnern, daß sein Vater den Ausdruck je benutzt hatte. Wahrscheinlich war ihm etwas aus seiner Kindheit eingefallen.

Unbemerkt verließ er das Billardzimmer und ging nach oben. Am Abend sollte es einen Ball geben. Er fragte sich, was Aphra dazu tragen würde. Er selbst würde nicht hingehen. Schließlich konnte er erwachsene Frauen schlecht zum Tanz auffordern. Er wünschte sich, ein Mädchen zu sein. Dann hätte er keine Probleme. Männer tanzten oft mit sehr jungen Mädchen. Sie legten beide Arme um sie und drückten sie an sich und hatten eine Menge Spaß dabei. Ein neidisches Gefühl stieg in ihm auf, und aus Trotz beschloß er, sich wenigstens den Beginn des Balls anzusehen, selbst wenn er sich durch die Hintertür hereinschleichen und am Bühneneingang verstecken mußte.

Er schloß sich in seinem Zimmer ein und dachte an Aphras Lippen – das leuchtende Rot des Lippenstifts, glänzend wie Siegellack oder ein roter Briefkasten im Regen. Er ging ans Nachtschränkchen, tastete unter dem Papier herum und holte den Lippenstift hervor, den er aus dem Laden in Salisbury gestohlen hatte. ›Sang de Rose‹ stand auf der Metallhülse, in seltsam gewundenen Buchstaben, die ihn unwillkürlich an weiße Maden oder Holzwürmer erinnerten. Er hielt sich den Stift unter die Nase und schnupperte daran. Er dachte an gläserne Nachbildungen von Veilchensträußen mit einem Belag von malvenfarbenem Puder, und er dachte an den synthetischen Geschmack von rosa gefärbten Geleefrüchten, wie man sie auf dem Kontinent bekam. ›Es ist ein sehr billiger Lippenstift‹, sagte er sich.

Er stellte sich vor den Spiegel, drehte den Lippenstift heraus und bemalte sich dick die Lippen. Bald waren sie knallrot und klebrig. Er machte eine Schnute, so daß sie wie wulstige Negerlippen aussahen. Als nächstes malte er sich zwei fette Kreise auf die Wangen, zerzauste sich das Haar und verwandelte sich in einen liederlichen Harlekin. Er malte sich eine Säufernase dazu, und dann schmierte er sich den Lippenstift grinsend um die Augen, bis sie schauerlich entzündet wirkten.

Er streckte die Zunge heraus und schnitt Fratzen, dann wandte er sich ab, legte seine Kleider für das Abendessen zurecht und zog sich aus. Als er nackt war, bemalte er sich geistesabwesend die Brustwarzen, bis sie an zwei zerdrückte Erdbeeren erinnerten, dann die Finger- und Zehennägel und die Ohrläppchen, und schließlich malte er sich am ganzen Körper scheußliche Narben und klaffende Wunden auf.

Er legte den Lippenstift weg, hob die Arme über den Kopf und begann einen schlingernden Tanz. Langsam glitt er über den Fußboden, verdrehte die Hände, rollte mit den Augen, ging in einen Kosakentanz über und machte Luftsprünge, bis der ganze Dielenboden erzitterte. Es erregte ihn so sehr, daß er aus voller Kehle schrie und sang, und einmal versuchte er sogar, auf den Kaminsims zu springen. Er klammerte sich einen kurzen Augenblick fest, dann fiel er rücklings auf Bens Bett herunter und hüpfte geduckt darauf herum, als reite er einen feurigen Mustang.

Plötzlich wurde laut und ungeduldig an die Tür gehämmert. Es war Ben. »Mensch, mach doch auf! Warum ist die Tür abgeschlossen? Ich hab es eilig!«

»Augenblick. Ich muß mich erst abtrocknen«, rief Orvil. Er rannte ans Waschbecken, drehte den Hahn auf, machte ein Handtuch naß und rieb sich hastig die Schminke vom Gesicht, so gut es ging. Dann warf er seinen Bademantel über und schloß die Tür auf.

»Was zum Teufel soll denn das wieder?«, fragte Ben.

»Ach, ich wollte nur nicht gestört werden«, meinte Orvil leichthin. Er überließ Ben das Waschbecken und verdrückte sich rasch ins Badezimmer und bearbeitete mit Bürste und Seife die roten Flecken an seinem Körper. Der Lippenstift ging sehr schlecht ab, fast wie Tintenstift. Als er mit seinem Gesicht fertig war, wirkte es noch stärker gerötet als zuvor.

Er zog sich um und ging mit Ben hinunter zum Abendessen. Zu seiner Freude stellte er fest, daß es zum erstenmal in diesem Jahr schottisches Moorhuhn gab. Während er aß, sah er immer wieder zu Aphra hinüber. Sie hatte sich den sternförmigen Saphir vorne ins Haar gesteckt, und er glitzerte wie das Diadem einer indischen Maharani. Sie trug ein schulterfreies mitternachtsblaues Samtkleid mit sehr engen langen Ärmeln. Vorne hatte das enge Kleid einen Schlitz bis zu den Knien, und hinten endete es in einer kurzen stumpfen Schleppe, die an die Schwanzflosse eines Fischs erinnerte. Wenn sie die Beine bewegte und der Schlitz vorne auseinanderfiel, sah man, daß das Kleid mit scharlachrotem Satin gefüttert war.

»Wirklich ein bemerkenswertes Kleid«, sagte Dennis und schenkte ihr ein süßliches Lächeln. »Du siehst aus wie eine Kreuzung aus Wassernixe und Polizistin. Der Stern da gibt dir den letzten offiziellen Schliff. Ich bin sicher, er ist so etwas wie eine Hundemarke mit deinem Rang und deiner Nummer darauf. Gefallene Meerjungfern müssen eine Heidenangst kriegen, wenn sie dich kommen sehen.«

Aphra zog die Augenbrauen hoch, und es schien, als wolle sie ihm eine scharfe Antwort geben. Doch dann überlegte sie es sich anders und sagte: »Was für poetische Einfälle du hast! Ich habe selten so ein hübsches Kompliment bekommen.«

Dann beachtete sie den verdrießlich dreinsehenden Dennis nicht weiter und sah Orvil mit einem vertraulichen Lächeln an. Orvil fand dies so schmeichelhaft, daß er wie betäubt dasaß und ganz vergaß, ihr Lächeln zu erwidern. Er fand, daß ihre hinreißende Erscheinung etwas war, das man mit den Augen verschlingen mußte, solange es sich darbot. Er dachte an sein Opiumkästchen aus Elfenbein und sein Huhn aus Achat, die sich immer gleichblieben, während

Aphra sich vor seinen Augen ständig zu verwandeln schien. Es war ein Gedanke, der ihn zugleich erschreckte und faszinierte.

Nach dem Essen folgte Orvil den anderen hinaus in den Salon. Aus dem Ballsaal hörte man bereits, wie die Instrumente gestimmt wurden, und er stellte sich vor, daß die Instrumente nörgelten und sich bei den Musikern beschwerten und sich zu drücken versuchten wie mißmutige Schüler, denen der Lehrer zuviel aufgegeben hat.

Beim Kaffee wurde nicht viel gesprochen. Aphra goß ein, und im Bemühen, Orvil eine Freude zu machen, tat sie ihm zuviel Zucker in seinen Kaffee. Es herrschte eine allgemeine Stimmung von Ungeduld und Erwartung. Dennis tappte nervös mit dem Fuß, und Jackie starrte Aphra mit offenem Mund an.

Endlich standen alle auf und gingen den langen Flur hinunter zum Vestibül. Der Ball hatte gerade begonnen, und durch die Glastüren sah man die Paare, die sich im Takt wiegten und über das Parkett glitten.

»Mein erster Tanz gehört Orvil«, verkündete Aphra.

Orvil wurde sehr rot und verlegen. Er wußte nicht, wie er seinen Arm um ihre Taille legen sollte, doch Aphra kam ihm schon zuvor und bugsierte ihn geschickt über die Tanzfläche.

»Orvil«, sagte sie, »mit ein bißchen mehr Übung wärst du ein ganz ausgezeichneter Tänzer.«

Er fand, daß sie damit recht hatte. Er liebte es, Tanzschritte auszuführen, neue Kombinationen zu wagen, sich zu wiegen und zu schlängeln und dann wieder gravitätisch zu schreiten.

Jetzt, da der Saal voll Menschen war und die Kronleuchter in ihrem ganzen Glanz erstrahlten, war der Raum wie verwandelt. Die schweren Vorhänge an den Seiten hatten ein strenges griechisches Muster in Jadegrün, versetzt mit schwarzen Punkten – was einen bemerkenswert häßlichen Effekt ergab. An jeder Seite des Saales gab es eine lange Reihe von kleinen Lämpchen mit pinkfarbenen plissierten Seidenschirmen. Der Parkettboden vibrierte unter den Füßen der Tänzer.

Als die Musik endete, richtete es Aphra so ein, daß sie sich in der Nähe der Glastüren befanden. »So, Orvil«, sagte sie.

»Danke für den reizenden Tanz. Meinst du nicht, du solltest jetzt zu Bett gehen? Du siehst ziemlich müde aus.«

Sie sah ihn besorgt an. Charles und seine beiden Freunde kamen heran und verbargen ihre Ungeduld hinter betont gelangweilten Mienen. Orvil sah ihnen an, daß sie ihn möglichst rasch loswerden wollten.

»Ja, ich denke, ich werde mich jetzt schlafen legen«, sagte er ernsthaft zu Aphra.

»Ich glaube, das würde ich auch tun.« Sie tätschelte ihm den Arm, winkte ihm flüchtig zu und drehte sich um. Die anderen riefen »Gute Nacht« und ließen ihn stehen.

Im Vestibül saß sein Vater mit einer älteren Dame zusammen und machte charmante Konversation. »Zeit zum Schlafengehen, ja?«, sagten beide und nickten ihm lächelnd zu.

Am Ende des Flurs stieß er auf Ben, der eilig mit einem Mädchen in einem babyblauen Tüllkleid ankam. Sie war eine Bekannte oder Verwandte des jungen Clifton. Mit einem scheuen Lächeln drückten sich die beiden an ihm vorbei und verschwanden.

Orvil stieg die Treppe hinauf, und oben vor seinem Zimmer blieb er stehen. Die schmalzige Musik aus dem Ballsaal drang penetrant herauf. Sogar Fetzen von Unterhaltungen und Gelächter waren deutlich zu vernehmen.

›Ich werde nicht einschlafen können‹, dachte er. Er packte den kleinen ›Meta‹-Campingkocher aus, den er sich in der Schweiz gekauft hatte. Der Tiegel war nicht größer als eine Untertasse und paßte genau in einen Einsatz, in dem die Spiritustablette steckte. Sie war länglich und sah aus wie ein Pfefferminzbonbon. Dann ging er an die Kommode und tastete unter seinen Hemden herum, bis er die Dosenmilch fand. Er benutzte den kleinen Kocher nur selten, doch er hatte immer etwas dabei – gewöhnlich eine Dose Milch, und manchmal ging er auch in einen Laden, kaufte sich ein Ei und ein bißchen Butter und machte sich vor dem Schlafengehen noch ein köstliches Rührei.

Mit seiner Nagelschere stach er jetzt zwei Löcher in den Dosendeckel und goß die dickflüssige Milch in den Aluminiumtiegel. Er gab ein wenig Wasser dazu und zündete die Spiritustablette an. Während er der flackernden blauen Flamme zusah, drang ihm wieder der vertraute Geruch in die Nase, und er dachte an die Berge in der Schweiz, die Tannen, den Geschmack von Schnee im Mund.

Als die Milch fast kochte, schüttete er Ovomaltine aus einem Musterbeutel hinein, den ihm eine Verkäuferin vor einiger Zeit geschenkt hatte. Die Milch verfärbte sich blaßrosa, und am Rand des Tiegels schäumten kleine Bläschen auf. Orvil pustete die Flamme aus und wartete, bis sein Schlaftrunk etwas abkühlte. Er blies darauf, und nach einer Weile bildete sich eine dicke Haut. Schließlich trank er den Tiegel genußvoll aus. Das Gebräu schmeckte leicht nach Schokolade und Malz und hinterließ einen bitteren Geschmack in seinem Mund. Er putzte sich die Zähne, zog sich aus und legte sich ins Bett. Doch er konnte nicht schlafen. Etwas in ihm ließ ihm keine Ruhe. Es lastete auf ihm und wurde zu einem körperlichen Unbehagen, das ihm wie ein Kloß im Magen lag.

Er sah das bleiche Rechteck des Fensters an und wurde so unruhig, daß er schließlich aus dem Bett sprang und sich weit aus dem Fenster beugte. Die Nacht war warm, doch es stand kein Mond am Himmel, und auch die Sterne waren nicht zu sehen. Seine Finger ertasteten den Lippenstift, den er achtlos auf dem Fensterbrett hatte liegen lassen. Ben hatte nichts gesagt – er hatte ihn entweder nicht bemerkt oder nicht weiter darauf geachtet. Jetzt nahm Orvil den Stift hastig in die Hand und warf ihn mit aller Kraft aus dem Fenster. Er hörte, wie er auf dem Dach des Vorbaus auf der anderen Seite des Hofes landete.

Dieses Geräusch aus der Schwärze der Nacht machte ihn vollends rastlos. Plötzlich kam ihm der Gedanke, die Gartenlaube in der kleinen Schlucht näher zu untersuchen. Er zog sich eine Hose und einen Pullover über seinen Schlafanzug, holte seine Taschenlampe aus der Schublade und ging hinunter in den Speisesaal. Ein paar Leute sahen ihn, nahmen aber von seinem ungewöhnlichen Aufzug keine Notiz.

Auf einem Buffet standen mehrere Körbe mit Eßbesteck. Er wühlte darin herum, bis er ein solides Tafelmesser fand. Jetzt, da der Raum leer und verlassen war, wirkte er noch größer als bei Tag. Hinter den mit grünem Fries bespannten

Türen hörte er die Kellner lachen und mit Geschirr hantieren.

Er ging durch die kleine Bibliothek und stieg aus einem der französischen Fenster hinaus. Auf den matt schimmernden Fliesen der Terrasse konnte er gerade noch einigermaßen die steinernen Tröge mit den buschigen Geranien erkennen. Er lief über den taufeuchten Rasen und fand den Weg, der zum Tierfriedhof führte. Im Schein der Taschenlampe sah er die winzigen Grabsteine – wie Dominosteine eines Riesen, die halb in der Erde steckten. Für einen Augenblick erschienen schleimgrüne Efeuranken im Lichtkegel. Auf dem Weg lag ein großer Kiesel, der aus der Einfassung herausgebrochen war. Er hatte Löcher, die wie die Augenhöhlen und das Nasendreieck eines Totenschädels wirkten.

Als Orvil die Gartenlaube erreichte, bebte er vor Erwartung und Vorfreude. Er kam sich wie ein Einbrecher vor. Er entschied sich für das Fenster links von der Tür, denn es sah besonders schadhaft und verzogen aus. Die bunten bleigefaßten Puzzleteile wirkten wie Stücke aus einem schwach glimmenden Steinkohleflöz. Er schob die Messerklinge in den Spalt und drückte sie nach oben. Es gab ein rostig knirschendes Geräusch, und plötzlich klappte die Verriegelung hoch und die beiden Fensterflügel schwangen nach innen auf, als habe sie ein gespenstischer Windstoß erfaßt.

Mit einem bangen Gefühl starrte Orvil durch die dunkle Öffnung, dann faßte er sich ein Herz und kletterte auf die Fensterbank. Er sprang hinunter und spürte krümelnden Putz und knarrende Dielen unter seinen Füßen. Rasch knipste er die Taschenlampe an. Der Raum befand sich in einem fürchterlichen Zustand. Die Tapete mit ihrem kunstvoll verschnörkelten Muster hing in langen traurigen Streifen von den Wänden. Das Tapetenmuster, wie Orvil jetzt sah, stellte Arkaden dar, an denen sich Fingerkraut hochrankte. Von der Decke war der Verputz an vielen Stellen abgefallen, und man sah die blanken Bretter und Balken. An einem Fenster war eine Efeuranke durch den Spalt zwischen den Flügeln hereingewachsen. Die Glasmalerei war vor der Schwärze der Nacht nicht auszumachen, doch Orvil konnte die Umrisse der

Heiligenfigur erkennen, und er sah, daß sich die Ranke genau zwischen den Beinen des Heiligen hereinschlängelte.

Es roch in diesem Raum ganz schrecklich nach Tod und Verwesung. Orvil konnte es sich zunächst nicht erklären. Doch dann ging er an den offenen Kamin, der die Form eines Reliquienschreins hatte, und dort sah er einen großen toten Vogel mit abgeknickten Flügeln liegen. Die halbe Brust war weggefressen, und die kleinen Daunenfedern rings um das klaffende schwarze Loch waren verklebt von geronnenem Blut.

Rasch schwenkte er den Lichtkegel der Taschenlampe zur Seite und sah eine schmale steile Treppe, die ins Obergeschoß führte. Der obere Raum, wie sich herausstellte, war völlig verwüstet. Fast die ganze Decke war eingestürzt, und die Bruchstücke lagen wie große zerbrochene Kekse überall auf dem Boden herum. Orvil leuchtete hinauf ins Dachgebälk. Er hatte sich immer nach so einem Häuschen gesehnt. Er dachte daran, wie schön es wäre, so eines zu haben, mit zwei Räumen, die durch eine winzige Treppe verbunden waren; kein weiteres Haus im Umkreis von vielen Meilen; und die Schlucht draußen als eine Art verwilderter Felsengarten.

Er stellte sich vor, wie er alles wieder herrichten würde – die Decken neu verputzt, die Dielen geschrubbt und gebohnert, die Fenster ausgebessert, der Wildwuchs des Efeus zurückgestutzt, die fantastische Tapete behutsam geflickt und angeklebt. Und er dachte an die erlesenen Möbelstücke, die er sich für die Einrichtung der beiden Räume zusammensuchen würde.

Ein Geräusch unterbrach ihn in seinen Träumereien. Er glaubte, Schritte in der Schlucht zu hören. Hastig knipste er die Taschenlampe aus, tastete sich die schmale Stiege hinunter und ging ans offene Fenster. Der Verwesungsgestank des toten Vogels hing wie eine gespenstische Drohung im Raum.

Als er durchs Fenster hinausgestiegen war, blieb er regungslos stehen und lauschte. Doch es bewegte sich nichts, und er hörte keinen Laut. Er ging hinüber zu der eisenbeschlagenen Tür, die in die Felswand eingelassen war. Er war ihr nicht mehr nahe gekommen seit seinem ersten Abend im Hotel, als er sie geöffnet und drinnen in völliger Dunkelheit einen spitzen schmierigen Gegenstand berührt hatte.

Jetzt allerdings hatte er seine Taschenlampe, und er war neugierig auf das, was er in dem Gewölbe entdecken würde. Er drehte den massiven Ring, und auch diesmal ließ sich die Tür mit Leichtigkeit öffnen. Wieder schlug ihm der Geruch von Fledermauskot und feuchter Erde entgegen, und aus Angst vor den Fledermäusen leuchtete er sofort nach oben.

Was er sah, verblüffte ihn: Der Fels war überall bestückt mit großen Muscheln, Feldspat, Quarz, Stalaktiten und Fossilien. An einer Stelle tröpfelte Wasser über mehrere rosige Muschelschalen herunter, die wie vorgewölbte Lippen aussahen. In der Mitte des Gewölbes stand ein wuchtiger Steintisch, umgeben von Stühlen in Form von Delphinen mit hochgereckten Schwanzflossen. Der Sohn des Herzogs, der diese Grotte in den Fels hatte hauen lassen, hatte hier einmal für König Georg IV. ein Festmahl ausgerichtet, doch davon wußte Orvil nichts. Ihm genügte der bloße Anblick, um sich sofort in die märchenhafte Grotte zu verlieben.

Am hinteren Ende schien ein niedriger Gang noch tiefer in den Fels zu führen. Orvil ging nach hinten und spähte in den schmalen Tunnel. Er schluckte vor Aufregung, und unwillkürlich durchlief ihn ein erregtes Zittern. Zögernd tastete er sich voran, als erwarte ihn am Ende des Gangs eine unbekannte Gefahr. Er kam an eine kleine Tür, die er vorsichtig öffnete, und dann leuchtete er in das dunkle Gewölbe, das sich vor ihm auftat.

Im ersten Augenblick begriff er nicht ganz, was sich seinen Augen bot. Auf einem aus Stein gehauenen Diwan an der gegenüberliegenden Wand lagen Charles und Aphra.

Aphras schulterfreies Kleid war herabgerutscht, und eine ihrer vollen Brüste ruhte in den Falten des mitternachtsblauen Samtstoffs. Charles hatte die Lippen an dem großen korallenroten Nippel. Er lag völlig entspannt an Aphras Seite, den Arm um ihre Schulter. Beide hatten die Augen geschlossen und boten in ihrer Selbstvergessenheit einen wundervoll friedlichen Anblick.

Doch so sah sie Orvil nur für den Bruchteil einer Sekunde. Im nächsten Augenblick richtete sich Aphra auf und blinzelte erschreckt und überrascht in das grelle Licht. Ihre Hand fuhr zu ihrem Kleid hoch. Charles drehte sich heftig um und schüttelte sich das Haar aus dem Gesicht. Er war im Begriff aufzuspringen.

Das brachte Orvil schlagartig zur Besinnung. Er knipste die Taschenlampe aus, wandte sich um und rannte durch den schmalen Gang zurück. In der Grotte prallte er gegen einen der steinernen Sitze und schürfte sich bös das Schienbein auf. Benommen vor Schmerz blieb er einen Augenblick stehen und fluchte leise vor sich hin. Mehrmals wiederholte er dieselben Worte wie einen Zauberspruch, um die Schmerzen zu vertreiben. Dann stolperte er weiter, bis er die schwere Tür erreichte. Er schlug sie heftig und geräuschvoll hinter sich zu, damit Charles und Aphra hören konnten, daß der ungebetene Eindringling gegangen war. Er fragte sich, ob sie sein Gesicht gesehen hatten. Nein, bestimmt hatte sie der Lichtstrahl geblendet. Oder vielleicht doch nicht? Seine Angst, daß Charles und Aphra ihn erkannt haben könnten, war so groß, daß sie ihn einige Minuten lang daran hinderte, über den seltsam erregenden Anblick nachzudenken, der so einen tiefen Eindruck auf ihn gemacht hatte.

Er rannte ans Ende der kleinen Schlucht und schlitterte die Stufen zum Tierfriedhof hinunter. Hier fühlte er sich sicherer. Während er langsam weiterging, rekonstruierte er das merkwürdige Tableau, das er im hinteren Gewölbe gesehen hatte. Wieder sah er Charles und Aphra vor sich, wie sie eng umschlungen auf dem steinernen Diwan lagen. Er machte Aphra heftige Vorwürfe, daß sie sich für das Schäferstündchen nicht einen besseren als Charles ausgesucht hatte. Er stellte sie sich mit einem sehr vornehmen und edlen Mann vor, und dieses Bild versetzte ihn in lustvolle Erregung.

Plötzlich kam ihm die absonderliche Idee, Aphra habe Charles wie einen Säugling gestillt. Es war eine groteske Vorstellung, doch sie war so stark, daß er sie nicht mehr loswurde. Das Bild schwebte hartnäckig vor seinen Augen, verschwamm für einen Augenblick und nahm wieder deutliche Konturen an. Er sah Charles' saugende Lippen, er sah Aphras Brüste, abwechselnd prall und voll, dann wieder schlaff und faltig werdend – wie Ballons, aus denen langsam die Luft entwich. Er sah, wie ein Milchstrahl herausspritzte und Charles über das Gesicht lief.

Wie immer, wenn eine unbehagliche Vorstellung ihm hartnäckig zu schaffen machte, schüttelte er heftig den Kopf, um sich davon zu befreien. Doch das erschreckende Bild hing vor ihm in der Luft wie eine peinliche Szene, die man mit einem verbotenen Blick durchs Schlüsselloch erhascht.

Orvil rannte jetzt den gewundenen Pfad entlang und erreichte schließlich schwer atmend die Terrasse. Das Fenster der Bibliothek stand noch offen. Er stieg hinein, hielt sich keuchend an dem gebauschten Vorhang fest und lauschte auf die gedämpfte Musik, die aus dem Ballsaal herüberdrang. Die Melodie war nicht zu erkennen. Es waren nur noch rhythmische Schwingungen, wie das ferne Stampfen einer Maschine.

Im Durchgang zum Ballsaal standen drei Servierwagen, vollgestellt mit kleinen silbernen Tabletts, auf denen rosa, weiß und grün gestreifte Stücke Cassata lagen. Die Wagen sollten wohl bald hinein ans Büffet des Ballsaals geschoben werden.

Im Vorbeigehen schnappte er sich ein Tablett und rannte damit hinauf in sein Zimmer. Er entfernte die knusprige Waffel, die ihm zuwider war, und warf sie aus dem Fenster. Dann setzte er sich aufs Bett und machte sich mit seinem Kaffeelöffel über das leckere Eis her.

Am Morgen scheute er sich, Aphra vor die Augen zu treten. Krampfhaft lächelnd sah er zur Seite, als sie ihm unten begegnete. Doch sie zeigte keinerlei Verlegenheit und kam offen und munter auf ihn zu.

›Oh, gut‹, dachte er. ›Sie weiß nichts.‹

»Komm mit, Orvil«, sagte sie. »Wir wollen auf dem Teich fahren. Wir haben in dem alten Bootshaus einen Kahn entdeckt.«

Orvil folgte ihr mit Freuden. Sie gingen über die Gartenterrassen hinunter und erreichten einen schmalen Durchlaß in den Brombeerhecken. Die Brombeeren waren außergewöhnlich groß. Niemand kam, um sie zu pflücken, und so blieben die köstlichen Beeren groß und saftig hängen, bis sie verfaulten.

»So große habe ich noch nie gesehen!«, rief Aphra. Immer wieder blieb sie stehen, machte sich da und dort eine ab und steckte sie in den Mund. Orvil fand ein paar besonders schöne und überreichte sie ihr feierlich auf einem großen Blatt Huflattich. Aphra aß sie gierig auf, dann wandte sie Orvil ihr Gesicht zu und fragte: »Sag mir, Darling, ist mein Mund mit Saft verschmiert?«

Ihr Mund war in der Tat verschmiert, und der Brombeersaft bildete einen interessanten Kontrast zu ihrem geranienroten Lippenstift.

»Ich glaube, es würde reichen, wenn du dir ein bißchen die Lippen leckst«, meinte Orvil zögernd.

»Mir die Lippen lecken?«, protestierte sie. »Du möchtest doch nicht, daß deine Freundin rosarote Zähne bekommt, oder? Das würde nämlich passieren, wenn ich mir die Lippen lecke.« Vorsichtig tupfte sie sich den Mund mit ihrem Spitzentaschentuch ab.

Charles, Dennis und Jackie hatten den Kahn bereits zu Wasser gelassen und warteten ungeduldig, daß die Fahrt beginnen konnte. Der Kahn war so groß, daß sie alle bequem darin Platz fanden. Charles stieß vom Ufer ab und drückte die Stange tief in den morastigen Grund des brackigen Teichs. Als er sie herauszog, war sie unten mit langen bräunlichen Wasserpflanzen umwickelt. Kleine verkümmerte Wasserlilien mit gelben Blüten und braungrünen, kränklich aussehenden Blättern schwammen auf dem Wasser.

Jackie, der während seines bisherigen Aufenthalts im Hotel sehr schweigsam gewesen war, begann jetzt laut zu singen: »Fledermäuse im Glockenturm, Stroh im Haar …« Nach und nach fielen die anderen ein, und bald wirkten sie wie eine Gesellschaft von Irren. Aphra fuchtelte mit den Armen, Charles sabberte, Dennis verdrehte die Augen und ließ schaumigen Speichel aus seinem Mund quellen, während Jackie aus voller Kehle röhrte und das Boot zum Schwanken brachte. Selbst Orvil, der mit den beiden Freunden seines Bruders sonst nie etwas anfangen konnte, wurde von ihrer Verrücktheit angesteckt.

Ein Teil des Teichs wurde von einem merkwürdigen niedrigen Damm aus Ziegelsteinen abgetrennt. Als sie den Damm erreichten, sprang Orvil heraus und hüpfte wie ein Affe darauf herum.

Die anderen lachten und begannen, rhythmisch in die Hände zu klatschen. Doch dann drückte Charles den Kahn mit einem kräftigen Stoß seiner Stange vom Damm weg, und Orvil blieb wie ein Gestrandeter zurück. Er konnte nicht ans Ufer gelangen, denn der Damm war auf beiden Seiten ein ganzes Stück vom Ufer entfernt abgebröckelt. Zum einen Ufer führte zwar eine Reihe von Pfosten, die mit einem dikken Draht verbunden waren, doch Orvil glaubte nicht, daß der Draht stark genug sein würde, um sich daran ans Ufer hangeln zu können.

»Kommt zurück! Kommt zurück!«, schrie er. Doch alle, sogar Aphra, antworteten nur mit höhnischem Gelächter.

Orvil war eigentlich froh, daß es ihm gelang, sie zu erheitern. Doch als klar wurde, daß Charles nicht daran dachte, zurückzukommen und ihn zu holen, wurde ihm etwas mulmig. Wieder rief er hinter ihnen her.

»Fahr sofort wieder hin, Charles«, sagte Aphra. Doch Charles achtete nicht darauf.

»Hangel dich an dem Draht entlang!« rief Jackie. »Du tust doch gern, als wärst du ein Affe!«

»Das geht nicht! Der Draht ist bestimmt an manchen Stellen durchgerostet! Da fall' ich doch ins Wasser!« Orvil ging ans eine Ende des Damms und probierte, ob ihn der Draht aushalten würde, doch dann ließ er es wieder sein.

»Stell dich nicht so dämlich an!«, schrie Jackie, und sein brutaler Ton ließ die fröhliche Stimmung mit einem Schlag verfliegen.

Orvil war tief getroffen von dieser verletzenden Bemerkung. Er schloß halb die Augen, packte mit dem Mut der Verzweiflung den Draht und begann, sich in Richtung Ufer zu hangeln. Der Draht knarrte und ächzte ominös und schnitt ihm in die Handflächen, doch er hielt.

»Bravo!«, schrien Dennis und Jackie in höhnisch gespielter Bewunderung.

»Sehr gut, Orvil«, sagte Aphra. »Aber sei vorsichtig, damit du nicht abrutschst.«

Bei diesen Worten wurde Orvil schwach. Er sah auf das Wasser hinunter, und jetzt wurde ihm erst richtig bewußt, was er da tat. Er machte eine überhastete Bewegung mit der Hand, und der schrundige Draht schnitt ihm schmerzhaft in den weichen Handballen. Unwillkürlich öffnete er die Hand. Mit einer verzweifelten Anstrengung hätte er sich immer noch retten können, doch während er sich mit angehaltenem Atem in das schlierige braune Wasser fallen ließ, spürte er, daß etwas in ihm bewußt diesen Zwischenfall provozieren wollte.

Er haßte das Gefühl der schleimigen Wasserpflanzen an seinen Beinen. Die plötzliche Kälte des übelriechenden Wassers war lähmend. Seine Kleider klebten an ihm und behinderten ihn stark. Als er mit dem Kopf wieder aus dem Wasser kam, sah er, wie der Kahn hastig in seine Richtung gestakt wurde. Sogar Charles hatte jetzt eine sehr besorgte Miene. Der aufgewühlte Schlamm verstärkte den fauligen Geruch der Wasserpflanzen.

»Ist dir auch nichts passiert?«, fragte Aphra ängstlich. Jakkie beugte sich heraus, um ihn in den Kahn zu ziehen, doch Orvil legte sich auf den Rücken und schwamm mit energischen Stößen davon. Er schwamm im ganzen Teich herum, ohne weiter auf die anderen zu achten.

Schließlich watete er ans Ufer und setzte sich in die Sonne. Er zog seine Jacke aus und sah interessiert auf sein faltiges klatschnasses Hemd herunter, unter dem sich seine Rippen und Brustmuskeln deutlich abbildeten. Er bewunderte seinen Körper – er sah plötzlich viel erwachsener und kräftiger aus. Seine Brustwarzen drückten sich durch den dünnen Baumwollstoff wie kleine spitze Berge in einer sanft gewellten Ebene.

Der Kahn legte an, und Aphra sprang heraus und lief zu ihm hin.

»Geh dich sofort umziehen, Orvil«, sagte sie. »Du zitterst ja am ganzen Leib.«

Orvil zitterte jetzt absichtlich.

›In der Grotte muß ihr letzte Nacht auch ganz schön kalt gewesen sein‹, dachte er.

Wortlos drehte er sich um, rannte zurück zum Hotel und ging auf sein Zimmer. Er nahm ein Bad, und dann rieb er sich kräftig mit einem groben Handtuch ab. Als er sich gerade sein Polohemd übergestreift hatte, klopfte es an die Tür, und ehe er etwas sagen konnte, kam Aphra mit einem Glas heißer Milch und einer Handvoll Butterkekse herein.

Orvil sah betreten auf seine nackten Beine herunter. Er fragte sich, ob Aphra sie sehr haarig finden würde. Doch dann lachte sie, und er lachte mit. Sie setzten sich auf das Bett, und während er seine heiße Milch trank, aß sie die ganzen Kekse auf.

VI

Aphra reiste ab. Ihre Koffer waren gepackt, und der Hoteldiener hatte sie nach unten in den Salon gebracht.

Orvil ging in ihr Zimmer. Die Fotos in der Hülle aus Kalbsleder, die Schildpatt-Kästchen, der schwarze Flakon – alles war verschwunden. Er beeilte sich, wieder hinunterzukommen, um sie nicht zu verpassen.

Im Salon standen sie alle beisammen. Jackie hatte beschlossen, mit Aphra zurückzufahren, doch Dennis wollte noch einige Tage im Hotel bleiben. Aphra bedankte sich gerade mit charmanten Worten bei Mr. Pym. Charles, Ben und Dennis standen neben den Koffern.

Als der Wagen unter der *porte-cochère* vorfuhr und sie durch die Halle nach vorn gingen, versuchten sie, mit scherzhaften Bemerkungen die traurige Abschiedsstimmung zu überspielen.

Aphra, mit einem Fuß auf dem Trittbrett des Wagens, sah noch einmal zu Mr. Pym und den jungen Männern zurück. Sie schien innerlich recht aufgewühlt zu sein, und ihr Kopf zuckte nervös hin und her.

Dennis dachte sich einen Spaß aus – er sprang auf einen Sockel und umarmte die darauf stehende Urne, als sei sie eine korpulente Dame. Zärtlich rieb er die Wange an der verschnörkelten Rundung und machte ein ekstatisches Gesicht.

Aphra wies ihn zurecht und sagte, er solle sich nicht so affig benehmen. Dann wandte sie sich an Orvil, als nehme sie ihn zum erstenmal wahr. Sie sah ihn lange und traurig an. Ihre Lippen bewegten sich, als wolle sie etwas sagen. Plötzlich machte sie einen Schritt auf ihn zu, legte ihm die Hände auf die Schultern und gab ihm einen flüchtigen Kuß.

»Wiedersehn, Orvil«, sagte sie. Dann stieg sie hastig in den Wagen.

Dennis, der immer noch seine Urne umarmte, gab ein theatralisches Stöhnen von sich. »Gott, was für eine mütterliche Geste!«, rief er und äffte Aphra nach, indem er die Urne schmatzend abküßte.

Aphra, ohnehin schon etwas nervös, zwang sich zu einem Lächeln, um zu zeigen, daß sie sich von Dennis nicht beeindrucken ließ. Orvil war von dem unverhofften Kuß noch so überwältigt, daß er sie fast geistesabwesend ansah.

Jackie wurde ungeduldig. Er wollte weg, damit er Aphra endlich für sich allein haben konnte. Er lächelte immer wieder in die Runde, und jedesmal verschwand das Lächeln zu rasch von seinem Gesicht.

Aphra beugte sich vor und winkte betrübt aus dem Fenster. Der Wagen fuhr an. Dennis und Charles rannten hinterher und schnitten Fratzen. Aphra sah aus dem Rückfenster und mußte lachen, obwohl ihr nicht danach war. Dann wurde ihr Gesicht starr, und sie sah aus wie eine schöne Tote unter der facettierten Glasscheibe eines teuren Sarges. Und so behielt Orvil ihr Gesicht in Erinnerung – ausdruckslos und mit stumpfen Augen.

Als der Wagen zwischen den Rhododendren verschwand, wandte er sich abrupt ab und ging über den Rasen zu einem umgestürzten Baum. Der Stamm hatte keine Rinde mehr, und das glatte seidige Holz war in Regen und Sonne silbergrau geworden. Ein einziger dicker Ast ragte noch wie ein Hirschgeweih in die Höhe. Orvil packte ihn und schaukelte daran auf und nieder. Die schaukelnde Bewegung und die Erinnerung an Aphras Kuß lullten ihn ein und trösteten ihn über den Verlust seiner Freundin hinweg.

Dann zog er den Brief aus der Tasche, den er an diesem Morgen erhalten hatte. Der Brief war von der Schwester eines Jungen namens Guy Winkle, mit dem er einmal zur Schule gegangen war. In den Ferien war er einmal bei Guy eingeladen gewesen und hatte sich rasch mit dessen älterer Schwester angefreundet. Jetzt lud ihn Constance für eine Woche nach Hastings ein, wo ihre Eltern eine Ferienwohnung gemietet hatten.

Orvil war sich unschlüssig. Constance und ihre Mutter konnte er zwar gut leiden, aber ihr Vater behagte ihm gar nicht, und für seinen ehemaligen Schulkameraden Guy hatte er auch nicht viel übrig. Constances Vater war durchaus nett und freundlich, doch er gab sich immer ein wenig belustigt, so daß sich Orvil wie ein Pekinese oder ein Mops vorkam – irgendein Wesen mit einem absonderlichen Äußeren.

Beim Frühstück hatte Orvil seinem Vater von der Einladung erzählt, und Mr. Pym war sofort davon ausgegangen, daß er die Einladung annehmen würde. Das gab den Ausschlag. Orvil sagte sich, daß es einfacher war, nach Hastings zu fahren, als seinem Vater zu erklären, weshalb er es lieber nicht tun wollte.

Er sprang vom Baumstamm herunter und ging in die Bibliothek, um Constance sofort zu schreiben. Er setzte sich an einen Tisch und sah auf das Briefpapier des Hotels herunter. Es war hellbeige und hatte oben in einem dunklen glänzenden Braun eine Vignette von der Vorderansicht des Hotels. Er strich mit dem Finger über die Vignette, die sich leicht abhob. Er fand den Effekt scheußlich.

›Meine liebe Constance‹, begann er, denn Constance schrieb immer ›Mein lieber Orvil‹. Er schloß mit ›Herzliche Grüße‹. Es war ihm wichtig, Constance in solchen Dingen genau zu kopieren.

Als er den Umschlag zugeklebt hatte, verließ er das Hotel und ging auf der Landstraße zu dem kleinen Laden am Ortseingang, der zugleich als Postamt diente. Unter dem Briefkasten vor dem Laden hatte jemand einen Kinderwagen abgestellt. Das hochgeklappte Sonnendach des Wagens wurde von geschmacklosen Fransen umrahmt. Orvil schaute darunter und sah ein kleines Kind mit spärlichen blonden Haaren, das ihn mit runden Glotzaugen anstarrte. Er schnitt eine Fratze und wartete, wie das Kind darauf reagieren würde. Es öffnete den Mund, und ein wenig Speichel lief heraus. Orvil schnitt weitere Fratzen, ließ wie eine Eidechse seine Zunge herausschnellen, rümpfte die Nase und zog mit den Fingern seine Augenwinkel nach oben, so daß er Schlitzaugen bekam. Das Kind sah ihn völlig verständnislos an. Dann erschien ein

Ausdruck des Entsetzens auf seinem Gesicht, und im nächsten Augenblick brüllte es aus voller Kehle und schlug hilflos mit seinen kleinen fetten Ärmchen um sich. Orvil war fasziniert von der Wirkung, die er erzielt hatte. Er gab schauerliche knurrende Laute von sich, die das Kind in solche Angst versetzten, daß es gellend schrie und sich anschließend auf seinem Kopfkissen übergab.

Orvil war begeistert, doch zugleich schämte er sich für das, was er getan hatte. Rasch steckte er seinen Brief in den Kasten, wandte sich um und lief davon.

Er rannte den ganzen Weg zurück zum Hotel. Immer wieder redete er sich ein, er habe mit dem Kind doch nur spielen wollen, und das Kind hätte dies merken müssen. Er nannte es sogar einen ›blöden Balg‹ und gab ihm die Schuld an allem. Warum war es auch so begriffsstutzig? Trotzdem quälte ihn sein schlechtes Gewissen.

In einem letzten Versuch, sein Gewissen zu besänftigen, nahm er sich vor, dem Kind beim nächsten Mal einige Süßigkeiten zu kaufen und sie ihm in den Wagen zu stecken – aber so, daß es sein Gesicht nicht zu sehen bekam. Denn es war ihm klar, daß das Kind bei seinem Anblick sofort wieder einen Schreikrampf bekommen würde.

Mr. Pym brachte Orvil an den Zug nach Hastings und setzte ihn in den Speisewagen, damit er während der Fahrt einen Lunch zu sich nehmen konnte.

Schräg gegenüber von Orvil saß ein alter, würdig aussehender Mann in einem langen Tweedmantel mit Inverness-Pelerine. Orvil hatte noch nie einen dieser altmodischen Mäntel gesehen und starrte ihn eine ganze Weile an. Als er schließlich hochschaute, sah er, daß das eine Ohr des Mannes bandagiert war. Der Verband bildete eine weiße Schneise in dem eisengrauen Haar des Mannes und wirkte wie ein schief sitzender Stirnreif. Der Mann hatte ein säuerliches, scharf geschnittenes Gesicht, dessen Farbe und Haut an gekochtes Kalbsbries erinnerten. Neben ihm stand eingeschüchtert der einzige Kellner des Speisewagens und notierte sich mit sichtlichem Mißvergnügen eine komplizierte Bestellung. Der Mann schien mit herrischer und geradezu fanatischer Entschlossenheit auf der ungewöhnlichen Zusammenstellung seiner Mahlzeit zu insistieren. Orvil fand, daß jemand mit derart ausgefallenen Wünschen ein sehr bedeutender Mann sein mußte.

Plötzlich sah der Mann zur Seite und merkte, daß Orvil ihn anstarrte. Seine Augen blitzten, das eine Augenlid zuckte, und sein Mund bekam einen harten verkniffenen Zug. Es hatte den Anschein, als sei er im Begriff, irgendeine schreckliche Bemerkung zu machen. Orvil wollte in Erwartung der Zurechtweisung schon zusammenzucken, da erhob sich der Mann von seinem Platz und verließ den Speisewagen. Der Saum seines langen Mantels schleifte hinter ihm her.

Orvil bekam es mit der Angst. Er stellte sich vor, daß der alte Herr ein Verrückter war.

Als er die hochgewachsene Gestalt einige Minuten später wieder am Eingang stehen sah, wurde er knallrot und sah hastig zur Seite. Der Mann kam herein und setzte sich betont brüsk an einen Platz, wo er Orvil den Rücken zukehrte.

Orvil begann, die dicke braune Suppe zu löffeln, die leicht nach Spülwasser schmeckte. Er krümelte sein altbackenes Brötchen hinein, das innen noch ganz teigig war. Als Hauptgericht aß er Steinbutt und als Nachtisch Apfelkompott mit zerkleinertem Röstbrot. Während er zwei Stücke Würfelzucker auswickelte und seinen Kaffee umrührte, überlegte er, wieviel Trinkgeld er geben sollte. Diese Unsicherheit verdarb ihm immer das Vergnügen, ein Essen zu bestellen und es allein und ungestört zu sich zu nehmen. Er zögerte die Bezahlung der Rechnung bis zur Ankunft des Zuges hinaus, um sich nicht lange Gedanken machen zu müssen, ob er sich womöglich falsch verhalten hatte.

In Hastings erwartete ihn Constance auf dem Bahnsteig, doch sie sah ihn nicht gleich. Ängstlich sah sie an der langen Reihe der Waggons entlang. In ihrem Blick lag eine merkwürdige Mischung aus Aufregung und Resignation. Sie war sehr kurzsichtig, wollte aber um keinen Preis eine Brille tragen. Sie hatte zwar eine sehr hübsche altmodische Lorgnette, doch offenbar hatte sie jemand damit aufgezogen, so daß sie die Lorgnette nur in der Wohnung oder in Gemäldegalerien benutzte.

Als ihr Orvil in die Arme lief, gab sie ihm einen Kuß auf die Wange und sagte: »Guy ist auch irgendwo hier auf dem Bahnsteig und sucht dich.«

Orvil wandte den Kopf – und erblickte den herrischen alten Mann, der gerade einen Gepäckträger vor sich her dirigierte und zur Eile antrieb. Ehe der Mann mit wehenden Mantelschößen in der Menge verschwand, fuhr sein Kopf mit einem Ruck herum, und erneut ertappte er Orvil dabei, wie dieser ihn anstarrte. Das wütende Gesicht, das der Mann diesmal aufsetzte, war so übertrieben, daß es fast zum Lachen war. Doch als Orvil sich wieder Constance zuwandte und sie mit der Geschichte von diesem alten Sonderling erheitern wollte, überkam ihn plötzlich eine abergläubische Furcht, und er beschloß, die Begegnung mit dem Mann für sich zu behalten.

Guy kam jetzt mit einem überlegenen Lächeln heran. Er hatte ein Sealyham-Hündchen unter dem Arm, das er kürzlich bekommen hatte, und in der Hand hielt er eine rotglänzende Leine mit einem glitzernden Metallclip, der leise klimperte.

Guy war ein ziemlich dicker Bursche und hatte eine Schwäche für bestimmte Redewendungen, die er bei jeder Gelegenheit anbrachte – auch dann noch, wenn sie längst abgedroschen waren. Orvil erinnerte sich noch an einen Spruch, den Guy immer in der Schule verwendet hatte: »Kennst du denn nicht deinen Trollope?« Guy hatte sich jedesmal höchst erstaunt gegeben, um sodann dem nächsten Opfer dieselbe Frage zu stellen. Offenbar übte der Klang des Namens Trollope eine suggestive Wirkung auf ihn aus. Daß er selbst nie etwas von Trollope gelesen hatte, störte ihn nicht weiter.

Er hatte dunkles glattes Haar, und seine weißen Hände wirkten weich und zart, weil die Haut sich glatt über Fettpolster spannte. Doch die Finger waren so klobig, daß Orvil sie immer mit weißen Maden verglich. Er verabscheute diese trägen Hände; vor allem, wenn die Finger in Bewegung gerieten, sich krümmten und ballten und streckten.

Guy sammelte Halbedelsteine, die er in einem Kasten mit Schubfächern verwahrte. Orvil erinnerte sich, wie Guy den Kasten im Werkunterricht gezimmert hatte. Wenn er in die Ferien fuhr, nahm er den Kasten immer mit, und ebenso die silbernen Pokale, die er im Boxen gewonnen hatte. Orvil war überzeugt, daß Guy durch seine Fettpolster einen Vorteil beim Boxen hatte: Sie dämpften die Schläge, und sein massiger Körper hatte auf die Gegner eine einschüchternde Wirkung.

Nur einmal hatte er erlebt, daß Guy seine überlegene Maske verlor – bei einem Schauboxen am Ende eines Schuljahrs. Guy boxte gegen einen mageren und etwas kleineren Jungen, der ihm einen Schlag auf den Mund versetzte. Als Guy das salzige Blut schmeckte, bekam er Angst. Er ruderte unbeholfen mit den Armen, als würde er durch die dicken Boxhandschuhe daran gehindert, seinen Gegner zu erwürgen. Dann stürmte er nach vorn, und sein Fleisch wabbelte unter dem dünnen durchgeschwitzten Trikot. Orvil erinnerte sich an den heißen Schweißgeruch, den Guy in seiner Wut verströmt hatte. Guy bekam einen weiteren Schlag in sein ungeschütztes Gesicht. Sein Gesicht wurde starr und ausdruckslos. Er sah zur Decke, und dann liefen ihm Tränen über das Gesicht und tropften auf die trockenen Holzplanken hinunter, auf denen sie kleine dunkle Flecke bildeten. Guy verzog sein verheultes Gesicht und gab ein gequältes Schluchzen von sich. Orvil dachte daran, wie er seine Augen abgewandt hatte, da er den Anblick seines kläglich bloßgestellten Freundes nicht mehr ertragen konnte.

Guy nahm jetzt Orvils Koffer in die Hand. Er tat es in jener nachlässigen Art, die andeuten soll, daß die höfliche Geste nur als Witz gedacht ist.

Constance begann sofort, von Marie de Medici und dem Louvre zu reden. Sie hatte nie die Schule besucht, sondern immer Hauslehrer gehabt, und Kunstgeschichte war ihr Lieblingsfach. Orvil hatte dafür auch eine besondere Neigung, und wegen dieses gemeinsamen Interesses hatten sie sich angefreundet. Constance hatte ihm ein Buch über altes Silberbesteck gegeben, mit einer Tafel der verschiedenen Markenzeichen, und ferner eine kleine Schnupftabakdose aus Horn. Orvil hatte ihr einige alte Schuhspangen aus Wetzstahl geschenkt.

»Stell dir vor«, sagte Constance gerade, »mit meinem Buch über die Medici ist etwas ganz Schreckliches passiert...« Bei dem Wort ›Medici‹ achtete sie immer auf eine korrekte italienische Aussprache, mit dem Akzent auf der ersten Silbe. »... Ich hatte es auf einem Stapel Bücher neben dem Gasherd und rührte gerade die Suppe um, da stürzte der Stapel plötzlich in sich zusammen, und mein schönes Medici-Buch platschte direkt in die Suppe! Ich fischte es sofort heraus und rannte an die Spüle und ließ Wasser darüberlaufen. Dann stellte ich es zum Trocknen in den Tellerständer. Es hat das Malheur ganz gut überstanden, nur daß die Farben des Umschlags in der heißen Suppe aufgeweicht und ein bißchen ausgelaufen sind.«

Guy hatte die ganze Zeit so getan, als höre er nicht zu, doch jetzt wandte er sich plötzlich an seine Schwester und fragte in drohendem Unterton: »Und was hast du anschließend mit der Suppe gemacht? Du hast sie doch hoffentlich weggeschüttet, oder?«

Constance wurde rot und schwieg verlegen.

»Oh du Bestie!«, rief Guy triumphierend. »Du Bestie! Du wirst uns eines Tages noch alle vergiften! Du hast uns diese Suppe essen lassen, ohne uns vorher zu sagen, daß dein dreckiges Buch darin gekocht hat. Wenn wir daran gestorben wären, hättest du uns jetzt auf dem Gewissen. In dieser grünen Farbe auf dem Umschlag ist doch Arsen! Hast du das denn nicht gewußt?« Er holte mit seiner Hundeleine aus und versetzte seiner Schwester einen heftigen Schlag auf den Hintern.

Constance verzog das Gesicht und rang sich ein gequältes Lächeln ab. Orvil war empört, daß Guy seine Schwester schlug, die doch etliche Jahre älter war, fast schon eine erwachsene Frau.

Schweigend stiegen sie in den Bus. Orvil strafte Guy mit Verachtung, indem er ihn keines Blickes würdigte, doch dieser merkte nichts davon, denn er war viel zu sehr damit beschäftigt, sein winselndes Hündchen zu beruhigen. Orvil setzte sich dicht neben Constance, um damit zu zeigen, daß er ganz für sie Partei ergriff.

Als sie ausstiegen, zeigte Constance auf ein hohes graues Gebäude und sagte: »Dort ist unsere Wohnung, im obersten Stockwerk.«

Das Haus wirkte ziemlich öde. Es hatte seine Fensterfront nicht zum Meer hin, sondern zur lauten und schmutzigen Straße. Es schien aus der mittleren viktorianischen Periode zu stammen. Auf jeden Fall hatte es schon bessere Zeiten gesehen. Orvil war tief enttäuscht. Er wünschte, er wäre nie gekommen.

Sie stiegen die vier Stockwerke hoch und sagten kaum ein Wort. Nur Constance machte ein- oder zweimal eine launige Bemerkung.

Lady Winkle mußte wohl aus dem Fenster gesehen haben, denn die Wohnungstür war bereits offen, und sie stand da und lächelte ihnen sehr freundlich und nervös entgegen.

Sie faßte Orvil an der Schulter, hauchte ihm einen Kuß auf die Stirn und fragte: »Wie geht es dir, mein lieber Orvil?« Ihre Stimme hatte einen auffallend ängstlichen Klang, als rechne sie immer mit dem Schlimmsten. Sie war eine füllige kleine Dame mit einem hübschen Gesicht, und sie trug immer sehr farblose Kleider. Ihre Bewegungen waren zögernd und unbeholfen, als tue sie alles zum ersten Mal. Ihre große Leidenschaft war es, Häuser zu besichtigen oder andere darin herumzuführen, und so beeilte sie sich nun auch, Orvil die ganze Wohnung zu zeigen.

Das Wohnzimmer war schmal und schlauchartig. Zur Straße hin gab es hohe Fenster mit blauen Nesselvorhängen. An der einen Wand stand ein niedriges Regal mit alten ledergebundenen Büchern. Die Waverly-Romane mit ihren wunderschönen karmesinroten Einbänden aus Saffianleder befanden sich darunter, doch von den früheren, noch in Kalbsleder gebundenen Büchern hatten viele keinen Rücken mehr, und man sah auf Bindfadengeflecht und verkrusteten Leim, an dem Fetzen von bedrucktem Papier hingen.

Auf dem Kaminsims stand Lady Winkles kleine Ahnengalerie, die sie überall mitnahm. Wieder einmal betrachtete Orvil ihren Urgroßvater mit dem zerzausten Haar und ihren Ururgroßvater mit seiner Lockenperücke. Er liebte die

Miniaturporträts dieser beiden Männer, die zusammen mit denen ihrer Nachkommen penibel in dem mit Samt ausgeschlagenem Kasten arrangiert waren. Unter jedem Bild sah man in goldenen Lettern den Namen und die Lebensdaten der abgebildeten Person.

Lady Winkle lenkte jetzt Orvils Aufmerksamkeit auf eine alte Kinderharfe, die in der Ecke stand – zwar stark beschädigt, aber immer noch sehr dekorativ. Als nächstes zeigte sie ihm eine Reihe von langweiligen alten Stichen, die nach Angaben der Wohnungsinhaberin sehr wertvoll sein sollten.

›Von der Sorte kriegt man fast in jedem Trödelladen zwei Stück für einen Penny‹, dachte Orvil, doch er sagte nichts.

Nun wurden die drei kümmerlichen Schlafzimmer besichtigt. Lady Winkle zeigte ihm, welches für ihn bestimmt war, und er sah sofort, daß sie und ihr Mann, wenn sie in ihr Schlafzimmer wollten, durch seines kommen mußten. Er fand das sehr ärgerlich und sehnte sich mehr denn je nach seinem Hotelzimmer zurück. Constances Zimmer lag gleich neben der Küche, und Guy mußte auf der Couch im Wohnzimmer schlafen.

»Der Tee ist fertig!«, rief Constance aus der Küche. Sie kam heraus und trug ein Tablett mit bunten Henkeltassen – lavendelfarben, zitronengelb, rosa und pulverblau. Während sie eingoß, setzte sich ihre Mutter still an den Tisch, die Hände im Schoß gefaltet, als sei sie hier zu Gast.

Constance hatte dicke Scheiben Weißbrot mit Butter bestrichen. Die Butter war zerlaufen und schmalzig, weil sie zu lange über kochendem Wasser erwärmt worden war. Dazu gab es Reineclaudenkonfitüre und einen Teller Kokosplätzchen. Die rosigen, spitz zulaufenden Plätzchen sahen aus wie kleine gezackte Berge auf dem Bild eines naiven Landschaftsmalers.

Bis auf das Schrubben des Küchenbodens, das einmal in der Woche von einer Putzfrau besorgt wurde, mußte Constance die ganze Arbeit in der Wohnung machen. Ihr Vater und Guy putzten sich nur ihre Schuhe selbst und lehnten jede weitere Arbeit ab. Und was Lady Winkle anging, so waren sich alle einig, daß man von ihr nicht verlangen konnte, daß sie in ihrem Alter noch lernte, einen Haushalt zu führen. Ihre einzige Hilfe bestand darin, daß sie zum Frühstück und nach den Mahlzeiten ihre geliebte Kaffeemaschine in Betrieb setzte.

Constance fragte Orvil, welche Tasse er nehmen wolle. Er entschied sich für die zitronengelbe und amüsierte sich damit, die Farben zu raten, die seine Gastgeber wählen würden. Doch Constance teilte bereits die übrigen Tassen aus, ohne nach besonderen Wünschen zu fragen. Offensichtlich war das kleine Spiel nur für den Gast gedacht.

Es wollte keine rechte Unterhaltung aufkommen. Lady Winkle wurde, als ihr Sohn neben ihr Platz genommen hatte, noch fahriger und ängstlicher. Immer wieder warf sie ihm verstörte Blicke zu. Guy benahm sich schlecht und ließ deutlich erkennen, daß es ihm gleichgültig war, was die anderen von ihm dachten. Er brach ein Kokosplätzchen in vier Teile und warf die Stücke für sein Schoßhündchen durchs Zimmer. Das Hündchen stöberte unter den Möbeln herum und jappte vor Vergnügen. Sooft Guy ein Stück durch die Gegend warf, zuckte Lady Winkle zusammen.

»Bitte sei vorsichtig, Liebling!«, rief sie schließlich. »Es wäre schrecklich, wenn in der Wohnung etwas entzweigeht. Wir könnten Miss Skipton ihre schönen alten Sachen niemals ersetzen, wenn etwas damit passiert.«

Constance schien wegen Guy sehr ungehalten zu sein, doch offenbar hatte sie zu große Angst vor ihm, um etwas zu sagen. Sie machte Tee, sie bereitete die Mahlzeiten zu, sie kümmerte sich um alle anfallenden Arbeiten, und die anderen nahmen es als selbstverständlich hin und beachteten sie nicht weiter. Andererseits war sie es auch, die Gäste einlud. Sie spielte eine merkwürdige Rolle – halb Hausgehilfin, halb selbstbewußte Gastgeberin.

Nach dem Tee sagte sie: »So, jetzt möchte Orvil bestimmt gerne das Meer sehen. Geh ein Stück mit ihm, Guy, und zeig ihm alles.«

Da der Vorschlag von seiner Schwester kam, machte Guy sofort ein finsteres Gesicht. Doch dann beschloß er, Orvil herumzuführen, denn er wurde nie müde, auf der Straße mit seinem neuen Hündchen anzugeben.

Draußen allerdings tippelte der kleine Hund nur lustlos hinter ihnen her, so daß Guy bald die Geduld verlor und ihn auf den Arm nahm. Das Tier wimmerte und ließ seine zartrosa Zunge heraushängen, dann stemmte es Guy die Vorderpfoten gegen die Brust, und im nächsten Augenblick spürte er etwas Warmes und Feuchtes auf der Haut, und seine schicke rostbraune Jacke war vorne völlig durchnäßt.

Einige Sekunden schien er wie gelähmt zu sein. Er blieb stehen, und sein Unterkiefer sackte herunter. Plötzlich hielt er das Hündchen auf Armeslänge von sich und stieß einen Fluch aus. Dann sagte er mit zornbebender, halberstickter Stimme: »Du ungezogenes kleines Biest! Was unterstehst du dich! Ein Wiwi auf mich zu machen! Ein Wiwi! Ein Wiwi! Ein Wiwi!«

Bei jedem ›Wiwi‹ schüttelte er das Tier brutal, und dies entlockte dem zu Tode erschreckten Wesen gellende Angstschreie. Jetzt beugte Guy sich ganz unverhofft nach vorn, küßte das Hündchen auf die Schnauze und kuschelte es wieder an sich. Er machte besänftigende Geräusche. Wie ein Teekessel, in dem gerade das Wasser zu sieden beginnt.

Er nahm sein Taschentuch heraus und tupfte seine nasse Jacke ab. Dann wandte er sich an Orvil und wollte auch dessen Taschentuch haben, doch Orvil gab es nicht her. Guy machte ihn jetzt mit dem Namen seines Herrenschneiders vertraut und sagte ihm, wieviel die Jacke gekostet hatte. »Und wo läßt du arbeiten?«, fragte er mit einem unverschämt geringschätzigen Blick auf Orvils Kleidung.

Orvil war klar, daß Peter Robinson oder Harrods nicht ganz die Namen waren, mit denen man Eindruck machen konnte, deshalb sagte er betont herablassend und indigniert: »Also mit so etwas wie Kleidern hält sich doch keiner auf, solange er noch nicht erwachsen ist. Mein Vater sagt, nichts ist so lächerlich wie Jungs, die sich Sachen anziehen, mit denen sie wie Erwachsene aussehen wollen.«

Natürlich hatte Orvils Vater nichts dergleichen gesagt. Es war reine Erfindung und plumpe Angabe. Orvil haßte Guy wegen seiner unerfreulichen Angewohnheit, ihn in eine Ecke zu drängen und zu derart unfreiwilligen Äußerungen zu provozieren. Es freute ihn, daß der Hund auf Guys teure Jacke ein ›Wiwi‹ gemacht hatte.

Guy war sichtlich eingeschnappt und mußte sich jetzt rasch etwas einfallen lassen, womit er gegenüber Orvil auftrumpfen konnte. Hastig begann er, von seinem schicken Lebenswandel und seinem vornehmen gesellschaftlichen Umgang in Eton zu reden. So oft Orvil etwas über sein Internat sagte oder etwas aus der Zeit auskramte, als sie beide noch dieselbe Schule besucht hatten, ließ Guy eine peinliche Pause eintreten, um sodann mit seinen penetranten Anekdoten fortzufahren.

Orvil war entschlossen, diesem Spiel ein Ende zu machen. Ganz plötzlich platzte er mit der zweiten Hälfte eines anzüglichen Limericks heraus, den er von Ben gelernt hatte:

»Sie warf sich in ihrer Not
Auf den Teppich und schrie: Lieber Gott,
Mach sie länger und stärker und dicker.«

Guy war zunächst ratlos, doch dann runzelte er verärgert die Stirn. Da er den Anfang des Limericks nicht kannte, nahm er an, daß es sich um etwas Schweinisches handelte.

»Du verdorbenes Subjekt«, sagte er mit übertriebener Empörung und wandte sich ab. Orvil lachte. »Was soll denn verdorben sein an einer jungen Lady aus Twickenham, die gerne Würste aß und sie nie überkriegte? Wenn du das verdorben findest, solltest du mal zu einem Psychologen gehn.«

Er war sehr mit sich zufrieden. Das mit dem Psychologen war ihm im letzten Augenblick noch eingefallen. Es war brillant. Es klang sehr gebildet und beschlagen. Guy würde sich dumm vorkommen und mit sich hadern. Er würde sich in mürrisches Schweigen flüchten und aufhören mit diesem Angebergeschwätz von seiner blöden Schule.

Guy kniff verbiestert die Lippen zusammen. Orvil rechnete fast damit, daß es einen Hieb mit der Hundeleine setzen würde, doch es tat sich nichts. Schweigend stiegen sie die Treppe von der Promenade zum Strand hinunter. Guy setzte sein Hündchen auf den Boden und ließ es laufen. Zuerst blieb es verwirrt stehen, doch dann rannte es los und sprang freudig kläffend durch die Gegend.

Orvil ging an einen Kiosk und erstand zwei rote Lutscher mit weißen Stielen. Einen davon überreichte er Guy, sehr förmlich, als Friedensangebot.

Guy sah das Ding entgeistert an und sagte mechanisch »danke«. Er wußte nicht, was er jetzt machen sollte. Seine snobistische Einstellung verbot ihm, solch ein Ding in aller Öffentlichkeit zu lutschen, doch er konnte Orvil unmöglich abblitzen lassen, denn dann hätte er als ungehobelter Bauer dagestanden. Widerstrebend pellte er das Zellophan ab und leckte ein paarmal zögernd an der klebrigen roten Kugel. Plötzlich kam ihm ein Einfall. Mit einem verstohlenen Seitenblick vergewisserte er sich, daß Orvil gerade nicht hersah, und ließ den Lutscher fallen. Er landete in einer Pfütze Meerwasser.

»Ach je, jetzt hab ich ihn fallen lassen!«, rief er mit sehr schlecht gespielter Enttäuschung.

Orvil hatte die ganze Pantomime mitbekommen, aber er tat so, als habe er nichts bemerkt. Es wurmte ihn, daß Guy ihn so plump vor den Kopf gestoßen hatte. Aus Trotz begann er, seinen Lutscher betont genüßlich zu lecken, wobei er ausgiebig schmatzte und sich jedesmal übertrieben die Lippen ableckte. Das Hündchen hatte die ganze Zeit begierig in der Gegend herumgeschnüffelt. Unter der Promenade entdeckte es eine große dunkle Öffnung, aus der ein interessanter Geruch drang. Im Nu war es darin verschwunden. Es wußte natürlich nicht, daß über der Öffnung ein Schild mit der Aufschrift ›Damen‹ angebracht war. Als Guy sein Schoßhündchen verschwinden sah, war er entsetzt. Er wurde ganz verzweifelt, denn er stellte sich vor, es könnte stundenlang in dieser Damentoilette bleiben.

Nach vergeblichem Bemühen, den Hund herauszulocken, ging Orvil kurz entschlossen zu einer älteren Frau hin, die sich gerade anschickte, die Toilette zu betreten, und sagte eine Spur zu laut und deutlich: »Das Hündchen meines Freundes ist gerade reingerannt – könnten Sie es wohl suchen und uns herausbringen?«

Die Frau sah ihn erstaunt und abweisend an. Doch dann nickte sie abrupt mit dem Kopf und ging hinein. Schon nach wenigen Augenblicken kam sie zurück und hatte sich den kleinen Hund wie ein Paket unter den Arm geklemmt. Sie übergab ihn Orvil, wandte sich um und entfernte sich rasch, als habe sie nie die Absicht gehabt, jenen anrüchigen Ort zu betreten. Ihr Gang und ihre steife Haltung schienen anzudeuten, daß sie für derart unappetitliche körperliche Verrichtungen einen gründlichen Abscheu empfand.

Orvil tat es leid, daß sie nun warten mußte, bis er und Guy von der Bildfläche verschwunden waren. Er drängte Guy zum Aufbruch, und sie stiegen die Treppe zur Straße wieder hinauf.

Als sie das Apartment betraten, sahen sie im Wohnzimmer Guys Vater sitzen, der gerade vom Golfplatz zurückgekommen war. Er war ein Mann, der sehr großen Wert auf sein Äußeres legte und immer darauf bedacht war, sich dem Anlaß entsprechend zu kleiden. Diesmal trug er eine dicke schieferblaue Kordhose, ein kanariengelbes Seidenhemd und eine alte Jägerjoppe mit Lederbesatz auf den Schultern. Er war eine bemerkenswerte Erscheinung – hochgewachsen und kräftig, mit frischer gesunder Hautfarbe, vornehmen Gesichtszügen und einem hochgezwirbelten Schnurrbart. Bei Nacht trug er eine Bartbinde, um seinen Schnurrbart in Form zu halten.

Sobald er Orvil erblickte, erschien ein belustigtes Glitzern in seinen Augen. Er lächelte ihm einladend entgegen, sagte »Hallo« und streckte seine Hand aus, ohne sich aus seinem Sessel zu erheben.

Orvil ging rasch durchs Zimmer und schüttelte ihm die Hand. »Hallo, Sir«, sagte er und schluckte betreten. Sir Roberts ganze Art brachte ihn immer so aus der Fassung, daß er nicht mehr wußte, wie er sich verhalten sollte. In diesem Zustand kamen ihm regelmäßig die absonderlichsten Gedanken. Er wehrte sich mit aller Kraft gegen diese Vorstellungen, doch die Bilder erschienen immer wieder vor seinen Augen, als sehe er in ein Kaleidoskop. Während er jetzt auf Sir Robert herunterschaute, der bequem in seinem Sessel saß, sah er ihn plötzlich mit aufgeknöpfter Jacke, und darunter hing ihm unordentlich sein kanariengelbes Hemd aus der Hose. Er sah die Naht der Hose über dem Gesäß platzen, und zum Vorschein kam keine menschliche Haut, sondern das schauerliche blaue rohe Hinterteil eines Pavians. Er sah Sir Robert mit einem

Nachttopf auf dem Kopf, und der Topf ließ sich nicht mehr entfernen. Die Zipfel seines Nachthemds wehten um seine nackten grauen Beine, und putzige kleine weiße Mäuse mit roten Augen liefen ihm an den Beinen hoch und kitzelten ihn zu Tode. Sir Robert kreischte wie ein kleines Mädchen und schlenkerte die Beine, aber die Mäuse ließen ihn nicht in Ruhe, und auf seinem Kopf saß dieser Nachttopf, der nicht mehr abging.

Orvil versuchte, diese Vorstellungen abzuschütteln und einen klaren Kopf zu behalten. Immer wieder redete er sich ein, er müsse sich nichts vorstellen, wenn er es nicht wollte. Und schon passierte es wieder – er sah Sir Robert, der sich nach der neuen Ausgabe des *Tatler* bückte und dabei einen fahren ließ. Das Geräusch war so laut wie ein Salutschuß aus einer alten Feldhaubitze.

Verzweifelt bemühte er sich, Konversation zu machen und sich zwanglos zu geben. Doch die Vorstellungen von diesen schrecklichen Peinlichkeiten umwaberten ihn wie steigendes Wasser.

Endlich trug Constance das Abendessen auf. Es gab kalte Rinderzunge, Salat, Reis und Mangofrüchte aus der Dose. Orvil fiel ein Stein vom Herzen. Endlich hatte er etwas, womit er sich ablenken konnte. Lady Winkle erzählte ihm, daß sie die Dose Mangos in einem indischen Restaurant gekauft hatte. »Aber leider schmecken sie nur wie Gemüsebrei mit einem eigenartigen Beigeschmack«, sagte sie enttäuscht. »Ihr ganzes Aroma ist verlorengegangen.«

Nach dem Essen gingen sie in den warmen Abend hinaus zu einem Spaziergang auf der Strandpromenade. Im Park gab es ein Konzert mit Melodien von Jacques Offenbach. Orvil, der ›Orpheus in der Unterwelt‹ besonders gern hörte, blieb sitzen, als die anderen aufstanden und sich auf den Heimweg machten. Er wartete, bis die letzten Takte verklungen waren, dann sprang er hastig auf, und der gußeiserne Gartenstuhl machte ein lautes schleifendes Geräusch auf dem groben Sand. Das Geräusch erschreckte offenbar einen kleinen schwarzweißen Terrier in einem offenen Wagen, der am Straßenrand geparkt war. Der Terrier kam angerannt und biß Orvil in die Wade.

Dann verschwand das Tier in der Dunkelheit und bellte kläglich, als habe es sich verirrt.

Orvil war fassungslos und wütend. Er haßte die Dunkelheit, und er haßte es, daß er sich so einsam und verlassen fühlte. Er fragte sich, wie er in einem Zimmer schlafen sollte, in dem er mit Durchgangsverkehr rechnen mußte. Er hoffte, daß er von dem Biß des kleinen Köters eine Blutvergiftung bekommen würde.

Er holte die anderen ein und erzählte, was ihm zugestoßen war. Sobald sie in der Wohnung waren, wusch ihm Lady Winkle die Wunde aus, und dann machte sie auf ihrem Spirituskocher einen Kakao.

›Sie hat so ein gutes Herz‹, dachte Orvil und fühlte sich schon viel besser.

»Ich trinke ihn am liebsten kochend heiß – du auch?«, sagte sie gerade. »Ich weiß, man soll die Milch nicht kochen lassen, aber ich warte immer, bis sie dicht unter den Topfrand steigt.«

Sie tranken den heißen Kakao allein im Wohnzimmer. Guy brachte gerade sein Schoßhündchen zu Bett, Constance richtete in der Küche das Frühstückstablett für den nächsten Morgen, und ihr Vater war ebenfalls in der Küche und suchte nach der Seltersflasche.

Als Lady Winkle ihre Tasse ausgetrunken hatte, brachte sie Orvil in sein Zimmer, gab ihm einen Gutenachtkuß und erkundigte sich, ob er alles hatte, was er brauchte. Dann ging sie nach nebenan in ihr Schlafzimmer und schloß die Tür hinter sich ab.

Sir Robert hatte sich inzwischen ins Wohnzimmer gesetzt, wo er an einem schwachen Whisky-Soda nippte und etwas von Mary Webb las.

Orvil lauschte auf die leisen Geräusche, die Lady Winkle beim Ausziehen machte. Weiche Gewänder glitten auf Stühle oder auf das Bett herunter. Er hörte das gleichmäßige saugende Geräusch der Bürste, die durch ihr Haar glitt. Er stellte sich vor, wie sie ein Büschel ausgekämmte Haare durch die runde Öffnung eines altmodischen silbernen Behälters stopfte, der für Haare und Fussel bestimmt war. Und im Geiste sah er, wie sie ein enormes Korsett aufschnürte, das ihr von den Knien bis unter die Achselhöhlen reichte. Die Ösen waren wie winzige messinggefaßte Bullaugen, und die Schnüre sahen aus wie dünne Segelleinen.

Um sich abzulenken von diesen Gedanken, in denen ihm alles alptraumhaft vergrößert erschien, sah er sich suchend im Zimmer um. Sein Blick blieb an der Nachbildung eines ›Adam‹-Spiegels hängen. Der Innenteil des Rahmens, einst mit Blattgold überzogen, war weiß gestrichen worden, und die Farbe blätterte überall ab. Die Gebinde und Girlanden aus Gips waren stark beschädigt, so daß man die Drähte des Gerüsts sah und den Eindruck hatte, als verberge sich hinter dem Spiegel eine riesige schwarze Spinne. Orvil wandte sich schaudernd ab.

Als er sich ausgezogen hatte und ins Bett kroch, stellte er fest, daß die Matratze durchgelegen war und sich da und dort zu einem Wulst ballte. Während er in der Dunkelheit auf dem Rücken lag, verschaffte ihm der ziehende Schmerz der Beinwunde fast so etwas wie eine stille Befriedigung, doch das Zimmer und die ganze Umgebung waren ihm verhaßt. Stimmen drangen von der Straße herauf. Er fürchtete, er werde hier nie einschlafen können.

Plötzlich ging das Licht im Zimmer an und wurde sofort wieder ausgeknipst. Doch in dem kurzen Augenblick, als es hell war, hatte er Sir Robert in einem grünsamtenen Hausrock, der mit gelben Satinstreifen abgesetzt war, an der Tür stehen sehen. Vom einen Ohr hing ihm die Bartbinde herunter, die er sich alsbald festzurren würde. Und an den Füßen trug er ein Paar marokkanische Slipper in Altgold mit eingestickten Mustern aus Silberfäden, wie man sie in der Hurlington Arcade zu kaufen bekam. Offensichtlich zog sich Sir Robert jeden Abend im Wohnzimmer aus, ehe er zu seiner Frau hineinging.

Orvil hörte, wie er auf Zehenspitzen durch den Raum ging, die Tür zum Schlafzimmer öffnete und leise hinter sich schloß. Er hörte, wie sie sich drinnen mit gedämpften Stimmen unterhielten. Es schien sogar eine kleine Auseinandersetzung zu geben. Doch Orvil hörte beharrlich weg, kreuzte die Arme über der Brust und stellte sich vor, er sei eine ägyptische Mumie. Schließlich wälzte er sich auf den Bauch und wartete auf den Schlaf.

Zum Frühstück gab es Spiegeleier in irdenen blauen Pfännchen. Constance, die sehr bleich und übernächtigt aussah, brachte sie nacheinander aus der Küche herein. Lady Winkle ließ ihre Kaffeemaschine brodeln, und als der Kaffee fertig war, stellte sie jede einzelne Henkeltasse liebevoll zurecht und füllte sie bis zum Rand. Guy sollte den Toaster im Auge behalten, ließ sich aber von seinem Hund so sehr ablenken, daß die Brotscheiben mit breiten verkohlten Striemen herauskamen, als habe sie ein Schornsteinfeger in der Hand gehabt.

Orvil war sehr erleichtert, als Sir Robert aufstand und sich auf den Weg zum Golfklub machte. Er sah sich im Wohnzimmer um und betrachtete erneut die Porträts in ihrem Kasten auf dem Kaminsims. Die Augen in den winzigen Gesichtern schienen genau aufzupassen, was jeder beim Frühstück tat.

Der Tag versprach sehr heiß zu werden. Schon jetzt flimmerte die Hitze vor den offenen Fenstern, und durch die Puderschicht auf Lady Winkles Gesicht drückten sich kleine Schweißperlen. Während sie an ihrem Kaffee nippte, sagte sie wieder einmal: »Was ich trinke, muß kochend heiß sein. Ganz gleich, was für Wetter wir haben.«

Sie hatte sich in ihrem Morgenmantel an den Tisch gesetzt. Er war lange nicht so aufwendig und flamboyant wie der Hausrock ihres Mannes. Er war aus blaßblauem, abgestepptem Baumwollsatin, hatte am Hals einen angegrauten Spitzenbesatz und vorne herunter mehrere alte Spritzer und Flecken.

Lady Winkle stand jetzt auf und ging in ihr Zimmer, um sich anzukleiden. Auch Guy stand auf, ging in die Küche und zerschnitt ein Rumpsteak, das er von seinem eigenen Geld für seinen Hund gekauft hatte. Er sprenkelte Trockenfutter auf die blutroten Stücke, offenbar in der Annahme, sein Hund würde sie so appetitlicher und schmackhafter finden. Doch der Hund schüttelte von jedem Stück das Trockenfutter ab, ehe er es verschlang. Guy wurde sehr streng mit ihm. Er legte sich wieder seinen gekünstelten Tonfall zu und drohte dem Tier, er werde es ›windelweich schlagen‹.

Orvil ging in sein Zimmer, machte rasch das Bett und steckte die Decke an beiden Seiten unter die Matratze. Dann ging er zu Constance in die Küche, um ihr beim Abtrocknen zu helfen. Doch sie hatte das meiste schon gemacht, und als er ein paar Teller und das restliche Besteck abgetrocknet hatte, setzte er sich auf den Küchentisch und ließ sich von ihr erzählen, wie es bei der Französischen Revolution zugegangen war. Sie schilderte ihm, wie die Adeligen sich geschminkt und Schönheitspflästerchen auf die Wange geklebt hatten, ehe sie in würdiger Haltung die Stufen der Guillotine erklommen. Ihre Augen glänzten. Sie liebte diese aufregenden Geschichten.

Um halb elf beschlossen sie, zum Baden an den Strand zu gehen. Es war inzwischen so heiß, daß Orvil seine Jacke auszog und über dem Arm trug. Guy sah ihn mißbilligend an und schwitzte mit seiner Jacke beharrlich weiter.

Lady Winkle setzte sich mit dem Hündchen in den Sand, während Constance und die beiden Jungs ins Wasser gingen. Constance konnte noch nicht gut schwimmen und übte sich eifrig im Brustschwimmen. Sooft sie die Hände nach vorn brachte, sah es aus, als würde sie beten – oder bis drei zählen. Guy wurde der Anblick bald zuviel. Er bespritzte sie mit einem Wasserschwall, und als sie davon keine Notiz nahm, hechtete er ihr auf den Rücken und tunkte sie unter Wasser. Als sie prustend und nach Atem ringend wieder hochkam, sah Orvil tief in den dunklen Spalt zwischen ihren vollen weißen Brüsten. Der Anblick war ein Schock für ihn. Er dachte an Aphra in der Felsengrotte. Er sah ein weißes haarloses Kamel in der Wüste. Er sah sich auf dem Kamel reiten, in der Mulde zwischen den beiden Höckern. Nur daß es keine Höcker waren, sondern Constances Brüste. Oder kleine Vulkane, aus denen milchweiße Rauchwolken aufstiegen, unterbrochen von langen züngelnden Flammen ...

Energisch schüttelte Orvil diese Gedanken ab. Er watete an den Strand und legte sich neben Lady Winkle in die Sonne. Nach einer Weile fragte sie ihn, ob er sie zum Einkaufen in die Innenstadt begleiten wolle.

Orvil sprang sofort auf und ging in die Umkleidekabine. Als er herauskam, sah er, daß Lady Winkle die Hände vor dem

Mund zu einem Trichter formte und ihren beiden Kindern sichtlich gehemmt und viel zu leise etwas zurief.

»Ruf du nach ihnen, Orvil, sei so lieb«, sagte sie erschöpft. »Sag ihnen, daß wir in die Stadt gehen und zum Lunch wieder da sind.«

Orvil rief es den beiden zu und stieg dann hinter Lady Winkle die Stufen zur Promenade hinauf. Auf dem ganzen Weg sagte Lady Winkle kaum ein Wort, und auch bei den Besorgungen wurde sie nicht gesprächiger. Orvil spürte, daß sie etwas auf dem Herzen hatte. Aber sie wußte offenbar nicht, wie sie es ihm sagen sollte. Er trug ihr den Einkaufskorb und wartete ab. Sie näherten sich jetzt einem Café, und Lady Winkle sagte: »Wollen wir hineingehen und etwas Heißes trinken, Orvil?«

›Um Gottes willen‹, dachte er. Obwohl er sich im Wasser abgekühlt hatte, war er schon wieder so verschwitzt, daß seine Kleider an ihm klebten.

»Meinen Sie, ich könnte etwas Kaltes haben?«, fragte er. »Ein Eis oder eine Limonade?«

»Aber natürlich, mein Schatz.«

Sie gingen hinein und setzten sich an einen Tisch ganz hinten, fast im Dunkeln. Lady Winkle sagte immer noch nichts. Sie nippte an ihrem Kaffee und sah Orvil zu, wie er sich über die rosa marmorierte Kugel Eiskrem hermachte. Der Dampf des heißen Kaffees ließ auf ihrer Oberlippe eine fast gleichmäßig abgestufte Reihe von Schweißperlen entstehen, und um ihre Augen herum bildete sich ein zarter Tau, der wie zerlassene Butter glänzte.

»Orvil, ich muß mit dir reden«, sagte sie plötzlich. »Ich mache mir Sorgen um Guy. Er ist wirklich *so* ein guter Junge, aber er macht im Augenblick eine schwierige Zeit durch und scheint schrecklich unruhig und durcheinander zu sein.« Sie machte eine kleine Pause, warf ihm einen scheuen Blick zu und redete dann hastig weiter. Ihre ängstliche Stimme bekam jetzt einen theatralischen Ausdruck.

»Ich habe solche Angst, daß er genauso wird wie meine Familie. Weißt du, mein Vater hat sich mehr oder weniger zu Tode getrunken, und mein Bruder wurde erst kürzlich wieder verhaftet, weil er einen Polizisten angegriffen hat. Es ist zum Fürchten. Sie sollen alle zu Trinkern werden. Natürlich nur die Jungs in der Familie, nicht die Mädchen«, fügte sie hastig hinzu. »Ihr ganzes Leben ist ruiniert. Ich weiß nicht, was ich tun würde, wenn Guy einmal genauso wird.«

Orvil war verblüfft und schockiert, doch zugleich fand er dieses Geständnis auch recht aufregend. Er fand Lady Winkles Vorstellung, daß Guy ein Trinker werden könnte, lachhaft oder melodramatisch, aber sie tat ihm leid, weil sie sich so damit quälte, und er wollte sie gerne beruhigen und ihre Ängste zerstreuen. Doch im Augenblick war seine Phantasie zu sehr beschäftigt mit dem, was ihm Lady Winkle von ihrem Vater und ihrem Bruder erzählt hatte. Er sah den alten Mann vor sich, wie er eine Flasche Portwein nach der anderen trank, bis er tot unter den Tisch fiel. Er sah den Bruder mit einer Flasche in der Hand singend und grölend die St. James's Street hinunterrennen. Ein Polizist, der ihn vor dem Tor des Buckingham Palace anhalten wollte, bekam die Flasche über den Kopf, und ein Schwall von Rotwein lief an ihm herunter. Aus seinem Schädel ragten lange grüne scharfkantige Glassplitter …

»Aber wissen Sie«, sagte Orvil fast dozierend wie ein Wissenschaftler, »Trunksucht ist doch ganz bestimmt nicht erblich. Mein Vater trinkt sehr gerne Whisky-Soda, während ich Alkohol ganz abscheulich finde. Und mein ältester Bruder führt zwar einen sehr lockeren Lebenswandel, aber er betrinkt sich nie. Er sagt, Bier sei einfach ekelhaft.«

»Ach, ich stehe solche Ängste aus«, sagte Lady Winkle. »Ich weiß, daß Guy die Veranlagung dazu hat. Ich sehe es ganz genau. Du *mußt* mir helfen, Orvil. Auf dich hört er oft. Ich möchte, daß du dich in den nächsten Jahren viel mit ihm abgibst. Dann gerät er bestimmt nicht in die Gesellschaft von Trinkern. Du bist *so* vernünftig.«

Das behagte Orvil ganz und gar nicht. Er fühlte sich zwar geschmeichelt, daß ihm Lady Winkle so sehr vertraute, und er hätte ihr gerne geholfen. Aber er wußte genau, daß er Guy nach Kräften aus dem Wege gehen würde.

Lady Winkle beglich die Rechnung, und sie verließen das Café. Auf dem Rückweg zur Wohnung erzählte sie ihm von dem Lied, das sie einmal gedichtet und komponiert hatte. Jetzt, nachdem sie ihm ihr Herz ausgeschüttet hatte, schien sie in viel besserer Stimmung zu sein. Das Lied handelte von einem jungen hübschen Mädchen, das nach Indien ging, aber trotzdem keinen Mann finden konnte. Es ging zu einem Ball, wurde aber nicht zum Tanzen aufgefordert und mußte zusehen. Jede Strophe endete mit dem Refrain: ›Ich stehe da und warte – ein Mauerblümchen.‹ Lady Winkle hatte ihr Lied einem Musikverlag angeboten, doch leider ohne Erfolg. Sie hatte seither keine weiteren Lieder mehr geschrieben, doch dieses eine war ihr immer noch sehr teuer, und sie dachte öfter daran.

Beim Lunch wandte sich Constance an Orvil und erzählte ihm, ihre Großmutter habe sie alle an diesem Nachmittag zum Tee eingeladen.

»Sie ist schon sehr alt, fast neunzig«, sagte Constance, »und ihre Gedanken schweifen manchmal ab. Vielleicht möchtest du lieber nicht mitkommen. Aber wenn es dir nicht zuviel ist – ich bin sicher, sie würde sich freuen, dich kennenzulernen.«

Orvil murmelte etwas Zustimmendes.

Die alte Dame wohnte ganz in der Nähe, in einem etwas erhöht gelegenen Haus mit Blick aufs Meer. Als Orvil mit den anderen das Haus betrat, fragte er sich, wie verrückt diese Großmutter wohl sein mochte. Sie fanden die alte Dame mit ihrem Sohn im Eßzimmer. Der Sohn war ein kleiner, dicklicher Vikar. Er beugte sich zu seiner Mutter herunter und kicherte. Sie saß in der Ausbuchtung des Erkerfensters in einem Lehnstuhl, die Hände weit von sich gestreckt, den Mund ein wenig offen, als sei sie erschöpft. Ihren Augen war anzusehen, daß sie alles durch einen bläulichen Schleier sah.

Als Constance mit Orvil zu ihr hinging und ihn vorstellte, sah sie völlig verständnislos drein.

»Wie war ihr Name?«, fragte sie. »Sag ihn mir bitte noch einmal, meine Liebe. Es ist bestimmt ein hübscher Name.«

Der Vikar ließ ein irres Kichern hören. Seine hochgezogenen schwarzen Augenbrauen wirkten in seinem Mondgesicht wie zwei buckelnde Katzen. Seine Lippen wurden naß und rosig. Er wischte sie mit dem Taschentuch ab und kicherte erneut los.

Orvil wurde rot und machte einen Schritt zurück. Doch dann beherrschte er sich und machte seine Hände steif, damit sie nicht mehr so zitterten. Das Zittern wurde nur noch schlimmer.

»Großmama«, sagte Constance streng und beugte sich zu der alten Dame herunter, »Orvil ist ein alter Schulfreund von Guy.«

Die alte Frau sah schuldbewußt zu ihr hoch.

»Aber man kann das heutzutage so schwer unterscheiden«, klagte sie. »Die Mädchen gehen alle in Hosen. Und er hat so lockiges Haar!«

Hilfesuchend sah sie die anderen an, doch als keiner ihren Blick erwiderte, fing sie an, sich mit Orvil ganz leger und normal zu unterhalten. Sie fragte ihn, wie ihm Hastings gefalle, in welcher Grafschaft er zu Hause sei und wo er zur Schule gehe. Als er ihr erzählte, daß er die Ferien sonst immer bei seinem Großvater in der Nähe von Horsham verbringe, weil sein Vater im Ausland lebe, fragte sie sofort: »Kennst du die Hoggs? Nancy Hogg ist meine Schwester. Du *mußt* sie kennen, die Hoggs.«

Orvil schüttelte verlegen den Kopf. Er kam sich unwissend und ertappt vor. Dabei war es kein Wunder, daß er diese Hoggs nicht kannte, denn sie lagen alle schon seit vielen Jahren unter der Erde.

Als die alte Lady Winkle sah, daß sein Blick an einem Gemälde hängenblieb, das ein Kind in der Tracht des frühen 18. Jahrhunderts darstellte, sagte sie: »Ah, ist es nicht reizend? Es ist ein Raeburn.« Dann wies sie ihn auf andere Dinge im Zimmer hin und erzählte ihm die unmöglichsten Geschichten dazu. Ein altes Fischmesser auf dem Kaminsims wurde zu einem türkischen Dolch aus Konstantinopel. Und aus einem irdenen Frosch, in dem sie ihr Geld aufbewahrte, machte sie ein sehr seltenes und wertvolles Fossil.

Plötzlich stand sie auf und verließ das Zimmer. Man hörte, wie sie erstaunlich gelenkig die Treppe hochstieg.

Constance warf ihrer Mutter einen besorgten Blick zu, doch ihre Aufregung legte sich, als sie sah, daß Onkel Tim, der kichernde Vikar, kein bißchen beunruhigt schien. Sie unterhielt sich mit ihrem Onkel, bis Grey, die Hausgehilfin, von unten hochkam und fragte: »Wo ist mein Schätzchen?«

»Ich glaube, sie ist nach oben gegangen, Grey«, sagte Constance und sah etwas geknickt drein.

»Was? Nach oben gegangen?! Und niemand ist ihr nach? Und niemand hat mir etwas gesagt?!«, rief Grey mit gespieltem Entsetzen. Sie machte allen, sogar Lady Winkle, die heftigsten Vorwürfe.

»Und Sie!«, wandte sie sich an den Kirchenmann.

»Grinsen Sie nicht immer wie die Cheshire Cheese!«

»Du meinst die Cheshire Cat, Grey«, sagte der Vikar und grinste sie fröhlich an. »Katze. Nicht Käse. Du bringst das immer durcheinander.«

Grey stürzte aus dem Zimmer und rannte die Treppe hinauf. Constance ging zur Tür, falls ihre Hilfe benötigt würde, und Orvil stand auf und folgte ihr. Er wollte sich um keinen Preis mit Onkel Tim unterhalten müssen.

Sie fanden die alte Dame oben in ihrem Musikzimmer am Flügel. Die Fenster hinter den schweren geklöppelten Spitzenvorhängen standen offen, und der heiße Wind wehte herein, so daß die Glasperlen der Kerzenhalter auf dem Flügel klirrten und klimperten.

Die alte Lady Winkle sang ein Lied und begleitete sich auf dem Flügel. Sie hatte vergessen, vorher die Ringe von den Fingern zu streifen, und sooft sie mit ihren langen dürren Fingern einen Triller oder Mordent spielte, glitzerten die eingestaubten und leicht schmutzverkrusteten kleinen Rubine, Saphire und Diamanten.

Ihre Stimme faszinierte Orvil. Sie war altersschwach und verzerrt, besaß jedoch eine ganz eigene Schönheit. Selbst ihr unsicher zitterndes Tremolo wirkte anrührend und beseelt. Und die raschen Passagen des unbekannten Liedes splitterten und formten sich zu gewagten neuen Tonmustern.

Das Spiel der alten Dame war ganz automatisch, wie das einer Pianola-Walze. Die Finger wiederholten nur etwas, das vor vielleicht sechzig oder siebzig Jahren eingeübt worden war.

Die Großmutter drehte sich jetzt auf ihrem Klavierstuhl herum und sah Grey dastehen. Sie warf Constance einen flehentlichen Blick zu, doch diese schien in Gegenwart von Grey ganz hilflos zu sein.

»Warum sind Sie hier heraufgegangen, meine Liebe? Was soll das?«, sagte Grey mit unnachsichtig strenger Stimme. »Sie wissen doch, daß Sie das nicht tun sollen.«

Mit einem kurzen Lachen griff sie der alten Dame unter die Achseln und zwang sie zum Aufstehen. Dann schickte sie sich an, sie aus dem Zimmer zu bugsieren.

Die Großmutter protestierte schwach und mutlos.

»Kann ich nicht weiterspielen?«, fragte sie kläglich. »Laß mich doch noch ein Weilchen spielen, Grey.«

Doch Grey sagte: »Nein, nein, nein, nein, *nein*. Sie wissen doch, daß es Sie immer aufregt.«

Die Großmutter brach in Tränen aus. Schon nach wenigen Augenblicken waren ihre faltigen weißlich-grauen Wangen naß und verschmiert. Orvil konnte den Anblick nicht ertragen und wandte sich ab. Constance ging ans Fenster und zupfte wütend an den Vorhängen herum.

Sie hörten, wie Grey im Schlafzimmer mahnend auf die alte Dame einredete. Nach einer Weile kam Grey heraus und ging mit ihnen hinunter ins Eßzimmer.

»Sie war so ungezogen, daß ich sie in ihr Bett stecken mußte«, sagte Grey mit stiller Befriedigung. »Das ist das einzige Mittel, um sie wieder zur Vernunft zu bringen. Dieses Klavierspiel bringt sie immer ganz durcheinander. Ich glaube, eines schönen Tages werde ich das Instrument noch abschließen und den Schlüssel verlieren müssen.« Bei diesem letzten Satz zwinkerte sie Lady Winkle geradezu unverschämt zu.

»So«, sagte sie dann, »jetzt werden Sie wohl alle schon ungeduldig auf Ihren Tee warten!«

Sie polterte hinunter in die Küche, hantierte geräuschvoll mit Teelöffeln und Tassen, und als sie wieder heraufkam, trug sie ein Tablett aus Pappmache, beladen mit Brotscheiben und Butter, Teegebäck, drei großen Gläsern Marmelade und einer bauchigen braunen Teekanne.

Sie setzte das Tablett am Rand des Eßtischs ab und goß mit großzügiger Gebärde die Tassen voll. Sie schenkte jedem ein gutgelauntes Lächeln und gab sich außerordentlich selbstgewiß.

»Der Besuch bekommt unsere schönste Tasse«, verkündete sie und reichte Orvil eine Tasse mit einem sehr geschmacklosen und überladenen Zickzackmuster.

Onkel Tim, aus Selbstvergessenheit oder Gier, schöpfte sich zwei verschiedene Sorten Marmelade auf seinen Teller. Sofort beugte sich Grey über den Tisch und schlug ihm mit dem Griff ihres Messers kurz und knapp auf die Finger.

»Nein, so etwas Gefräßiges!«, sagte sie. »Es gehört zum guten Ton, daß man sich nur *eine* Marmelade nimmt.«

»Also wirklich, Grey, wir sind hier nicht im Kindergarten«, sagte Onkel Tim in ungehaltenem Tonfall, doch schon im nächsten Augenblick brach er wieder in sein amüsiertes Gekicher aus.

Orvil bekam nun endgültig das Gefühl, in einem Irrenhaus gelandet zu sein. Er fand das Betragen der Hausgehilfin unausstehlich, und noch mehr störten ihn die eingeschüchterten Mienen der Winkles. Selbst Guy, der sich sonst immer so arrogant gab, trommelte nervös mit den Fingern auf der Tischplatte. Er versuchte, gelassen und nonchalant in die Runde zu sehen, doch es wollte ihm nicht recht gelingen. Er hatte sein Hündchen zu Hause lassen müssen, da Grey keine Hunde in der Wohnung duldete. »Diese widerlichen Schnüffler!«, sagte sie immer. »Man weiß nie, wo sie als nächstes noch herumschnüffeln werden.«

»Die arme Großmama«, sagte Constance, offenbar noch immer in Gedanken an die Szene im Obergeschoß. »Sie ist bestimmt ganz verstört, weil soviel Besuch auf einmal kam.«

»Ich hatte eigentlich gar nicht den Eindruck, daß sie verstört ist«, platzte Orvil heraus. »Sie schien so glücklich zu sein, wie sie an ihrem Flügel saß, und sie hat so wunderschön gespielt.«

Eine verlegene Pause trat ein. Lady Winkle, in ihrer nervösen Ängstlichkeit, fühlte sich aufgerufen, eine erklärende Bemerkung zu machen.

»Sie verläßt dieses Zimmer sonst nur, wenn sie zu Bett geht, Orvil«, sagte sie. »Deshalb fand es Grey so ungewöhnlich und unpassend.«

Onkel Tim sagte jetzt, um das Thema zu wechseln: »Weißt du schon das Neueste, Grey? Mutter hat Guys Schulfreund für ein Mädchen gehalten!« Erneut prustete er mit seinem hohen mädchenhaften Kichern heraus.

»Nein sowas!«, rief Grey aus. »Wie kommt sie denn darauf? So schlecht sind ihre Augen doch noch lange nicht. Sie hat sich nur wieder einen ihrer ungezogenen Scherze erlaubt!«

Nach dieser unerhörten Bemerkung kehrte wieder peinliches Schweigen ein. Orvil fand die Situation zunehmend ungemütlich und quälend. Er warf Constance einen verzweifelten Blick zu und hoffte inständig, sie würde endlich zum Aufbruch drängen.

»Grey, Grey«, hörte man jetzt die alte Dame mit schwacher Stimme rufen.

Grey achtete nicht darauf.

Constance wandte sich an Lady Winkle. »Mami, meinst du nicht, es wird Zeit, daß wir gehen? Großmama ruft nach Grey, und es gibt sicher noch viel zu tun bis zum Abendessen.«

Alle standen auf.

»Wiedersehn, Grey«, sagte Lady Winkle. »Kümmere dich gut um sie, ja?«, fügte sie besorgt hinzu.

»Das *werde* ich. Nur keine *Sorge«,* sagte Grey mit einem Unterton, der Orvil fast drohend erschien.

Als er sich von ihr verabschiedete, schüttelte sie ihm kräftig die Hand. »Ich habe dich richtig ins Herz geschlossen«, eröffnete sie ihm. »Du bist ein netter stiller Junge. Kümmere dich nicht um das, was Mister Tim sagt. Meine liebe alte Närrin wollte dich nicht kränken. Jungs sollten nicht so lange Haare haben. Es ist eine Sünde.«

Sobald sie unten aus der Tür waren, wandte sich Orvil an Constance und sagte: »Also das ist vielleicht eine sonderbare Frau!« Es ärgerte ihn, daß die Großmutter diesem Hausdrachen wehrlos ausgeliefert war.

»In Wirklichkeit ist sie ein ganz lieber Mensch, weißt du«, sagte Constance. »Ich weiß nicht, was Großmama ohne sie machen sollte. Sie hat nur so eine Art an sich, die einen im ersten Augenblick ein bißchen abschreckt.«

Sie gingen bis ans Ende der Straße, ehe Constance wieder etwas sagte.

»Onkel Tim ist ein richtiges Original. Er kann über die unsinnigsten Dinge stundenlang kichern. Ich hoffe, es hat dich nicht gestört. Er ist wie ein Peter Pan, der nie erwachsen wurde.«

Man merkte ihr deutlich an, wie sehr sie sich wegen ihres Onkels schämte und wie ärgerlich sie es fand, daß er Orvil in eine peinliche Situation gebracht hatte.

»Aber nein, das hat mir gar nichts ausgemacht«, sagte Orvil rasch. Er war dankbar für die Gelegenheit, ihre Sorgen wegen des Verhaltens gewisser Familienmitglieder zerstreuen zu können.

Constance unterhielt ihn nun wieder mit ihren Geschichtskenntnissen. Sie schilderte ihm die schrecklichen Leiden des wahnsinnigen Damiens, und dann kam sie unvermittelt auf die chinesische Kaiserinwitwe zu sprechen.

Orvil hörte ihr interessiert zu und war sehr erleichtert, daß er wieder einen Tag seines Besuchs in Hastings hinter sich hatte.

VII

Als Orvil nach dem Aufenthalt in Hastings wieder zurück ins Hotel kam, ging er sofort hinunter zum Fluß, um allein zu sein.

Die Ferien näherten sich dem Ende. Er versuchte, es mit Fassung zu tragen, doch der Gedanke an die Rückkehr ins Internat war einfach zu schrecklich. Er mußte den ganzen Tag allein sein, um mit sich und seinem Schicksal zu hadern. Das Laub der Bäume unten am Fluß verfärbte sich bereits. Dann und wann segelte ein Schwarm von länglichen vergilbten Blättern herunter. Auf dem Wasser wirkten die Blätter wie die bleichen Bäuche von kleinen toten Fischen.

Es waren jetzt weniger Kähne und Kanus zu sehen. Niemand begegnete Orvil auf dem Treidelpfad. Er hatte das chinesische Hühnchen aus Achat mitgebracht, das ihm seine Mutter einmal geschenkt hatte, und während er den Pfad entlangging, hielt er es fest umklammert. Allmählich übertrug sich die Wärme seiner Hand auf den milchigen Stein. Halb in Gedanken rieb er das Figürchen an seinem Hosenbein und polierte es, bis ihn das kleine runde Auge listig anfunkelte. Dann hauchte er darauf, so daß sich ein diamantener Tau bildete. Er steckte es in den Mund und lutschte es, als sei es ein großes Bonbon. Wenn es gegen seine Zähne stieß, hörte es sich an wie eisenbeschlagene Stiefel auf einem winterlich kalten Pflaster. Er behielt es im Mund und schritt immer rascher aus. In seinem Kopf ging alles durcheinander. Um sich abzulenken, dachte er sich Geschichten aus.

Er stellte sich vor, er sei davongelaufen, um nicht zurück ins Internat zu müssen. Er war allein in einem kleinen Zimmer in London. Er saß an einem Tisch und beschäftigte sich mit etwas. Vielleicht war es ein Buch, oder er malte ein Bild oder knüpfte einen Wollteppich. Es kam nicht so darauf an. Hauptsache, daß er allein und ungestört war und sich mit einer handfesten Arbeit beschäftigte, die ihm Freude machte. Und anschließend stellte er den Gaskocher an, schabte Schokolade in einen Tiegel voll heißer Milch, warf geschickt ein Omelette aus der Pfanne hoch, um es zu wenden – oder war es nur ein einfacher Pfannkuchen? Draußen hörte er seine Angehörigen und die Lehrer aus der Schule wie Raubtiere knurren. Sie hatten Reißzähne und lange Krallen wie der wahnsinnige Nebukadnezar, doch sie konnten ihm nichts anhaben, denn die Tür war durch zwei Vorhängeschlösser und vier starke Riegel gesichert, und die Fensterscheiben waren aus kugelsicherem Glas.

Er verließ das Zimmer nur bei Nacht, und dann stieg er aufs Dach hinauf, wo es eine Vorrichtung gab, die an jene Seilzüge erinnerte, mit denen man in alten Tuchgroßhandlungen die Geldkörbe zur Kasse beförderte. Er mußte sich nur an das Seil klammern und sich an einen bestimmten Ort wünschen, und schon glitt er durch die Luft und erreichte unbeschadet das gewünschte Ziel. Seine Angehörigen und die Lehrer sahen jedesmal hoch und fluchten, wenn sie ihn sahen, wie er sich dreißig Meter über ihren Köpfen glorreich durch die Lüfte schwang.

Jetzt kam ihm etwas anderes in den Sinn. Er stand vor einem Tribunal, und Gott persönlich nahm ihn ins Verhör. Die erste Frage lautete: »Würdest du an der Strickleiter in der Turnhalle ganz nach oben klettern und dich an den Füßen herabhängen lassen, wenn du dafür deine Mutter zurückbekommen könntest?«

Orvil quälte sich lange mit seiner Antwort, doch dann entschied er, daß er ehrlicherweise nur sagen konnte, er würde es versuchen. Wenn er an der Strickleiter ganz oben angelangt war, würde seine Angst vielleicht zu groß sein.

»Wäre dir eine ordentliche Tracht Prügel von deinem Heimleiter vielleicht lieber?«, fragte Gott mit teuflischer Hartnäckigkeit.

Orvil dachte an den School Marshal und das widerwärtige Ritual. Er erinnerte sich, daß er einmal gelesen hatte, wie bei einer solchen Züchtigung das Blut an die weißgetünchten Wände spritzte.

»Nein«, sagte er ebenso entschieden wie betrübt.

»Nun, was *willst* du dann eigentlich tun?«, fragte Gott ungeduldig. »Es scheint dir ja doch nicht so ernst damit zu sein, daß du sie zurückbekommen willst.«

»Ich würde meinen Vater für sie hergeben«, meinte Orvil kleinlaut.

»Ach, das würdest du, wie?!«

Gott nahm allmählich eine sehr drohende Haltung ein.

»In diesem Fall würdest du natürlich kein Geld zum Leben haben. Ich müßte dir mit deinem Vater auch den letzten Pfennig nehmen. Du und deine Mutter, fürchte ich, müßten in der Gosse leben. Ihr würdet euch von Abfällen ernähren müssen. Denn Geld könnte ich euch auf keinen Fall lassen. Ich glaube kaum, daß es ihr in der Gosse gefallen würde, nicht? Dir selbst wahrscheinlich auch nicht.«

»Wir würden nur sehr wenig Geld brauchen«, sagte Orvil. »Wir könnten es verdienen, indem wir ein Geschäft führen. Meine Mutter könnte sehr gut ein Modegeschäft führen, und ich würde mit den schönsten Antiquitäten handeln, die ich finden kann.«

»Was! Zwei Narren wie ihr als Geschäftsleute?«, höhnte Gott. »Du könntest von Glück sagen, wenn man dich Klowärter in der Charing Cross Station sein läßt. Und was deine Mutter angeht, die wäre zu gar nichts zu gebrauchen. Nicht einmal als Zimmermädchen in einer Pension würde man sie nehmen.«

Das Streitgespräch entwickelte sich gar nicht so, wie Orvil es im Sinn gehabt hatte. Krampfhaft versuchte er, sich etwas auszudenken, womit er Gott beweisen könnte, wie tüchtig er und seine Mutter sein würden. Plötzlich merkte er, daß er vor der Lücke in den Hecken stand, durch die man die Hütte der Mission sehen konnte, und die Erinnerung an den stürmischen Nachmittag, als er mit dem Lehrer Tee getrunken hatte, verdrängte alle anderen Gedanken. Er sagte sich, daß er den

Lehrer eigentlich gerne wiedersehen würde. Ob er den Mann wohl gekränkt hatte, als er auf seinem Fahrrad davongefahren war, ohne sich noch einmal umzusehen? Er selbst jedenfalls war gekränkt und empört gewesen, weil ihm der Mann, sobald er ihm die Handfesseln gelöst hatte, einen harten Knuff versetzte. Was nun wirklich unnötig war, denn das Ganze war doch nur ein Spiel gewesen.

Doch Orvil war bereit, dies alles jetzt zu vergessen. Er sehnte sich nach der Nähe eines starken und vernünftigen Menschen. Jemand, der ihm ohne Zögern einen guten Rat geben würde. Er wollte sich nicht länger mit seinen Gedanken und Vorstellungen abquälen.

Mit größter Vorsicht arbeitete er sich an die Hütte heran – jederzeit darauf gefaßt, sich seitwärts in die Büsche zu schlagen, falls er Boys von der Mission oder sonstige Fremde sehen sollte.

Es schien niemand da zu sein. Der Tisch war vor die Hütte gerückt und auf die Seite gelegt worden, und an der Tür des ›Buckingham Palace‹ steckte ein kleiner Zweig in der Vorrichtung, die eigentlich für ein Vorhängeschloß gedacht war. Es sah so aus, als habe man alles schon für den Winter hergerichtet. Orvil schlich sich an das Fenster, durch das man den Herrgottswinkel sehen konnte. Die rote Lampe flackerte trübe im Halbdunkel. Er wußte jetzt, daß die Hütte noch bewohnt war.

Als seine Augen sich an das schlechte Licht gewöhnt hatten, sah er zu seiner Verblüffung, daß der Mann dicht am Kanonenofen auf einem Schemel saß. Er saß still und gerade, und nur seine rechte Hand bewegte sich gleichmäßig auf und nieder – er nähte einen Flicken auf ein Paar kurze Khaki-Hosen. Und dabei sang er leise vor sich hin:

»Spieglein, Spieglein in meiner Hand…« Plötzlich brach er ab. Der Faden war ihm aus der Nähnadel gerutscht. Orvil sah, wie er das Ende des Fadens ableckte und zwischen Daumen und Zeigefinger rollte. Dann hielt er die Nadel gegen das Licht, riß die Augen auf und versuchte, den Faden durch das Öhr zu bekommen. Orvil hätte es gerne für ihn getan. Er wußte, daß ihm so etwas immer mit Leichtigkeit gelang.

Endlich hatte der Mann eingefädelt und machte sich wieder an seine Arbeit. Das Nähen schien ihm Spaß zu machen. Er begann zu summen, und dann sang er wieder sein Lied. Orvil fragte sich, als er die Worte hörte, ob der Mann sich an den richtigen Text hielt. Die Melodie schien jedenfalls seine eigene Erfindung zu sein. Mit tiefer getragener Stimme sang der Mann jetzt allerhand Variationen und erfand Verästelungen, die an eine Arie von Händel erinnerten.

Aus einem plötzlichen Impuls heraus sang Orvil die hohe Stimme dazu, den Mund dicht an der unteren Ecke des Fensters. Dann lehnte er die Wange an die rohe Holzwand und wartete ab. Aus seiner geduckten Stellung konnte er gerade noch den Kopf des Mannes sehen, der jetzt überrascht hochzuckte. Der Mann sah sich suchend um, dann schaute er nach oben, als erwarte er, den ungebetenen Mitsänger in Gestalt eines Kobolds auf einem der schmalen Dachbalken hocken zu sehen. Nach einer Weile senkte er den Kopf und nähte weiter. Offenbar war er zu der Überzeugung gelangt, daß er sich verhört hatte.

Orvil wartete einige Augenblicke, dann sang er dieselben Worte noch einmal – mit einer unirdischen, gespenstischen Kastratenstimme.

Dieses Mal fuhr der Mann erschreckt hoch. Die Khaki-Hose fiel zu Boden. Rasch inspizierte er das Innere der Hütte. Er ging zur Tür und schaute hinter sein Gepäck, das er bereits aufgestapelt hatte. Dann drehte er sich um und sah unter den Waschtisch. Die Schüsseln auf dem Tisch waren alle umgedreht, die Betten waren abgezogen – es war eindeutig, daß man die Hütte erst im nächsten Jahr wieder benutzen würde.

Der Mann näherte sich jetzt dem Fenster. Orvil rannte hinter die Hütte und kauerte sich neben eine frisch ausgehobene Grube, in die der Mann die leeren Konservendosen geworfen hatte. Der Mann öffnete vorne die Tür und kam heraus. Orvil hörte seine Schritte auf dem leicht matschigen Boden.

Orvil geriet in Panik. Er konnte sich dem Mann unmöglich zu erkennen geben. Noch hoffte er, der Mann werde wieder hineingehen, doch dann kamen die Schritte immer näher, und Orvil hielt die unerträgliche Anspannung nicht mehr aus. Er sprang auf und rannte weg.

Der Mann nahm sofort die Verfolgung auf. Die hohen Sträucher verdeckten Orvil fast vollständig, doch ihre zurückschnellenden Gerten verrieten dem Mann die Richtung. Orvil kam an einer unebenen Stelle ins Stolpern und verstauchte sich leicht den Fuß. Es tat nicht sehr weh, und er fing sich sofort wieder, doch der Mann hatte ihn jetzt beinahe eingeholt. Plötzlich hechtete der Mann nach seinen Beinen. Er bekam ihn zwar nur an einem Fuß zu fassen, doch Orvil hatte plötzlich nicht mehr die Kraft, sich loszureißen. Verwirrt und erschreckt sah er auf den Mann herunter, der auf der Erde lag und ihn am Fuß festhielt, und ehe er wußte, wie ihm geschah, trat er den Mann heftig ins Gesicht. Er spürte den harten Backenknochen des Mannes und hörte, wie dessen Zähne aufeinanderschlugen. Dann sah er die Bluttropfen aus dem schlammigen Striemen quellen, den sein beschmutzter Schuh dicht unter dem einen Auge des Mannes hinterlassen hatte.

Eine schreckliche Hoffnungslosigkeit überkam ihn. »Laß mich los, laß mich los!«, schrie er, und in seiner Verzweiflung trat er erneut nach dem Gesicht des Mannes. Doch dieser hatte sich inzwischen von dem Schock des unerwarteten Trittes erholt. Mit einem gekonnten Griff verdrehte er Orvil das Bein und brachte ihn zu Fall. Im nächsten Augenblick kniete er mit seinem ganzen Gewicht auf Orvils Brust. Er packte ihn an den Handgelenken und drückte ihm die Arme flach auf den Boden.

»Was ist denn in dich gefahren?«, fragte der Mann in einem strengen, aber merkwürdig sachlichen Tonfall, den man eher von einem Arzt erwartet hätte.

Tränen liefen Orvil über das Gesicht. Er warf den Kopf hin und her, um den Mann nicht ansehen zu müssen, und überließ sich willenlos seinem Weinkrampf.

»Ich kann nicht, ich kann nicht, ich kann nicht!«, schrie er wie in einem Alptraum, in dem ihn ein unsichtbarer Schrekken lähmte.

»Was kannst du nicht?«, fragte der Mann ungerührt.

»Geh weg, du Schwein!«, schrie Orvil und spuckte ihn an. Der Mann schlug ihn wortlos ins Gesicht.

Der stechende Schmerz dieser Ohrfeige brachte Orvil wieder zur Besinnung. Er sah den Mann jetzt ganz ruhig an. In seinen Augen sah er einen Wald von zitternden Lanzen in Braun und Grün, Grau und Gelb; und dahinter – eine finstere Höhle, eine tiefschwarze Leere, die ihn gleichmütig und wissend musterte.

Seine Erregung verebbte, und mit ihr schien seine halbe Lebenskraft zu entschwinden. »Hallo«, sagte er, noch halb benommen, mit unsicherer Stimme.

Der Mann sagte nichts und drückte ihn nur noch fester auf die Erde. Seine Stirnhaut bildete eine steile Falte über der Nasenwurzel, und er starrte unverwandt auf ihn herunter. Orvil spürte, wie ihm übel wurde. Das knochige Knie des Mannes drückte ihm in die Magengrube und verursachte ein mulmiges Gefühl.

Orvil sah den Blutstropfen zu, die aus der schlammverschmierten Wunde des Mannes perlten und auf ihn herunterfielen. Einer fiel ihm sogar ins Gesicht. Er sah ihn kommen, schloß die Augen und wartete. Dann spürte er, wie er ihm warm und ekelerregend auf den Mundwinkel klatschte. Ein Teil davon sickerte ihm durch die Lippen und auf die Zunge. Der salzige Blutgeschmack erinnerte ihn an sein ehemaliges Kindermädchen, das immer gesagt hatte: »Es ist Fleisch-Tee.«

»Wirst du dich jetzt benehmen?«, fragte der Mann.

»Sie tun mir weh ...«

»So? Dann sieh dir bloß einmal an, was du mit meinem Gesicht gemacht hast!« Der Mann ließ ihn plötzlich los und betastete stattdessen vorsichtig seine Wunde, doch sofort nahm er die Finger wieder weg und sog leise zischend die Luft durch die Zähne ein.

Orvil, von Schuldgefühlen übermannt, starrte ihn hilflos an. Dann sagte er: »Oh, das tut mir so schrecklich leid.« Er sprang auf, holte sein Taschentuch heraus und kniete sich neben den Mann. Ohne um Erlaubnis zu fragen, wischte er ihm sachte das Blut und den Schlamm ab. Der Mann ließ ihn gewähren. Als Orvil versuchte, die Wunde abzutupfen, zuckte er allerdings zurück und verzog das Gesicht.

»Es ist schlimm aufgeschürft«, sagte Orvil betreten. Er setzte sich neben dem Mann auf die Erde und betrachtete sein verschmiertes Taschentuch.

Es war kalt und feucht unter den Bäumen. Der graue Himmel hing tief auf die leise ächzenden Bäume herunter, und das Herbstlaub baumelte schlaff an den Zweigen.

»Es ist alles so melancholisch«, murmelte Orvil vor sich hin.

»Warum hast du mich zum Narren gehalten und bist dann weggerannt?«, fragte der Mann.

»Ich weiß nicht. Ich hatte auf einmal das Gefühl, daß ich Ihnen nicht in die Augen sehen kann.«

»Warum bist du so verschüchtert?«

»Ich bin nicht verschüchtert, ich habe Angst.«

»Wovor?«

»Vor allem. Ich muß wieder in die Schule.«

»Das ist doch nicht schlimm. Damit kennst du dich doch inzwischen gut genug aus. Du kommst gerade in das Alter, wo die Schule anfängt, einem richtig Spaß zu machen. Am Anfang gefällt es keinem, aber mit der Zeit stellt man fest, daß es mehr und mehr Spaß macht, und am Ende will man gar nicht mehr weg.«

Wieder einmal hatte Orvil das Gefühl, daß es vergeblich war, auf Hilfe zu hoffen. Es war aussichtslos, auf ein mitfühlendes Wort zu warten. Er wußte, was jetzt von ihm erwartet wurde – er sollte sagen, daß ihm die Schule ganz recht sei; daß es dumm von ihm war, sich so anzustellen; daß in Wirklichkeit alles in bester Ordnung war. Statt dessen wandte er sich ab, starrte zwischen den Bäumen hindurch und sagte: »Ich möchte am liebsten sterben.«

Der Mann sah ihn verärgert an. »Das klingt aber sehr dumm und melodramatisch«, sagte er kalt.

Orvil war beleidigt. »Was soll ich denn tun?«, sagte er aufbegehrend. »Ich weiß nicht, wie ich mit dem Leben fertigwerden soll!«

Der Mann schwieg einen Augenblick. Dann fragte er: »Wo ist deine Mutter?«

Orvil zuckte zusammen. »Sie ist tot«, sagte er und sah den Mann vorwurfsvoll an. »Sie ist schon vor einigen Jahren gestorben, als ich zwölf war. Manchmal stritten wir uns, und dann schlug sie mich, und ich schlug zurück. Einmal nahm sie ihre Haarbürste aus Elfenbein, und in ihrer Erregung schlug sie mit der falschen Seite zu, und ich hatte von den Borsten überall rote Male. Sie war sehr schön und ging immer zu den Abenden der Christlichen Wissenschaftler, und Mary Baker Eddy war in ihren Augen so heilig wie Jesus. Manche sagen, das sei an ihrem Tod schuld gewesen, aber ich glaube das nicht. Sie mußte sterben, weil sie krank war. Sie konnte es nicht ertragen, wenn man die Vorhänge zuzog, ehe es draußen dunkel war, und manchmal blieb sie auf der Treppe stehen und röchelte und rang nach Luft. Das machte mich jedesmal zornig, und ich zerrte sie rasch vollends hoch. Ich konnte es nicht sehen, wenn sie sich so quälte. Ich sagte ihr jedesmal, sie solle sich nicht so anstellen, und dann zog ich sie an den Armen oder schob sie von hinten. Jedesmal, wenn sie sich elend fühlte, bekam ich einen Zorn.

»Im Winter kam sie manchmal nach Hause und ging sofort nach oben und legte sich aufs Bett – noch in ihrem Pelzmantel. Und oft zerdrückte sie dabei auch ihren Hut unter sich. Ich nahm ihr den Hut weg und sagte ihr, sie solle nicht so achtlos mit ihren Kleidern umgehen. Aber es war ihr ganz gleichgültig. Ich sang ihr die wunderschönen Lieder der Christlichen Wissenschaftler vor – ›O Gentle Presence, Peace and Joy and Power‹ oder ›Make channels for the streams of Love‹. Nur manchmal war es so traurig, wenn ich sie daliegen sah, daß ich den Text änderte und mir etwas anderes ausdachte. Ich brachte allerhand schlimme Worte darin unter, und sie schlug die Augen auf und sah mich erstaunt an und sagte, das sei aber nicht lustig, wie ich diese schönen Hymnen verballhorne. Und dann mußte sie lachen. Aber oft war es so traurig, daß wir nur weinen konnten. Wir schluchzten und weinten still in uns hinein. Es war schrecklich. Ich war so zornig auf sie. Am liebsten hätte ich sie gepackt und wachgerüttelt. Äußerlich merkte man ihr gar nichts an, und ich wollte einfach nicht glauben, daß sie sich so verändert hatte.

»Das letzte Mal sah ich sie, als sie mich im Internat besuchte. Sie stieg aus dem Taxi und hatte kein Geld einstecken, und wir mußten ihren Koffer öffnen. Sie war gerade in Paris gewesen, mit einigen Bekannten von den Christlichen Wissenschaftlern. Sie hatte sich sehr schicke neue Unterwäsche gekauft – in einem sehr blassen Blaugrün mit erdfarbenem Spitzenbesatz –, und für mich hatte sie Pralinen und Katzenzungen aus Bitterschokolade mitgebracht. Als wir den Koffer auf hatten und nach dem Geld suchten, zog ich ein Stück von einem Unterrock heraus, um mir das schöne Material anzusehen, und meine Mutter sagte: ›Laß das. Denk an den Taxifahrer.‹

»Später, als sie mir adieu sagte und im Taxi wieder wegfuhr, wagte ich es nicht, hinterherzulaufen, weil ich nur meine Hausschuhe anhatte. Ich stand vor der Tür und winkte ihr nach, bis die Frau des Heimleiters sagte: ›Nun mach schon, du Dummkopf, lauf ihr nach und begleite sie bis zum Tor.‹ ›Aber das geht nicht, Mrs. Wilson, ich habe meine Hausschuhe an‹, sagte ich. ›Das macht doch nichts‹, meinte sie. Also rannte ich, so schnell ich konnte, hinter dem Taxi her. Meine Mutter sah aus dem kleinen Rückfenster zu mir nach hinten. Sie weinte, aber ich weinte nicht, Ich winkte ihr nur zu und wollte gerade noch etwas rufen, da bog das Taxi um die Ecke, und ich sah sie nie mehr wieder. Sie ging nach China zu meinem Vater, und dort ist sie gestorben.«

Überwältigt von diesen Erinnerungen sank Orvil zurück und legte den Arm über die Augen. Er wollte nicht, daß der Mann sein Gesicht sah. Er haßte den Mann, weil er sich ihm anvertraut hatte.

Der Mann schwieg. Er hatte einen kleinen Zweig in die Hand genommen und bohrte Löcher in ein altes Blatt. Schließlich sagte er: »Aber du kannst beim Tod deiner Mutter nicht für immer stehenbleiben.«

»Niemand will stehenbleiben«, rief Orvil und sprang auf. »Ich werde nicht stehenbleiben, ich werde jetzt gehen. Das war alles erfunden, was ich Ihnen erzählt habe. Und Sie dachten, es wäre wahr!« Er versuchte, ein höhnisches Gesicht zu machen.

»Sei still. Hör auf mit dem Quatsch. Natürlich ist es wahr«, sagte der Mann. Er packte Orvil am Arm und zwang ihn, sich wieder zu setzen. »Jetzt rede mal vernünftig darüber.«

Orvil saß jetzt dicht neben dem Mann auf der Erde, doch er sagte nichts mehr. Er gehorchte jetzt einfach und fügte sich. Er hatte das Gefühl, nie mehr etwas sagen zu können.

Der Mann legte ihm den Arm um die Schulter, drückte ihn kräftig an sich und sagte: »Kopf hoch! Nimm dich zusammen!«

Die aufmunternden Worte, das Lächeln, der Druck des harten muskulösen Armes, der Moosgeruch der feuchten Erde – alles prägte sich Orvil unauslöschlich ein. Er gab nach, lehnte sich an die Schulter des Mannes, und für einige Minuten konnte er an nichts anderes mehr denken. Dann wandte er den Kopf, sah den Mann an und sagte: »Wiedersehn.«

Er rappelte sich auf, und der Arm des Mannes glitt von seiner Schulter und sank zu Boden. Der Mann schaute fragend zu ihm hoch. Orvil sah herunter auf die vollen, braunroten, leicht geöffneten Lippen, auf das angetrocknete Blut und die Schlammreste, die über dem Backenknochen allmählich eine dunkle Kruste bildeten.

Der Mann streckte die Hand aus, und Orvil beugte sich herunter, um sie zu schütteln. Er erinnerte sich an ein Bild, das er in einem Buch über das Leben Jesu gesehen hatte. ›Ich bin genau wie Jesus, der dem Gichtbrüchigen aufhilft‹, dachte er.

Der Mann ergriff seine Hand und drückte sie so hart, daß es weh tat. Er wollte ihm offenbar zeigen, wie aufrichtig er es meinte, und er ließ die Hand erst los, als er sie ihm halb zerdrückt hatte.

Orvil drehte sich um und rieb sich die schmerzende Hand. Dann rannte er zwischen den Bäumen hindurch, zwängte sich durch Gebüsch, sprang über Gräben. Als er ein Stück unterhalb der Hütte den Pfad am Fluß erreichte, begann er zu singen. Er war froh, daß er den Namen des Mannes nie erfahren würde und daß dieser auch seinen Namen nicht kannte. Er fand, daß es so am besten war – man kannte den anderen nicht, und alles blieb im Dunkeln. Der Mann war wie eine Statue aus Bimsstein, die einen Teil seines Elends in sich aufgesogen hatte. Ein Teil des Grauens, das ihn peinigte, war ausgeflossen und durch die Wunde in den Mann eingesickert. Es war erleichternd zu wissen, daß der Mann anonym blieb; daß er nur in Erinnerung bleiben würde als Mann, der ›Spieglein, Spieglein in meiner Hand‹ sang, während er seine Hose flickte.

Zurück im Hotel, stieß Orvil im Salon auf seinen Vater, der pfeiferauchend an einem Tisch saß und die Zeitung las. Mr. Pym schaute hoch und sagte: »Was ist, Mikrobe, hast du ganz allein eine Schnitzeljagd gemacht? Du scheinst mir sehr schmutzig und außer Atem zu sein.«

Orvil sagte nichts. Er lächelte verlegen und wartete darauf, daß er sich zurückziehen konnte.

»Gehst du nach oben?« fragte sein Vater. Orvil nickte.

»Dann schau doch bitte bei Charles vorbei und sieh nach, ob er etwas braucht. Er ist vor einer Weile vom Flugplatz gekommen und fühlt sich nicht gut. Er hat Kopfschmerzen und hat sich ein wenig hingelegt. Vielleicht möchte er etwas zu trinken oder etwas gegen die Kopfschmerzen.«

»Ist gut, Daddy«, sagte Orvil. Er ging hinaus ins Foyer und begann, die Treppe hochzusteigen. Auf dem ersten Treppenabsatz fuhr neben ihm der Lift hoch. Zum ersten Mal wurde ihm bewußt, daß er Fahrstühle immer vermied. Er benutzte sie nie, wenn er allein war. Treppen gaben einem ein Gefühl von Bewegungsfreiheit. In einem Fahrstuhl dagegen war man eingesperrt wie in einem Käfig. Auf einer Treppe konnte man anhalten und verschnaufen, wenn man müde war. In einem Lift stand man da und mußte warten, und immer hatte man ein flaues Gefühl im Magen.

Orvil wollte nicht zu Charles hinein. Widerstrebend öffnete er die Tür. Charles lag auf dem Bett und hatte die Augen geschlossen. Plötzlich spürte Orvil, wie das widerstrebende Gefühl verflog. Es machte ihm nichts mehr aus, mit Charles allein zu sein.

»Kann ich dir etwas holen, Charles?«, fragte er ruhig.

Charles schlug die Augen auf und lächelte.

»Hallo, Vil«, sagte er. »Ich hatte ein mörderisches Kopfweh, aber es hat schon nachgelassen. Zum Abendessen werde ich aufstehen. Bis dahin wird es vorbei sein. Ich muß meine

Augen überanstrengt haben. Bei so einem Flug sieht man nichts als grellen blauen Himmel.«

Wieder lächelte er Orvil an. Wie es schien, freute er sich aufrichtig, ihn zu sehen.

»Bist du so nett und machst mir die Manschettenknöpfe in ein frisches Hemd?«, fragte er in freundlichem Ton. Er wollte Orvil gerne das Gefühl geben, daß er willkommen war.

Orvil ging zur Kommode, holte Charles' verschwitztes Hemd heraus und machte die Manschettenknöpfe ab. Jeder hatte einen Onyx mit einem kleinen Diamanten in der Mitte. Orvil bewunderte sie sehr, und er fragte sich, ob auch er einmal solche haben würde, wenn er so alt war wie Charles. Nein, bestimmt nicht. Er konnte sich nicht vorstellen, wer ihm solche Geschenke machen sollte. Seine Freunde würden wahrscheinlich alle arm sein.

Mit Hingabe machte er für Charles alles zurecht, legte ihm frische Seidensocken heraus, Unterwäsche, Hemd, Hose und Jacke, Weste und Krawatte. Er knöpfte die Hosenträger an und schraubte ihm eine neue Rasierklinge in seinen Rasierapparat.

Mittlerweile schnitt Charles dieses und jenes Thema an, um herauszufinden, was Orvil interessierte. Er versuchte es mit Musik, attraktiven Mädchen, Heraldik; und schließlich, schon einigermaßen in Verlegenheit, mit Malerei. Er beschrieb ihm ein Bild, das er in seiner Wohnung in Oxford hängen hatte. Es bestand aus einer wirren Anordnung von chirurgischen Instrumenten, toten Motten, Baumpilzen und Babyschnullern. Ein zu Späßen aufgelegter Freund hatte es ihm geschenkt. Es war als Witz gedacht, doch Charles hatte es über seinen Kamin gehängt, und nun hielten ihn viele für einen großen Bewunderer von Dalí.

Charles lachte. Er packte Orvil am Arm und zog ihn neben sich herunter auf das Bett.

»Was für ein fabelhafter Kammerdiener du bist!«, sagte er dankbar. Dann fing er wieder einmal an, von Flugzeugen zu reden, und in seiner Begeisterung achtete er gar nicht darauf, daß Orvil nur halb hinhörte und zerstreute, unbedarfte Antworten gab, die von einem entschuldigenden Lächeln begleitet wurden.

Die beiden Brüder lagen friedlich nebeneinander. Keine Feindseligkeiten oder Ängste verdarben diese paar Minuten auf dem Bett. Charles genoß die ungezwungene Unterhaltung mit Orvil, und Orvil ließ sich gerne darauf ein, auch wenn ihm das Thema nicht lag. Es kam selten genug vor, daß er für seinen Bruder so etwas wie Wärme empfand, statt ihn zu fürchten oder zu hassen. In solchen Augenblicken fand er, daß Charles recht nett sein konnte, wenn er darauf verzichtete, den Jüngeren zu triezen und von oben herab zu behandeln. Er wußte, daß er insgeheim etwas an Charles bewunderte. Er wußte auch, daß er ihn am nächsten Tag oder vielleicht schon in einigen Stunden wieder hassen würde wie immer. Doch er verdrängte den Gedanken und gab sich Mühe, bei der Fachsimpelei über Flugzeugmechanik und -motoren wenigstens ein interessierter Zuhörer zu sein.

Dann wurde draußen gegen die Tür getreten, und man hörte Ben rufen: »Bist du da drin, Charles?« Im nächsten Augenblick kam Ben schon herein, ohne auf eine Antwort zu warten. Er schlenkerte mit einem Tennisschläger herum, und seine von der Sonne gebleichten Haare hingen ihm in feuchten Strähnen in die gerötete verschwitzte Stirn. Er kam ans Bett und begann, die Daunendecke von oben bis unten mit seinem Tennisschläger durchzuklopfen, als verdresche er einen Jungen in der Schule.

»So macht man es richtig«, sagte er genüßlich.

»Nicht zweimal auf dieselbe Stelle, die noch taub ist vom ersten Hieb.«

Als die Daunendecke ein halbes Dutzend Dellen hatte, hielt er plötzlich inne und sagte: »Oh entschuldige, Charles. Ich habe ganz vergessen, daß du Kopfweh hast. Ist es schon besser?«

Er setzte sich auf die Bettkante und klemmte sich den Schläger zwischen die Knie. Er warf Orvil, der ganz entspannt neben Charles lag, kurz einen verwunderten Blick zu, machte aber keine Bemerkung.

Sie schwiegen einige Augenblicke, und es schien, als denke jeder an das Band, das sie einte. Orvil empfand es als dickes grobes Tau, das sie aneinanderfesselte, ob sie es wollten oder nicht, ohne Rücksicht auf die Empfindungen des einzelnen. Es war wie eine straffe elastische Sehne, die ihn um so stärker einschnürte, je mehr er sich dagegen wehrte. Er wußte, daß seine beiden Brüder mit seinem Leben verbunden waren wie in einer unauflöslichen Ehe – ›in guten wie in schlechten Zeiten, bis daß der Tod euch scheidet‹.

Charles richtete sich jetzt auf, stützte sich auf den einen Ellbogen und massierte seine Schläfen.

»So, jetzt raus mit euch beiden«, sagte er. »Geht und zieht euch um.«

Ben packte Orvil lässig am Handgelenk und zog ihn vom Bett herunter. Er zerrte ihm mit groben Bewegungen die verrutschten Kleider glatt, dann hakte er sich bei ihm unter und wandte sich zur Tür. »Komm schon«, sagte er, »nicht so lahm. Du bist anscheinend noch halb weggetreten.«

Er bugsierte Orvil aus der Tür, und dann gingen sie den langen Korridor hinunter zu ihrem Zimmer.

Orvil stellte sich ans Fenster und sah auf den Hof hinaus. Gegenüber war ein Fenster hell erleuchtet. Es stand offen, und die Vorhänge waren nicht zugezogen. Im Zimmer sah er den jungen Clifton, nur mit einem Handtuch bekleidet, das er sich um die Hüften geschlungen hatte. Auf dem Fensterbrett hatte er sein Grammophon stehen. Er hatte eine Platte aufgelegt, und man hörte Negerstimmen, die sangen: »Were you there when they crucified my Lord?« Die Stimmen klangen merkwürdig erregt, und der Gesang hatte etwas Drängendes und Vibrierendes. Sie keuchten, wurden rauh und guttural, schwangen sich auf zu hohen einschmeichelnden Melodiebögen und sanken herab zu einem matten Schluchzen.

Der junge Clifton ging im Zimmer auf und ab, zog Schubladen auf, nahm Hemden heraus, frottierte sich Brust und Arme und sprenkelte sich Haaröl auf den Kopf. Dann nahm er zwei stark abgenutzte Bürsten und striegelte sich energisch die zerzausten Haare straff nach hinten. Er sah in den Spiegel und strich mit dem Zeigefinger an seiner Oberlippe entlang.

»Was starrst du denn so an?«, fragte Ben.

»Jemand, den du kennst, hat seine Vorhänge nicht zugezogen«, sagte Orvil, ohne sich umzudrehen.

Ben, der dachte, es handle sich um eine Frau, kam rasch ans Fenster. Als er den jungen Clifton sah, mußte er lachen.

Dieser tanzte inzwischen zur Musik. Er hielt eine imaginäre Partnerin umschlungen, den Kopf tief zwischen den hochgezogenen Schultern, so daß er wie ein Gorilla wirkte, und er leistete sich eine Art von Vulgarität, die er sich in der Öffentlichkeit nie getraut hätte. Er drückte den Bauch heraus und rotierte mit den Hüften und stieß den Unterleib nach vorn.

»Geh vom Fenster weg, Jimmy, und führ' dich nicht so unanständig auf!«, rief Ben zu ihm hinüber. »Zieh dir was an, sonst sperren sie dich ein!«

Jimmy stellte augenblicklich das Tanzen ein, kam ans Fenster und beugte sich heraus.

Orvil fand, daß sein rosiger Oberkörper im Fensterrahmen aussah wie ein sorgfältig ausgeleuchteter, preisgekrönter gekochter Schinken im Schaufenster eines Feinkostgeschäfts.

Als Jimmy den Rufer erkannte, machte er sich das Handtuch ab, rannte in die Mitte des Zimmers und führte unter der Deckenlampe splitternackt einen verrückten Veitstanz auf.

Ben und Orvil verschlug es einen Augenblick die Sprache. Dann kreischten sie vor Begeisterung.

Plötzlich ging Jimmy ans Waschbecken, nahm etwas in die Hand und kam damit ans Fenster.

»Fang auf!«, schrie er und schleuderte etwas durch die Luft.

Orvil hörte dicht über seinem Kopf die Fensterscheibe klirren, und im nächsten Augenblick regneten Glassplitter auf ihn herunter, und ein glitschiges Objekt streifte ihn am Rücken und fiel dumpf zu Boden. Er drehte sich um und sah ein Stück rote Seife zwischen den Scherben liegen. Die Seife roch stark nach Veilchen.

»Verdammter Idiot!«, schrie Ben über den Hof. »Du hast die Scheibe eingeworfen!«

Der junge Clifton brüllte vor Lachen und konnte überhaupt nicht mehr aufhören. Er wankte theatralisch herum und tat so, als halte er sich mit letzter Kraft am Fensterrahmen fest.

Ben begann jetzt ebenfalls zu lachen, und dann packte es auch Orvil. Sie lachten und kreischten wie eine Bande von Wahnsinnigen. Orvil spürte, wie er Seitenstechen bekam. Es wurde immer heftiger, und er sehnte sich danach, daß es endlich aufhörte. Doch der Lachkrampf beutelte ihn weiter, und schließlich warf er sich aus lauter Verzweiflung aufs Bett und biß in einen Zipfel des Kopfkissens.

VIII

Der letzte Ferientag war gekommen, und als Orvil erwachte, sank es ihm mit seiner kalten schrecklichen Unausweichlichkeit ins Bewußtsein, und er fühlte sich wie abgestorben. Die Gegenstände im Zimmer hatten sich verwandelt. Schrank, Kommode und Stühle waren böse, hämische Beobachter und starrten ihn an in der schadenfrohen Gewißheit, daß er nun zurück in die Schule mußte. Regungslos hockten sie da, hartherzig, ohne eine Spur von Mitgefühl, und warteten darauf, das Zimmer endlich wieder für sich allein zu haben. Selbst die Daunendecke gab sich kalt und abweisend als Komplize zu erkennen.

Orvil holte seine schwarze Schuluniform aus dem Schrank. Der schwarze Stoff erfüllte ihn mit Grauen und widerte ihn an wie ein schwarzer Kamm, zwischen dessen Zähnen der schmierige Schmutz einer fettigen Kopfhaut steckt.

Er legte sich den steifen weißen Kragen um den Hals. Der Kragen saß sehr knapp, und als er ihn zuknöpfte, zwickte er in die empfindliche Haut unter dem Kehlkopf. Orvil verzog das Gesicht, doch dann klemmte er den Kragen wieder und wieder zu, bis sich die Druckstelle purpurrot entzündet hatte.

›Blutsaugende Fledermäuse beißen sich an deiner Kehle fest und saugen, und wenn sie fertig sind, hat man so ein rotes Mal‹, dachte er. ›Wenn ich wüßte, wo so ein Blutsauger ist, würde ich ihm meine Kehle hinhalten und mir das ganze Blut von ihm aussaugen lassen.‹

Er stellte sich vor den Spiegel und machte verzweifelte Gesichter. Er seufzte gequält und machte damit weiter, auch als der Impuls schon längst erloschen war.

Ben lag immer noch seelenruhig im Bett und schlief. Er schien nicht die geringsten Sorgen zu haben.

Orvil räumte seine Sachen aus den Schubladen, und dann ging er allein hinunter zum Frühstück. Er fühlte sich elend, zwang sich aber dennoch, Porridge mit Sahne zu essen. Der merkwürdige Puderzucker, den sie im Hotel servierten, kratzte ihm sandig auf der Zunge, und die fette Sahne hatte einen ekelhaft tierischen Geschmack. Er ließ die halbe Schüssel Porridge stehen und ging hinaus in die Gartenanlagen.

Unten auf dem Teich plusterten sich die Schwäne und schlugen zornig mit den Flügeln. Einige der blaßroten und weißen Geranien in ihren Urnen auf der Terrasse hatten begonnen, sich braun zu verfärben. Orvil pflückte die kleinen Blütenblätter ab und zerrieb sie zwischen den Fingern, bis ihm der schwache Zitronengeruch in die Nase drang.

Dann ging er durch den Tierfriedhof und kam in die kleine Schlucht. »Adieu Gartenlaube, Grotte, Grabsteine und alles«, sagte er halblaut. Er begann, sinnlose Verse zu rezitieren, deren Zeilen er aufs Geratewohl improvisierte:

»Im heiligen Priesterkolleg
Wird kein Wert auf Lernen gelegt.
Sie sind alle Bettnässer
Und pinkeln in Tintenfässer,
Und kleine Ziegen trinken die Pisse
Aus emaillierten Soßenschüsseln.«

Anfangs legte er sich die Worte noch etwas zurecht, doch bald wurde es ein unverständlicher Schwall von Phantasiewörtern, und er gab sich keine Mühe mehr, witzig zu sein.

»Magatena mediatu,
Faesa intello von sura do
Ren le tenango supramer
Belladixiano.«

Der Singsang lullte ihn ein. Er begann zu laufen, um das angenehm besänftigende Gefühl zu verstärken.

Schließlich kam er bei den Büschen an der Einfahrt des Hotels heraus. Einige Leute starrten ihn an, da sie ihn bisher nie in seiner schwarzen Uniform gesehen hatten.

Er ging nach hinten in den Salon, wo sein Vater bereits neben dem Gepäck stand. Er wartete nur noch auf Ben, der nach oben gegangen war, um sich von Charles zu verabschieden. Orvil schwor sich, seinem ältesten Bruder an diesem Morgen nicht nahe zu kommen. Er dachte an Charles, wie er muffig in seinem Bett lag, die Augen verquollen vom Schlaf. Er hatte das Gefühl, sich übergeben zu müssen, wenn Charles aufstand und plötzlich herunterkam.

Hoteldiener und Pagen drängten sich jetzt um das Gepäck und verstauten ihre Trinkgelder in den Taschen. Die junge Frau vom Empfang lächelte wie eine Hure. Für Orvil war alles plötzlich so widerwärtig geworden, daß sein Gesicht zuckte, als wolle es in Streifen reißen.

Ben kam herunter, und sie stiegen in den Wagen. Auf der Fahrt nach London starrte Orvil aus dem Fenster, während Ben und sein Vater über die Behandlung eines Bandscheibenleidens debattierten.

Dann wandte sich Mr. Pym unverhofft an ihn und fragte: »Wohin möchtest du zum Lunch? Es ist dein letzter Tag, du darfst dir etwas aussuchen.«

»Ich möchte ins Ritz«, sagte Orvil mit Nachdruck. »Dort war ich noch nie.« Er versuchte, sich ganz auf die Vorstellung eines Mittagessens im Ritz zu konzentrieren. Er glaubte, daß er den Tag vielleicht ein wenig leichter ertragen würde, wenn er jeden anderen Gedanken verdrängte.

Ben, der das Ritz schon kannte, wollte lieber etwas Neues versuchen, doch als er Orvils Entschlossenheit sah, gab er bereitwillig nach. Es machte ihm nie etwas aus, sich den Plänen anderer anzuschließen.

Sie hielten vor dem Piccadilly-Eingang des Ritz, und nachdem Mr. Pym seine beiden Söhne in den Waschraum geschickt hatte, damit sie sich die Hände wuschen, bestellte er in der Bar drei trockene Martinis.

Orvil aß drei schwarze Oliven und stopfte sich gesalzene Mandeln in den Mund. Trotz aller Anstrengungen gelang es ihm nicht, die Schule aus seinen Gedanken zu verbannen. Er dachte an die eisernen Bettgestelle, die ihn immer an schwarz emaillierte Skelette erinnerten; die fleischroten Pferdedecken im Sanatorium; die Lehrer in ihren altmodischen Gewändern, mit einem weißen Schuppenbelag auf den Schultern; die hohen Fenster der Aula mit ihren kitschigen Glasmalereien. Alles erschien ihm dämonisch und unwirklich, wie die Pappkulissen eines Schauerstücks.

Er versuchte, an nüchterne alltägliche Dinge zu denken: Die mehligen Pellkartoffeln zum Lunch; die Ruine des Pförtnerhäuschens mit dem einen erhalten gebliebenen Bogen; das leere Schwimmbecken im Winter und das verdorrte Laub, das der Wind darin herumwirbelte. Doch die bizarren Bilder setzten sich durch; sie überlagerten alles und schienen immer drohender zu werden.

Er lag im Internat in seinem Bett und hörte, wie sie auf der anderen Seite des Tals einen Güterzug zusammenstellten. Er hörte die fernen Pfiffe der Rangierlok und das harte metallische Geräusch der Waggons, die angekoppelt wurden.

Plötzlich sah er den Fluß und die alte Zollbrücke. Er führte mehr Wasser als sonst, und die Strömung war entsprechend stärker. Der Unrat von zehntausend Städten ließ ihn fast über die Ufer treten. Schweiß, Kot, Blut und Eiter wälzten sich unter den Steinbögen hindurch. Der ekelhafte Schmant verquirlte zu marmorierten Strudeln und bildete längliche ölige Schlieren und Arabesken …

»Wollen wir jetzt hineingehen zum Lunch?«, fragte Mr. Pym. Er fand, daß ein Cocktail genug war für seine Söhne, obwohl er selbst gerne noch einen getrunken hätte. Er stand auf und ging in den Speisesaal voran.

Sie setzten sich an einen Tisch, von dem man den Green Park überblicken konnte. Es war noch sehr früh, und außer ihnen saß nur noch ein einsamer Gast im Raum. Er machte sich gerade über einen Teller Hühnerfrikassee her, in dessen Mitte ein pochiertes Ei thronte, umgeben von Zwiebelringen. Orvil starrte den Teller des Mannes an. Es war nicht gerade ein Gericht, wie er es im Ritz erwartet hätte. Dann, in einem eigenartigen Rückfall in seine Kindheit, zeigte er mit dem Finger darauf und sagte unnötig laut zu seinem Vater:

»Ich möchte das.«

Bei diesen schroffen Worten hielt der einsame Gast instinktiv seinen Teller fest, als fürchte er, man wolle ihm sein Essen wegnehmen. Ben furchte die Stirn und sah Orvil strafend an. Dann blähte er indigniert die Nasenflügel und wandte sich ab.

Die grauen Wände des Speisesaals erinnerten Orvil an einen Teller, auf dem sich gekochtes Hirn türmte. Es war pelzig und recht ekelhaft anzusehen, wie ein empörend schlechter Scherz.

Orvil spürte, wie ihm seine Gesichtszüge entglitten. Es wollte ihm kaum noch gelingen, eine unverfängliche Miene zu machen. Sein Vater versuchte, ihn mit einigen scherzhaften Bemerkungen aufzuheitern, und als das Essen serviert wurde, ermunterte er ihn, tüchtig zuzugreifen.

Als Nachtisch wurde ein saftiger Schokoladekuchen auf einem Servierwagen an den Tisch gerollt. Orvil spürte, wie es in seinem Magen rumorte. Er fürchtete, daß ihm das ganze Essen wieder hochkommen werde. Im Geiste sah er vor sich auf dem Teller ein dickes Stück Kuchen, über das sich ein schleimiger gelbroter Schwall von Erbrochenem ergoß. Er sah die französischen Kellner in barocken Posen und Verrenkungen, die Gesichter verzerrt zu einem übertriebenen Ausdruck von Horror und Abscheu.

»Ich nehme ein Ingwer-Kompott«, sagte er. Er erinnerte sich, einmal gehört zu haben, daß Konfuzius dazu riet, nach jeder Mahlzeit eine Portion Ingwer zu essen.

Orvil sah zu, wie sein Vater die Rechnung beglich. Am liebsten hätte er sich die Geldscheine geschnappt und wäre damit losgerannt, bis er einen Bus fand. Er wäre im Bus nach oben gestiegen und hätte sich in die erste Reihe gesetzt und wäre bis ans Meer gefahren. Dort würde eine Barke auf ihn warten. Eine vergoldete Barke, wie die von Kleopatra, mit Musik und mit Dienern, die einem mit großen Wedeln aus Straußenfedern kühle Luft zufächelten. Er würde hinausschwimmen zur Barke, und sie würden sofort den Anker lichten und Tausende von Meilen mit ihm segeln, bis zu einer außergewöhnlichen Insel mit Tempelruinen. Dort würden sie ihn an Land setzen, und er würde sich in der Ecke einer Tempelruine, zwischen den Marmorsockeln eines Säulengangs, aus Lehmziegeln eine Einsiedlerhütte bauen. Im Geiste befühlte er die groben mehligen Ziegel und die beschädigten Marmorsockel, die sich rotgolden verfärbt hatten, als sei rostiges Wasser darübergelaufen. Er sah die federzarten Skelette der Sardinen von seiner letzten Mahlzeit und den Krug voll Ziegenmilch, den ihm ein Bauer gebracht hatte. Er würde für immer ein Einsiedlerleben führen ...

Sie verließen inzwischen das Ritz und stiegen wieder in den Wagen. Dann ging es in rascher Fahrt zum Bahnhof. Orvil konnte seinen Kummer nicht länger verbergen. Seine Mundwinkel sanken herab, und seine Augen glänzten feucht. Sein Gesicht brannte, als sei es dem heißen Luftstrahl eines Haarföns ausgesetzt, seine Kehle war trocken und rauh, und Augen und Nase machten den Eindruck, als seien sie staubverkrustet.

»Na, Mikrobe, du scheinst dich nicht sehr nach deiner Schule zu sehnen«, sagte Mr. Pym leichthin, um die Situation zu entkrampfen.

Orvil schüttelte heftig den Kopf und lächelte gequält.

Auf dem Bahnsteig hatten sich bereits zahlreiche Boys versammelt. Mr. Pym stand vor dem Abteilfenster und verabschiedete sich von seinen Söhnen, wobei es ihm gelang, sich zugleich spöttisch und warmherzig zu geben. Ben redete wie ein Geschäftsmann, der von seinen Erfolgen beim Golfspiel berichtet. Orvil sah sich verstohlen um, als hoffe er, daß ihn übernatürliche Wesen – seien es Engel oder Dämonen – in letzter Minute noch retten würden.

Der Zug fuhr an. Mr. Pym lächelte vertraulich, winkte kurz mit der Hand und wandte sich zum Gehen.

Der ganze Waggon schien voll von Schülern zu sein. Sie standen auf dem Gang und rauchten ägyptische, türkische, mexikanische, amerikanische, französische, spanische und ›Gold Flake‹-Zigaretten. Immer wieder bot einer dem anderen an, sich aus der exotischen Schachtel zu bedienen, die er aus den Ferien mitgebracht hatte – teils aus Angabe, teils aber auch, um möglichst viele Zigaretten loszuwerden, ehe die Fahrt zu Ende war.

Orvil saß auf einem Fensterplatz und starrte hinaus. Er fragte sich, wie er diese Fahrt durchstehen sollte. Er stellte sich vor, er sei fünfundzwanzig und sehe sich als Fünfzehnjährigen elend und verzagt im Abteil hocken. Dann würde er über sich lachen und den Kopf schütteln und das ganze als unbedeutend abtun. Er stellte sich vor, er schwinge sich auf, höher und höher, bis er schließlich von der Spitze eines Kirchturms das ganze Panorama seines Lebens unter sich ausgebreitet sah und feststellte, daß alles nicht so schlimm war. Weder Schmerz noch Freude, nur eine große Leere.

So oft ihn einer ansprach oder ihn am Ärmel zupfte, lächelte er automatisch und spürte mit grimmiger Befriedigung, wie seine Ängstlichkeit in ihm aufwallte und ihm aus allen Poren drang. Dann legte es sich wieder, und alle Farbe verschwand aus seinem Gesicht. Er kam sich plötzlich heilig vor, gesalbt, gottgeweiht – ein nobler Märtyrer, der ruhig und gefaßt einem qualvollen Ende entgegensah. Er dachte an das Colosseum in Rom, erleuchtet von den Fackeln brennender Leiber, die an blumenbekränzte Pfosten gefesselt waren. Er dachte an die Löwen, die klebrige Blutlachen im Sand der Arena aufleckten. Er witterte den säuerlichen Katzengeruch der Löwen ...

Die Tür des Abteils ging auf, und Woods kam herein. Woods hatte im letzten Schuljahr die Aufsicht über den Schlafsaal geführt. Als er Orvil sah, setzte er sofort das finstere Gesicht eines Schmierendarstellers in einem Schurkenstück auf, zwirbelte einen imaginären Schnurrbart und rief laut: »Haha!« Er setzte sich neben ihn, machte Stielaugen und tat so, als sei Orvil ein entzückendes Mädchen vom Lande. »Nun, holde Schönheit – darf man fragen, wie es geht?«, sagte er im Ton eines geübten Verführers. Solche scherzhaften Einlagen mit Anleihen bei altmodischen Melodramen gehörten zu seinen bevorzugten Tricks, die er mit Vorliebe bei Orvil anbrachte.

Mit gekonntem Schwung setzte er sich Orvil auf die Knie, und alle lachten. Er wippte ihn auf und nieder und sang ›Hoppe-hoppe Reiter‹. Orvil sah sich verzweifelt um und stellte fest, daß Ben nicht mehr im Abteil war. Wahrscheinlich war er in den Speisewagen oder in den Waschraum gegangen. In Orvil zog sich alles zusammen, er bekam eine Gänsehaut, schüttelte sich und mußte niesen. Woods schaukelte ihn vor und zurück und rezitierte dazu den Kinderreim vom kleinen Jungen, der für seine Unarten büßen muß. Am Ende jeder Zeile kniff und zwickte er ihn, versetzte ihm einen spielerischen Schlag oder einen Knuff. Orvil zuckte jedesmal zusammen, sagte aber nichts. Woods tat ihm nicht richtig weh. Es war nur ein Spiel.

Woods holte jetzt seine Nagelschere heraus, bog Orvil den Oberkörper nach hinten und sagte:

»Mach die Augen zu und halt still. Ich werde dir die Wimpern stutzen, damit sie noch viel länger werden, wenn sie nachwachsen. Dann kannst du damit beim Film unterkommen. Du solltest mir sehr dankbar sein, daß ich mir solche Mühe mache. Ich bin wie eine Mutter zu meinen Boys!«

Orvil wehrte sich gegen den harten Griff und warf in panischer Angst den Kopf hin und her.

»Halt still!«, schrie Woods. »Sonst geht dir die Schere direkt ins Auge!«

Jemand nannte Woods einen alten Saukerl, und ein anderer nannte ihn einen miesen Scheißer, doch das änderte nichts. Alle wußten, daß er nur Spaß machte.

Orvil spürte, daß es Woods tatsächlich ernst damit war, ihm die Wimpern zu stutzen, und vor Angst machte er sich jetzt ganz steif.

Er spürte den raschen Schnitt, und seine Hand zuckte nach oben und befühlte den Rand des Augenlids. Von seinen weichen langen Wimpern war nur noch ein borstiger Rest übrig, der sich anfühlte wie eine kleine Zahnbürste. Die Veränderung faszinierte ihn. Immer wieder strich er mit dem Zeigefinger über die Borsten.

Woods bog ihn wieder nach hinten, um sich das andere Auge vorzunehmen, doch Orvil wand sich aus seinem Griff und landete auf dem Boden.

Woods zog ihn wieder hoch und sagte: »Na schön. Lassen wir das andere Auge. Aber ich muß mir deine Fingernägel ansehen. Die haben es bestimmt sehr nötig.« Er bog ihm die Finger gerade und hielt sie nacheinander hoch. »Ja«, entschied er fachmännisch, »die müssen gekappt werden, aber nicht mit der Schere, sondern mit dem Clipper.«

Er nahm sein Taschenmesser heraus, das am einen Ende einen Clipper hatte und ferner einen Stachel, mit dem man Steinchen aus Pferdehufen entfernen konnte.

Der Anblick des stumpfen widerwärtigen Gegenstands versetzte Orvil in Angst und Schrecken.

Woods hielt ihm einen Finger fest und klemmte ihn so energisch zusammen, daß die weiche Fingerkuppe rot anlief. Dann näherte er langsam seine Hand mit dem Clipper.

Orvil war vor Entsetzen wie gelähmt. Er sah den langen dürren Schneider aus dem ›Struwwelpeter‹ vor sich, die riesige Schere, das tropfende Blut, die abgeschnittenen Daumen.

Langsam brachte Woods seinen Clipper näher und näher, bis er den Fingernagel berührte.

Orvil war sich ganz sicher, daß die messerscharfen Kinnbacken des Instruments sich jeden Augenblick öffnen und ihm die Fingerkuppe abkneifen würden – so glatt, wie man mit dem Messer ein Frühstücksei köpft.

Die qualvolle Anspannung wurde so groß, daß etwas in ihm zu reißen schien – er begann zu schreien. Es war ein gellender Schrei. Er zischte heraus wie Dampf aus einem Überdruckventil. Orvil blieb dabei völlig regungslos auf den Knien seines Peinigers sitzen. Er war wie eine Puppe, die man aufgezogen hatte, bis es nicht mehr ging.

Ringsum sahen sie ihn mit ausdruckslosen Gesichtern an. Und während er schrie, wurde ihm bewußt, daß er nie mehr damit aufhören konnte; daß sich dieser Schrei sein Leben lang in ihm angestaut hatte. Durch den schrillen Wahnsinn des ganzen hörte er eine innere Stimme, die ruhig und sachlich sagte: ›Jetzt werden sie sich nie mehr an dir vergreifen. Du kannst für den Rest deines Lebens wahnsinnig sein, und sie werden dich in Ruhe lassen.‹

Ben hatte draußen die Schreie gehört und kam ins Abteil gestürzt. Er zerrte Orvil von Woods herunter, dann schlug er dem anderen wortlos ins Gesicht, und als dessen Kopf nach hinten zuckte, stieß er ihm ungerührt das Knie in die Weichteile.

Woods stöhnte laut auf und krümmte sich vor Schmerzen. Sein Gesicht wurde gelb und grün, und der Schweiß brach ihm aus.

Die anderen im Abteil fanden, daß Ben zu weit gegangen war. Sie machten ihm Vorwürfe und sahen ihn indigniert an, doch er beachtete sie nicht. Er ging zu Orvil hin, der am Boden hockte, und seine Miene drückte nichts als Verachtung und Arroganz aus. Er blieb vor Orvil stehen, ohne etwas zu sagen oder auch nur zu ihm herunterzuschauen. Er wartete einfach, daß Orvil sich wieder beruhigte. Er war so außer sich vor Wut, daß sein Unterkiefer zitterte, obwohl er die Zähne zusammenbiß.

Orvil hielt sich den Arm und fletschte die Zähne und sabberte wie ein Affe, der die Tollwut hat. Er hielt seinen halb simulierten Anfall mehrere Minuten durch, doch dann erstarb der Impuls, und es dämmerte ihm die bittere Erkenntnis, daß er sich beherrschen mußte – und sei es nur seinem Bruder zuliebe. Bens Prestige war ihm plötzlich ungeheuer wichtig und verlangte größte Rücksichtnahme. Er durfte es nicht länger gefährden. Er mußte alles tun, damit der Vorfall in Vergessenheit geriet und kein falscher Eindruck zurückblieb. Mit grausamer Klarheit wurde ihm bewußt, daß sich nichts geändert hatte. Es blieb dabei, daß man sich anpassen und normal benehmen mußte.

Und so lächelte Orvil nun in die Runde und zwang seine Gesichtsmuskeln zu einem Lachfältchen nach dem anderen, bis sich das Lächeln als satter, zufriedener Schimmer über sein ganzes Gesicht ausbreitete, während der Zug ihn in schlingernder Fahrt unaufhaltsam zurück zur Schule schleifte.

Empfehlung

Dies ist ein sehr bewegendes und bemerkenswertes Erstlingswerk, und der Autor scheint eines jener äußerst seltenen Wesen zu sein – ein geborener Schriftsteller. Ich habe bisher noch bei keinem Erstlingswerk diesen Eindruck so stark empfunden: ein einziger Satz (und auch noch wie selbstverständlich wirkend, ohne jede Angestrengtheit), und schon sieht man das Wesentliche an der Person, die beschrieben wird.

Die Hauptfigur des Romans, dieses anrührende jugendliche Wesen mit der eigentümlichen Klugheit und den bisweilen törichten Ansichten der Jugend, mit seiner Sehnsucht nach Zuneigung und einem Haß auf alles Falsche, seiner Neugier und Unternehmungslust, seinem Mut, seiner Schüchternheit, seinen angstvollen und quälenden Gedanken, seiner jungenhaften Tolpatschigkeit, seiner herzlichen Art und seinem Pathos, läßt uns noch einmal unsere eigene Jugend erleben. Die Gedanken dieses Jungen und die Empfindungen seines Herzens werden unsere eigenen, und das ganze Buch ist geprägt von einer anrührenden Jugendfrische.

Mr. Welch geht mit Worten um, wie es nur ein Naturtalent vermag. Keinen Augenblick wird er unsicher. In zwei Episoden gelingt es ihm, trotz aller jugendlichen Unbekümmertheit ganz zurückhaltend und beherrscht ein Gefühl von überwältigendem Entsetzen zu vermitteln. In einer anderen schildert er den Abschied von seinem besten Freund in einer Weise, die außerordentlich bewegend, real und wahrhaftig ist.

Ich rechne damit, daß sich Mr. Welch nicht nur als hochbegabter, sondern auch als sehr bedeutender Autor erweisen wird.

Edith Sitwell
(über Denton Welchs Erstlingswerk *Die Jungfernfahrt*)

Lesen Sie weiter!

PANAIT ISTRATI Kyra Kyralina

Roman

Das literarische Hauptwerk des Rumänen Panait Istrati. Voller orientalischer Fabulierlust verleiht er den kleinen Leuten seiner Zeit auf dem Balkan und im Nahen Osten seine kraftvolle Stimme.

Aus dem Rumänischen von Oskar Pastior und mit einem Nachwort von Mircea Cartarescu. Quart*buch*. 168 Seiten. Elegante Klappenbroschur

JOHANNES BOBROWSKI Levins Mühle
34 Sätze über meinen Großvater

Roman

Johannes Bobrowski gehört mit seiner Prosa in die Reihe der großen »ostdeutschen« Autoren wie Günter Grass, Hermann Lenz und Uwe Johnson. In diesem Roman tut sich ein Reichtum an Sprache und Geschichten auf, wie er uns selten begegnet.

Quart*buch*. 224 Seiten. Elegante Klappenbroschur

NATALIA GINZBURG Die kleinen Tugenden

Erzählungen

Diese Texte gehören zum Persönlichsten, was Natalia Ginzburg je geschrieben hat. Sie beschreibt, wie es zugeht unter Leuten, die sich gernhaben, aber in schwierigen Zeiten leben.

Quart*buch*. 160 Seiten. In Leinen gebunden, mit eingeklebtem Schildchen

CHRISTA REINIG Feuergefährlich

Gedichte

Christa Reinig war ein Kellerkind aus der Berliner Ackerstraße, das ohne die kulturellen Bemühungen in der frühen DDR wahrscheinlich nie Schriftstellerin geworden wäre. Bekannt wurde sie durch ihre »Ballade vom blutigen Bomme«.

Mit einem Nachwort von Klaus Wagenbach. Quart*buch*. 80 Seiten. Elegante Klappenbroschur

KURT BARTSCH Tango Berlin

Gedichte

Kurt Bartsch hat in seinem Leben viele Tätigkeiten ausgeübt, vom Lagerarbeiter und Leichenträger bis zum Beifahrer und Lektor. Bekannt und berüchtigt als Satiriker der DDR, hat er die Auswahl *Tango Berlin* selbst zusammengestellt, sie umfasst neue, unveröffentlichte und alte Gedichte, darunter auch die weithin bekannte Verspottung der Nomenklatura, »Sozialistischer Biedermeier«.

Quart*buch*. 80 Seiten. Elegante Klappenbroschur

STEPHAN HERMLIN Abendlicht

Hermlin erinnert sich: An Beobachtungen und Erfahrungen eines jungen Mannes aus gebildeter bürgerlicher Familie, der auf der Straße zum Kommunisten wird und so beides aus fremder Nähe wahrnimmt. An das Großbürgertum, das die heraufkommenden Nazis als barbarische Horde abtut, und die Arbeiter, die sich – hilflos und oft schwankend – widersetzen.

Quart*buch*. 128 Seiten. Elegante Klappenbroschur

URSULA ACKRILL Zeiden, im Januar

Roman

Siebenbürgen im Winter 1941. Der Krieg rückt den Menschen in Zeiden auf den Leib und spaltet den Ort. Allein Leontine spürt die Gefahr seit Langem – und warnt. Sie versucht, ihre große Liebe zu vergessen, und bricht mit dem ältesten Freund. In einer genauen Sprache, die seltsam altmodisch und zugleich nagelneu klingt, begleitet die Autorin uns auf fremdes Terrain.

Quart*buch*. 256 Seiten. Gebunden mit Schutzumschlag

Wenn Sie mehr über den Verlag und seine Bücher wissen möchten, schreiben Sie uns eine Postkarte oder elektronische Nachricht (mit Anschrift und E-Mail). Wir informieren Sie dann regelmäßig über unser Programm und unsere Veranstaltungen.

Verlag Klaus Wagenbach Emser Straße 40/41 10719 Berlin
www.wagenbach.de vertrieb@wagenbach.de

Umschlaggestaltung und Satz aus der Scala: Julie August.
Gedruckt auf Werkdruckpapier von Schleipen, Umschlagkarton von peyer graphic GmbH, Leonberg. Gedruckt und gebunden bei Pustet, Regensburg.
Printed in Germany.

ISBN: 978-3-8031-3282-6